L'avancée de la nuit

JAKUTA ALIKAVAZOVIC

L'avancée de la nuit

ÉDITIONS DE L'OLIVIER

Illustrations des pages 85 et 86 :
Montagne Sainte-Victoire, Paul Cézanne, vers 1890, musée d'Orsay, Paris.
Blind Time, Robert Morris © Courtesy Fung Collaboratives.

ISBN 978.2.8236.1187.8

© Éditions de l'Olivier, 2017.

Paul se trouvait avec Sylvia quand il avait appris ce qu'il en était d'Amélia Dehr. Au lit avec Sylvia, qui sommeillait ou faisait mine de sommeiller, et les vagues lueurs de l'extérieur, des bateaux-mouches, les habillaient de lumière, passaient indifféremment sur leurs corps, sur les draps, au plafond. Il s'était dit qu'ils pourraient se fondre dans les lieux, dans le décor, et que c'était peut-être cela, le bonheur, ou ce qui s'en approchait le plus. Une vaste entreprise de camouflage, avait pensé Paul.

Ce fut un coup de téléphone, elle était entre la vie et la mort et l'issue, du point de vue de Paul, était certaine, Amélia Dehr n'étant pas du genre à échouer dans ses entreprises. Plutôt, ce suspens traduisait ou trahissait l'état de fragilité, de faiblesse dans lequel elle s'était trouvée, avait dû se trouver, non pour exécuter son geste mais pour le rater, avec une imprécision qui ne lui ressemblait pas. Une imprécision prouvant à Paul qu'au moment où elle était passée à l'acte, elle n'était déjà plus celle qu'elle était. Elle n'était déjà plus Amélia Dehr.

L'autre possibilité, l'autre interprétation – l'idée qu'en elle quelque chose s'accrochait à la vie, refusait de mourir ; que la vraie Amélia Dehr, celle qu'il avait connue, et aimée, et désirée, et détestée : que celle-là était engagée dans la lutte contre la mort, que celle-là était celle qui perdait, qui perdait tout – cela était insupportable à Paul. Il préférait se dire que depuis long-temps celle qui allait mourir n'était plus celle qui avait vécu, qu'elle n'entretenait avec Amélia Dehr, feu Amélia Dehr, que ce rapport incertain qui unit la feuille à l'arbre dont elle a chu.

Elle s'était enfoncée dans la folie, pensait Paul, elle qui avait été à vingt ans une splendeur, à l'esprit vif, à l'imagination ardente, le genre qui allongée dans l'herbe paraissait le prolon-gement de l'herbe, et plus encore : son expression, sa tendresse – qui, allongée dans l'herbe, paraissait l'intelligence de l'herbe, son génie. La dernière fois qu'il l'avait vue, il avait été cho-qué de la trouver négligée, et pire que négligée, inattentive, et pire qu'inattentive, *éteinte*. Elle se sentait observée. Elle l'avait fait venir chez elle et lui avait demandé de descendre avec elle dans la cour pour qu'il lui confirme, lui en qui elle avait toute confiance, que d'en bas on ne la voyait pas, à son bureau. Il avait mal compris. Il avait préféré mal comprendre, avait été tenté de prendre les choses à la légère, à la plaisanterie. Par tact, ou lâcheté. Ou par un tact qui était aussi une lâcheté. Tu devrais t'y mettre, en ce cas, ce serait plus facile, alors je pourrais te dire si on t'y voit. Ou pas. Elle l'avait contemplé d'un regard qui n'était pas aveugle, pas à proprement parler, mais qui ne le voyait pas. Qui voyait d'autres choses que lui. Qui regardait le creux de son cou, comme si c'était dans ce vide qu'il résidait. Et il s'était senti migrer, son esprit ou sa personnalité ou son âme ; il s'était senti se déporter, tenter de se déporter, vers cet endroit où il n'était pas, ne pouvait pas être, mais où était le regard d'Amélia Dehr. Voilà le genre de pouvoir qu'elle avait encore sur lui. Elle lui avait saisi la main et, en précipitation, avant que son amour-propre, qui était, pensait-il, tout ce qui lui restait de celle qu'elle avait été, et aimé être – avant que son amour-propre ne l'oblige à ravaler ses mots, elle avait lâché : Non, je voudrais que tu me dises si j'y suis *en ce moment*, il faut que tu me le dises, Paul, je t'en prie.

Elle était de ces gens qui détruisent tout et appellent ça de l'art.

*

À l'époque cela leur paraissait inconcevable qu'une jeune fille, qu'une étudiante, vive à l'hôtel. L'établissement n'avait rien de luxueux, au contraire, il s'agissait de l'une de ces chaînes qui avaient essaimé, une chaîne américaine ; mais la simple phrase *Elle vit à l'hôtel* était, en soi, une outrance, un embrasement. Une fille de dix-huit ans dans un hôtel américain. *Cette* fille de dix-huit ans dans un hôtel américain. Tout le monde pensait qu'elle aurait dû être écrivain, tout le monde sauf elle ; l'écrivain, c'était sa mère, et le fait que sa mère soit morte depuis longtemps ne changeait rien à l'affaire. L'écrivain, c'était sa mère. Elle, Amélia Dehr, était un personnage, et, d'après ce qu'on en voyait, déterminée à le rester. Et si elle en était l'auteur, ou si ce personnage était l'œuvre de quelqu'un d'autre, voilà qui n'était pas sûr et demeurait à décider.

les nuits d'hôtel

1.

Paul n'y avait pas cru, qu'elle vivait à l'hôtel. Mieux encore, ou pire, il l'avait su, puis oublié. On parlait d'elle, à la fac, elle était précédée d'une sorte de rumeur, son corps avant d'apparaître existait déjà, murmuré, mais ce n'est pas les ragots qui intéressaient Paul, c'étaient les filles, et les femmes, et leur bouche, et leur peau. Il avait dix-huit ans, une double, une triple vie. La journée il allait à l'université, il fixait de grands tableaux blancs ou noirs, il échangeait des cours et confrontait ses notes à celles de ses camarades : c'était étrange comme parfois, on aurait juré qu'ils n'avaient pas assisté à la même conférence, puis on tombait sur une ou deux phrases transcrites à l'identique, confirmant qu'ils avaient bien eu la même personne sous les yeux, mais à partir de ces quelques pivots inamovibles le sens, d'une copie à l'autre, se remettait à dériver, en spirales, en approximations, ceux qui comprenaient le mieux étaient ceux qui ne comprenaient rien et qui, terrifiés par leur propre ignorance, s'efforçaient de tout noter.

C'étaient des heures passées au café, en petites bandes ; des filles qui glissaient leurs doigts sur son cuir chevelu et le caressaient, des doigts frais qui jouaient avec ses boucles, exploraient la topographie de sa boîte crânienne, des doigts légers qui lisaient l'arrière de sa tête comme du braille, à la recherche d'une clé, fût-elle d'un autre temps, à la recherche des bosses qui livreraient à celles-là penchées sur lui le secret de sa personnalité ou de son âme, les bosses de la luxure, ou de la rapine, ou de la bonté, ou de la fidélité, évoquant sans le savoir des sciences discréditées – alors que le mystère qu'elles cherchaient à percer, ces jeunes filles de dix-huit ans qui le touchaient avec tant de légèreté, était celui de leur propre désir, de leur désir de ce jeune homme en particulier et de leur désir en général, de leur propre luxure, ou de leur rapine, ou de leur bonté, ou de leur fidélité (mais à quoi ?) ; tous ces jeunes gens étaient gais, parlaient trop, fumaient trop, buvaient du café en quantités insensées qui leur faisaient battre le cœur de façon irrégulière, de façon excitante, leurs souffles formaient dans l'air froid de petits nuages, en secret ils étaient farouches et apeurés comme des biches, même et peut-être surtout les garçons, aussi y avait-il peu de contacts francs, et de bouche à bouche encore moins, pourtant ils étaient tous très proches et il suffisait que l'un d'eux attrape un rhume pour que tous attrapent un rhume, sans doute ne se lavaient-ils pas assez les mains.

Puis il y avait les soirées, les nuits, de longues fêtes enivrantes et impersonnelles où Paul perdait ses amis, faisait exprès de les perdre, car lui, avec son torse de nageur et ses cils interminables, on s'en entichait facilement, on lui mettait des verres en main, des verres pleins de liquides purs ou perlés qui parfois le faisaient basculer dans une extrême lenteur, où tout se passait comme sous l'eau et où les gestes n'étaient jamais achevés qu'aux neuf dixièmes, des nuits sur des toits ou dans des caves ou dans des hôtels particuliers ou dans des stations de métro abandonnées, des nuits enfumées, des nuits où il perdait ses compagnons de vue puis les retrouvait mais parfois ce n'était pas eux, juste son propre reflet, des nuits où on le cherchait en vain pour l'étendre sur un lit, des nuits où il était obsédé par le sexe car à cette époque Paul était sous le coup d'une malédiction ou d'un sortilège, *il n'arrivait pas à perdre sa virginité*, toujours la fille disparaissait ou lui s'en allait ou quelqu'un arrivait ou on changeait de lieu ; mais plus étrange encore, même quand il faisait l'amour, et quelle que fût la définition que l'on donnât de l'acte, qu'elle fût commune ou pornographique ou légale ou para-légale, même quand il introduisait son sexe dans un sexe, même quand il y jouissait avec un tremblement malade impossible à contenir et qu'enfin ça y était, se disait-il, enfin !, le lendemain ou quelques jours plus tard, c'était comme si rien n'avait eu lieu, il était de nouveau vierge, et désespéré de l'être. C'est un cauchemar, pensait-il.

Il dormait peu mais bien ; où qu'il fût, à l'université, au café, dans une maison inconnue ou chez lui, se trouvait la plupart du temps, dans un rayon de moins de dix mètres, un écran où bougeaient des images de meurtre et d'enquête, ou d'enterrement et de larmes, ou d'effondrement et de fuite, ou de questions et de réponses, ou simplement de questions. Et lui, indifférent à tous ces drames, dormait paisiblement. Mais c'était avant Amélia Dehr. C'était avant l'hôtel.

L'argent manquait, son père n'avait pas mâché ses mots, les cours oui, le reste non. Il avait accepté la première offre venue, distraitement, sans même savoir à quoi il acquiesçait ; indifférent ou étourdi, concentré sur autre chose, sa vie qui commençait. De la surveillance – ou plutôt, de la simple veille –

aux heures creuses, à l'hôtel. C'est-à-dire le soir ; la nuit. Il s'y ennuyait. En contrepartie, il suivait les femmes. À leur insu ; parfois en leur absence. Il les cherchait, il les trouvait. Parfois il les perdait, mais c'était un jeu, un jeu auquel il jouait avec lui-même et dont elles ne savaient rien, comme celle-ci qui au sortir de sa chambre disparaît, se volatilise. Pour réapparaître immédiatement, ailleurs que prévu. Elle brûle les étapes, passe d'une petite fenêtre à une autre, comme par magie, sans solution de continuité. Il y avait neuf caméras et autant de cellules sur l'écran de surveillance, qui était l'écran de Paul. Il jouait à être surpris, il jouait à se surprendre ; leurs trajectoires n'étaient prévisibles que dans une certaine mesure, car c'était sans compter les arrêts impromptus, les retours ravisés. On voit le corps, mais pas ce qu'il a en tête. Rien de ce qu'il a oublié dans la chambre, sur la table de nuit, dans la salle de bain ; rien de ses repentirs. Et puis parfois, les moments préférés de Paul, ces étreintes évasives dans les escaliers de secours, dont il ne voyait rien sinon une porte coupe-feu qui lentement, paresseusement, se referme. On ne peut pas dire qu'il aimait son travail, auquel il ne pensait pas comme à un travail mais plutôt comme à un accident, moins que cela même, un *incident*, exactement ce que c'était, un *petit boulot* ; mais on peut dire qu'il aimait regarder les femmes. On peut même dire qu'il aimait les prendre de haut, qu'il aimait jouer (pensait-il) à les prendre de haut, et que c'était le seul endroit, le seul moment où cela lui était possible, par la grâce des caméras, du point de vue plongeant qu'elles lui prêtaient, solaire, comme s'il était dieu ; dieu, ou une simple masse d'air, stagnant près des plafonds. Oui, le point de vue de cet air plus chaud, et donc ascendant, peut-être ces soupirs qu'elles poussaient en se remaquillant aux miroirs infinis de l'ascenseur, peut-être leur souffle doux ou un réchauffement produit par la simple irruption de leur corps, de leur peau tiède, dans ces espaces vides, trop ventilés ; et ces exhalaisons, montant au plafond, s'accumuleraient jusqu'à ce qu'y surgisse un regard, qui serait celui de Paul. Rêvait Paul.

Quand les femmes se lassaient d'entrer et de sortir ou que lui se lassait de les regarder, il s'efforçait d'étudier. Il aimait l'université mais surtout il aimait être étudiant, cela le grisait, comme cela grisait son père qui était fier de lui ; ce qui ne l'empêchait pas, au fond, de lui en vouloir un peu, rien qu'un peu, dans ces recoins de son cœur que lui-même ignorait ; ignorait activement, énergiquement ; reniait. Préférant s'amputer d'une partie de lui-même que de l'admettre, car c'était un homme bon, fier de sa bonté comme il l'était de son fils, et un homme bon ne jalouse pas son unique enfant. Mais, sur les chantiers, il peut parfois penser à cette université et cracher dans le plâtre, et pisser dans le plâtre, comme on l'a fait depuis toujours et comme on le fait encore aujourd'hui – n'en déplaise à l'hygiénisme ambiant – pour faire liant, pour (cela Paul le savait ; son père non) en modifier le pH, l'acidité, la tenue ; et (cela, son père le savait ; Paul non) laisser un peu de soi dans les demeures d'autrui, dans ces murs que l'on s'éreinte à ériger pour ne jamais y vivre. Pour reprendre le dessus, secrètement, en profondeur, sur l'aisance d'autrui. Car ils étaient d'origine modeste et ne tenaient rien pour acquis, et certainement pas les études supérieures ; ils vivaient, avaient vécu, pensait Paul, comme si rien n'était stable sous leurs pas. Comme sur l'eau ; et cela, il ne le pensait pas à l'époque, il ne s'autoriserait à le penser que plus tard, et grâce à Amélia Dehr.

Il s'efforçait d'étudier mais il avait bien davantage à apprendre que ses cours d'architecture, morcelés en différentes spécialités, époques et approches. Il avait coupé les ponts ou croyait avoir coupé les ponts ou essayait de couper les ponts avec son milieu, auquel il ne pensait pas comme à un milieu mais plutôt comme à un *incident*, plus que cela même, un *accident*. Ses dix-huit premières années de vie lui avaient donné un certain corps, et ce corps avait un certain rapport à l'espace, aux autres, et une intuition lui disait que ce n'était pas le rapport qu'il fallait. Qu'il aurait fallu. À son arrivée, il avait observé. Et imité. D'abord les vêtements, qu'il vola ; puis la coupe de cheveux, et il fallut inventer tout un langage pour être en mesure de la décrire, de la réclamer – ce fut un défi sans pareil, digne des plus grandes explorations, des plus grandes conquêtes. Enfin il s'entraîna, c'était le plus délicat, à parler. Cela l'épuisait. À la cité universitaire certains soirs il était resté dans sa chambre, dans le noir ; à écouter les bruits dans le couloir, et toute cette agitation estudiantine lui donnait le mal de mer ; et si quelqu'un frappait à sa porte, il ne répondait pas, horrifié à l'idée que ce soit une erreur comme à l'idée que ce n'en soit pas une. Il avait craint que ça ne finisse jamais et, sans jamais finir, ça n'avait pour autant duré que deux semaines, trois peut-être, déjà c'était passé. Déjà il était, croyait-il, comme chez lui. Il avait des amis, des amis plus proches que jamais, qu'il aimait sauvagement, pour lesquels, se disait-il parfois, il aurait donné un bras. Pour lesquels il aurait donné un rein, mais parfois il oubliait leurs noms, et parfois il oubliait leurs visages, à trois, quatre heures du matin il se rendait compte qu'il n'y avait dans sa mémoire, à la place de cette personne, de cet ami ou de cette amie, qu'une vague silhouette. Et parfois il pouvait les confondre avec son propre reflet. Peut-être qu'au fond une partie de lui continuait à vivre dans le noir. Peut-être qu'une partie de lui continuait à ne pas être à sa place. À flotter, dans l'obscurité. Et pire encore : plus inquiétant : à tenir ce flottement, cette obscurité, pour ce qu'on appelle vulgairement – surtout quand on s'adresse à un jeune homme de dix-huit ans, au torse de nageur, aux cils interminables, qui plus est étudiant – *la vraie vie.*

*

Pour un certain type de sensibilité, l'hôtel Elisse aurait pu être à la fois le lieu et l'instrument du crime. On aurait même pu dire que l'hôtel Elisse, c'était le réel ; si l'on admettait que le réel fût, avant tout, une déception. En tout cas les amateurs de littérature et d'intrigue n'y venaient pas. Il s'en égarait parfois un ou deux, d'une autre génération, d'un autre siècle, et Paul voyait à l'œil nu le désarroi et parfois (mais rarement) la mort s'installer dans leur âme, comme eux-mêmes s'installaient pour la nuit dans une chambre aux autres semblable ; et de façon passagère, heureusement. Un lieu qui ne ferait mourir ni par sa beauté ni par sa laideur mais, peut-être, par son indifférence. Pourtant c'était ce qui avait fondé le succès de la chaîne lors de son implantation et c'était précisément encore ce que l'on cherchait ici lorsque *ici* était un choix ; tout le confort moderne, et le secret, la structure de ce confort reposaient sur la neutralité, l'anonymat. Rien ne ressemblait plus à un hôtel Elisse qu'un autre hôtel Elisse et par contiguïté on pouvait s'y croire autre, et mieux que cela : s'y croire personne. Dans ces établissements du milieu on pouvait être soi-même et autre, soi-même et rien.

Les fenêtres étaient carrées parfaitement et ne s'ouvraient pas ;
l'air conditionné brassait les microbes, les répartissant de façon
impartiale. Mise en commun des moyens de contagion. On y
était si peu soi-même qu'on toussait à présent de la toux de
l'autre, qui peut-être était déjà parti. Paul s'ennuyait ferme, et
au bout d'un certain laps de temps seul, à pivoter doucement
sur sa chaise face à des écrans de surveillance vides, face à un
hall désert, il était pris d'une torpeur qui ne devait pas être
loin de la transe ou de l'hypnose. La fontaine perpétuelle, perpétuellement ruisselante, n'arrangeait rien. Il ne souffrait pas
de la solitude, à moins d'appeler *solitude* la somme de certains
effets physiques : moins un état qu'un milieu, comme l'altitude
ou les profondeurs, et à force il respirait autrement, à un autre
rythme. Parfois ses oreilles bourdonnaient. Il attendait que
quelque chose arrive et parfois, à force d'isolement, quelque
chose finissait par arriver, mais pas de la façon qu'il imaginait.

Durant deux ou trois heures il y avait des allées et venues,
la clientèle habituelle de ce type d'établissement, des cadres
jeunes et moins jeunes, des individus de passage, hébergés là
au nom d'une fonction, d'une mission, encore que certains,
aussi étrange que cela puisse sembler, paraissaient y avoir pris
goût. Comités d'entreprise, universitaires en colloque. Paul
ne s'intéressait pas à eux, eux s'intéressaient encore moins à
Paul, même si cela n'excluait pas des échanges courtois, une
plaisanterie occasionnelle, dès qu'on tournait le dos les sourires
s'effaçaient des visages et les visages, des mémoires. Ensuite,
c'était le calme plat, et certains soirs, lorsque personne ne passait
durant plusieurs heures, ni dans le hall ni sur les écrans, qu'il
faisait pivoter sa chaise du talon, peu, à vingt ou trente degrés,

sans y penser, et qu'aucun son humain ne venait couvrir le ruissellement de l'eau, la fontaine perpétuelle qui créait ce que les architectes nomment un climat – quelque chose arrivait. Paul ne s'en rendait pas compte car Paul attendait que quelque chose se produise devant lui, dont il soit témoin. Or c'est en lui qu'arrivait ce qui arrivait. Il était assis là, entre des écrans ouverts sur des ascenseurs vides et des couloirs déserts et des chaînes d'information en continu, et le temps passait, toujours moins vite qu'il ne l'aurait voulu, et soudain, au comble de l'ennui, lui venait comme un flash, par exemple il lui semblait que les portes pneumatiques venaient de s'ouvrir dans un soupir, actionnées par le mouvement d'un corps, là où il n'y avait personne ; ou que quelqu'un venait de traverser l'une des neuf fenêtres de surveillance ; ou, très précisément, qu'une femme était assise, cheveux mouillés, sur la margelle de la fontaine où elle venait de les laver. Et il sait qu'elle est là comme il sait que la porte vient de s'ouvrir et quelqu'un d'entrer – il le sait et elle est là, elles sont toutes là, jusqu'à ce qu'il lève la tête. L'eau goutte de ses cheveux sur son chemisier et à force d'humidité cheveux et habits paraissent plus foncés, elle le regarde, elle prend son temps, lui aussi. Il sait exactement où sont ses yeux mais lorsqu'il lève la tête, il n'y a personne, ce qu'il savait depuis le début.

Paul chassait ces impressions comme des tours que lui jouait son esprit, comme un effet de la fatigue, de la lumière artificielle sur certaines surfaces. Il ne considérait pas ces secondes, ces erreurs, comme des événements. Il attendait. Il attendait mais quand, une nuit après la fermeture des portes – passé une certaine heure, les clients sonnaient pour se faire ouvrir –, il découvrit sur son écran de surveillance, patientant dans la rue, Amélia Dehr, telle une apparition, la panique le saisit. Jamais il n'avait envisagé de la trouver là, à deux, trois heures du matin, sur son lieu de travail.

De son propre aveu, pourtant, il n'était pas impressionné. Il la trouvait un peu ridicule ou trouvait ridicule ce qu'on disait d'elle – ce qui, pour lui qui ne lui avait jamais adressé la parole et ne voyait aucune raison de le faire, était une seule et même chose. Ce qu'on racontait sur elle à la fac était d'une tout autre teneur, un fourmillement de fantasmes juvéniles, elle était d'une beauté renversante et son âme était noire, *Quand elle entre dans une pièce quelqu'un sort en pleurant*, son père était riche, ou mort, ou riche et mort ; elle était une héritière, elle était l'héritière des hôtels Elisse, elle avait des amants par dizaines ; elle était ceci, elle était cela, une métastase de clichés ; si bien que, comme c'est toujours le cas, la première fois qu'il la vit, qu'on la lui désigna dans la cafétéria où elle venait d'entrer et qu'elle balayait du regard, comme si elle cherchait quelqu'un ou plutôt comme si elle repérait les issues de secours, Paul ne fut guère impressionné et la trouva, inévitablement, plus petite qu'il ne l'imaginait. Plus petite et moins symétrique, les traits moins *légendaires*, il ne savait pas à quoi s'attendre mais pas à cela, pas à une rousse, elle avait de ces cheveux qui s'embrasent dans le contre-jour et la tenir contre soi, s'était dit Paul, c'était sans doute un pis-aller, un ersatz, ce qu'on faisait quand on voulait savoir comment ce serait de saisir un renard, de l'empoigner à mains nues pour le cacher dans son manteau. Mais quelle drôle d'idée cela serait, quel érotisme étrange et sombre, et sans doute, s'était dit Paul, si cette fille avait une telle réputation c'était parce que ceux à qui elle plaisait, ceux à qui plaisaient ces cheveux, étaient ceux à qui plaisait un certain type de danger ; un danger *vivant* ; et qui le courtisaient, et qui ensuite se plaignaient d'avoir été mordus. C'est *ça*, Amélia Dehr ? avait dit Paul, une moue peu convaincue sur le visage, et son scepticisme avait fait frémir de satisfaction une partie de la table, de satisfaction mais aussi de frayeur – presque de frayeur – comme s'il remettait en question quelque chose qui engageait bien davantage que l'existence de cette fille-là, sur ce seuil-là. Comme si l'instabilité qu'il venait d'insuffler à ce qui jusque-là avait semblé un état de fait – Amélia Dehr était digne d'être regardée – menaçait de se répandre, de contaminer d'autres choses dont on avait tout lieu de préférer qu'elles restent stables, qu'elles restent telles qu'elles étaient.

Et voilà qu'encore une fois elle était sur le seuil d'un lieu où il se trouvait ; mais ce n'était pas comme ce jour-là, à l'université, où il occupait le terrain, où il se sentait fort de la présence, auprès de lui, de ses amis, de ses semblables. Cette fois, il était seul et elle était seule. Elle à l'extérieur, lui à l'intérieur. Ainsi c'était vrai, tout était vrai, elle vivait à l'hôtel. Le cœur battant étrangement, il envisagea de ne pas lui ouvrir, de la laisser là, dehors, toute la nuit. Oui, toute la nuit s'il le fallait. Elle sonna de nouveau, et Paul déverrouilla enfin la porte vitrée, qui s'ouvrit pour laisser entrer Amélia Dehr. Et Paul fit une chose qu'il n'avait jamais encore faite : il se cacha. Il se laissa couler au sol, tranquillement, comme si ses vêtements soudain vides glissaient à terre, et se nicha sous son bureau. Il entendit les pas d'Amélia Dehr sur le dallage, ce sol marbré, vert-noir, dans lequel on se reflétait quoique superficiellement, comme dans une eau glauque, écrasant les silhouettes. Il l'entendit s'arrêter devant la réception, hésiter, puis s'éloigner vers l'ascenseur. Et lui, tout ce temps, tapi *sous* son poste. Confusément conscient de l'ignominie qu'il y avait à travailler là où elle vivait, ce qui revenait, pensait-il, à travailler *pour elle* ; cela, son orgueil ne l'acceptait pas, non – son orgueil était aussi réel qu'un organe, un organe vital, et celui-ci, pensait-il, aurait explosé sous la pression du regard d'Amélia Dehr. Et tout cela était bien compréhensible et reposait sur une erreur, ou plutôt qu'une erreur un contresens, car si ignominie il y avait, elle était du côté de ceux qui vivent là où d'autres travaillent, elle était du côté d'Amélia Dehr. Elle, à sa décharge, ne l'ignorait pas ; mais Paul, oui ; c'était plus fort que lui, non content d'être pauvre il se sentait aussi coupable de l'être, il brûlait de la honte de tout ce qui lui manquait. Bien sûr, hors du champ de vision d'Amélia Dehr, *rien* ne lui manquait ; et ainsi il préférait être plié en deux, en quatre, sous le comptoir, plutôt qu'à son poste et donc sous ses yeux, rongé par le manque, creusé d'humiliation.

Commença alors une étrange valse d'évitement entre Paul et Amélia, ou entre Paul et l'Amélia qu'il avait sous les yeux, à l'écran, ou entre Paul et l'Amélia qu'il avait en tête, et qui n'avait au fond pas grand-chose en commun avec la vraie, sinon quelques signes mal interprétés, des vêtements chers, ou que Paul croyait chers ; et des hommes, des allées et venues d'hommes, jeunes et moins jeunes, qui attendaient en bas, sur les banquettes devant le comptoir de la réception et devant Paul, et lui regardait Amélia sortir de sa chambre et descendre, sans se presser, laissant parfois sa main aux ongles nets glisser sur le mur, comme si elle flânait ; il la regardait dans l'ascenseur, elle avait une façon surprenante de se remaquiller, presque violente, et les premières fois il n'avait pas compris ce qu'elle faisait, devant le miroir elle se mordait les lèvres, elle se pinçait les pommettes, en noir et blanc on ne voyait pas, naturellement, le sang affluer et, cosmétique, rosir la peau, lui donner un éclat sain, vivant, qui à en croire ces gestes et sa pâleur devait lui faire défaut ; mais quand la cabine de l'ascenseur était sur le point de s'ouvrir, là, à cinq mètres de lui, Paul s'inventait une tâche dans l'annexe, ou s'absorbait dans une conversation passionnante en apparence (espérait-il) avec l'un ou l'autre de ses collègues. Ou tout simplement, et assez grossièrement, il tournait le dos, le temps qu'Amélia traverse le hall, salue son cavalier (d'où me vient ce mot, se demanda Paul ; ces hommes étaient tout sauf cela, tout sauf des cavaliers), et sorte en sa compagnie ou bien remonte, et si elle remontait avec lui s'enfermer dans sa chambre, Paul, ensuite, passait plus de temps qu'il ne l'aurait souhaité à surveiller le couloir vide du troisième étage, attendant d'y voir quelqu'un qui ne ressortait pas, ne ressortait jamais. Peut-être qu'ils sont tous là-dedans, se disait Paul en quittant son service ; peut-être que c'est l'une de ces chambres où on entre pour ne plus la quitter.

Il la voyait parfois descendre au sous-sol, dans la salle de sport ; d'autres fois elle allait s'installer dans le restaurant vide, plongé dans la pénombre, et il se demandait ce qu'elle y faisait – là, ou dans ces salles de réunion désertes, dont il la voyait essayer les poignées l'une après l'autre pour en trouver une d'ouverte, et il y en avait toujours une, car les employés étaient souvent négligents, ou pas tant négligents que pressés, et oubliaient de les fermer à clé après les comités d'entreprise, après les conférences d'industrie, toutes ces activités à périr d'ennui qui s'y tenaient ; et il était même arrivé que Paul descende, et sur l'écran de surveillance où il n'y avait personne pour le voir puisque lui, Paul, était au sous-sol, on aurait dit qu'il fermait les portes à clé ; quand il veillait, grâce au passe de l'hôtel, que l'une des salles reste ouverte, à la disposition d'Amélia Dehr, dût-elle choisir, ce soir, de s'y retrancher.

Une fois ou deux il y eut des esclandres, des fêtes trop bruyantes, des détecteurs de fumée déclenchés, et une fois ou deux il y eut des cris, Je ne sais pas ce qui se passe à côté, avait dit la cliente inquiète dont Paul ne sut jamais le nom ; Je ne sais pas ce qui se passe, mais on entend des choses qui se brisent, des voix qui se brisent, cela j'en suis sûre ; et peut-être des meubles ; et peut-être, avait-elle ajouté devant l'air impavide de Paul, des *os* ; et Paul n'avait eu cette nuit-là d'autre choix que de monter, cette femme sur ses talons, et de toquer à la porte de la chambre d'Amélia Dehr, même si du couloir on n'entendait rien et que son cœur battait à tout rompre, de honte et d'autre chose ; de toquer, puis de tambouriner à la porte, et Amélia Dehr avait fini par ouvrir, un peu essoufflée mais le regard calme ; quoique ses lèvres, s'était dit Paul, aient l'air récemment mordues, et mordues par autrui ; et ils avaient immédiatement, sans se concerter, comme par un accord tacite, comme des partenaires dans un crime qui restait à préméditer, fait l'un et l'autre comme s'ils ne se connaissaient pas, comme s'ils ne s'étaient jamais vus. Tout va bien, mademoiselle ? avait dit Paul, et Amélia avait répondu : Merci, monsieur, tout va bien, et ses yeux ne riaient pas. Il avait essayé de voir derrière elle, dans la chambre. Un lit défait. Un abat-jour légèrement incliné. Rien.

*

Après n'avoir été rien du tout l'un pour l'autre mais avant de devenirs amis, et amants (ou amants, et amis), Paul et Amélia Dehr furent en compétition. Une compétition discrète, mais tenace, et c'est elle qui l'emporta, ce qui à l'époque sembla une tragédie à Paul, avant de lui apparaître, avec le temps, comme une bénédiction. À l'époque la vedette incontestée de leur université, de *toutes* les universités (croyaient-ils) était Anton Albers, et ils étaient plusieurs à attendre devant l'amphithéâtre à l'aube, longtemps avant le cours, afin de s'y assurer une place. L'attente, dirait plus tard Paul, faisait partie du cours. L'attente, dirait plus tard Amélia, *était* le cours ; mais lui n'était pas d'accord, lui n'était pas d'accord du tout, c'est sous les auspices d'Anton Albers qu'il estimait être devenu qui il était. Amélia, de toute évidence, non. Amélia était déjà qui elle était ; ce qui à l'époque sembla une bénédiction à Paul, avant de lui apparaître, avec le temps, comme une tragédie. Elle était déjà qui elle était : il ne lui restait donc plus qu'à se défaire.

Anton Albers était une vedette internationale mais Paul l'ignorait, il faut dire qu'à son arrivée il ne comprenait rien à rien, il se perdait dans les rues, se perdait dans les couloirs et dans ses pensées. Il mit quinze jours à trouver l'amphithéâtre d'Albers et lorsqu'il y entra enfin, il ressortit, car le cours était plein, les issues de secours bloquées, et puis ces étudiants assis dans les allées, sur les marches, contre les portes écoutaient une femme, or il lui semblait évident que ce professeur qu'il cherchait était un homme. Voilà quel était au début son degré d'ignorance : il n'avait pas compris qu'Anton Albers était une femme. Une petite femme de rien du tout, d'âge impossible à deviner, que cependant elle ne cachait pas : elle était née à Buenos Aires, juste après la Seconde Guerre mondiale, fille d'un ingénieur allemand aux sympathies nazies, correspondant de l'architecte Albert Speer et de Wernher von Braun, le père des fusées, accueilli à bras ouverts par les États-Unis. Albers, lui, opta pour l'Argentine, où il rencontra sa femme, puis le Chili, où Antonia Albers grandit, la tête dans les nuages, avant de partir, seule, mineure, pour le Mexique, puis les États-Unis. Elle n'utilisa jamais le mot fugue, bien qu'il se fût agi de cela ; et n'évoqua jamais son enfance autrement qu'en termes flous, génériques, qui créaient une impression de familiarité alors même qu'elle n'en avait rien dit, un père, une mère, le soleil sur la terrasse, un chien. En dépit du passé familial, c'est son prénom qu'elle changea, s'amputant d'une syllabe, d'un suffixe féminin, Antonia devenant Anton ; de rares photographies de cette époque montrent ce qui paraît être un jeune homme fluet, aux cheveux fins, aux lèvres fines. Est-ce à dire, madame Albers, qu'il était plus difficile d'avoir un présent féminin, un présent de femme, qu'un passé trouble ? est l'une des questions qui lui ont été souvent posées, et à laquelle elle n'a jamais répondu, Je vous laisse, disait-elle souvent, tirer vos propres conclusions ; et certains révéraient cette ambiguïté, ce refus de se prononcer qui était son réel engagement et, selon Paul, une incitation à faire preuve d'autonomie, à penser réellement, pour peu d'en être capable, par soi-même. Et d'autres la honnissaient, la jugeaient lâche, en somme insupportable. Sa biographie est nébuleuse, trouée, elle étudie dans divers fuseaux horaires et sur tous les continents. Elle semble une éternelle étudiante, l'auteure d'une thèse d'histoire sur la nuit, et d'une thèse de droit sur la nuit, et d'une thèse d'urbanisme sur la nuit – à moins qu'il ne s'agisse du même texte, qui est mentionné dans ses biographies officielles mais qu'elle a toujours refusé de publier, et ensuite, quand elle devient l'icône qu'elle est, adulée ou vilipendée, le texte a disparu des archives de l'université de Berkeley, et comme d'habitude quand on lui en parle Albers sourit, l'air espiègle, et hausse les épaules. Elle n'est pas sans charme, sa beauté cependant est celle de la jeunesse et dès la petite trentaine Albers avait la tête qu'elle a quand Paul se fraye un chemin dans l'amphithéâtre, une mine asexuée, malicieuse, sans âge ; comme certaines recluses, certaines nonnes. Le moment où elle cesse de se faire passer pour un homme n'est pas clair, peut-être en doctorat ; peut-être plus tard. Dans les années 1960 et le désert américain, elle fréquente des artistes, de ceux qui creusent d'immenses fosses dans la poussière et appellent ça de l'art ; de ceux qui achètent des cratères d'où observer le ciel et appellent ça de l'art ; et qui, sauf exception, finissent mal. Mal finir est une constante, soit des proches d'Albers, soit de ceux dont la compagnie est un tant soit peu digne d'intérêt. Elle a une fille, ce qui surprendrait presque, à laquelle elle donne le jour plutôt tard, ou plutôt tard pour l'époque, et dont on ne connaît pas le père ; l'enfant ne vit pas. À ce moment-là, son travail a déjà pris le virage qui est le sien, vers la poétique des risques, vers l'avenir des villes, c'est-à-dire, d'après elle, l'avenir du monde. À partir de cet instant, sa carrière quitte les rails traditionnels, décolle ; devient autre chose, une philosophie, une vision, elle enseigne partout dans le monde, elle parle des cités perdues et des pirates, elle parle des émotions disparues et de celles qui apparaissent, elle parle des frontières passées, présentes et futures. Elle parle du sceau de la tombe de Toutânkhamon, un nœud qui dura trois mille deux cent quarante-neuf ans. À la fin des années 1980 elle affirme, à une question sur la construction européenne, que rien ne ressemble autant à l'Europe à venir qu'une ville assiégée. Quand on lui demande comment elle voit le 21e siècle, elle répond, dans un français plus que correct, *Au 21e siècle, nous serons tous dans la sécurité*, ce que le journaliste rend par « en sécurité », contresens qui inspire à Anton Albers, déclare-t-elle avec son éternel sourire indéchiffrable, dix ans de travaux à venir.

En eux-mêmes ses cours étaient étranges, fascinants, elle avait une parole claire et obscure, qui n'appartenait qu'à elle, c'était plutôt comme de regarder quelqu'un prédire l'avenir, oui, c'était plutôt comme ces émissions où l'on voyait quelque magicienne, voyante ou mentaliste entrer en contact avec l'esprit des morts, sauf qu'Albers semblait en connexion directe avec l'Occident à venir, avec le futur du capitalisme et de l'industrie, quand ces gens à qui Paul pensait en l'écoutant étaient tous, sans exception, des imposteurs. L'intitulé du semestre portait sur « la ville de demain » mais jusqu'à présent elle n'avait, semblait-il, parlé que de la peur. Elle construisait, heure par heure, semaine après semaine, une histoire de ce sentiment. Alors que l'on s'enfonçait dans l'automne, qu'une pluie glaciale battait l'oculus vitré de l'amphithéâtre et qu'elle n'avait pas encore une seule fois évoqué ni « la ville » ni même « demain », les rangs s'éclaircirent, on se désista. Paul y allait, non comme on va en cours mais plutôt comme on se rend à une cérémonie secrète, à tout instant il lui semblait qu'elle disait plus que ce qu'elle disait, mais ce *plus*, le sens caché, lui échappait sans cesse, se dérobait, comme une idée qu'on a sur le bout de la langue, le mot qui vous manque pour comprendre le jour, la nuit, les trahisons dont on ne se sait pas encore capable mais avec lesquelles il faudra pourtant bientôt tenter de vivre.

Albers parlait de ces villes aujourd'hui disparues, des villes à un, ou deux, ou trois murs d'enceinte, sous lesquels des galeries étaient creusées, capables d'abriter une troupe de cent cavaliers, et elle leur lisait minutieusement les protocoles, en ancien français, de fermeture des portes à la tombée de la nuit, de mise en quarantaine des voyageurs ayant eu le malheur de s'y présenter entre chien et loup et qui en étaient quittes pour attendre l'aube dans ces sas de pierre, un espace entre deux espaces, une geôle, un suspens. Et puis elle parlait de la peur du loup, de la peur du turc, elle dessinait des vues aériennes de remparts et des schémas de propagation de la terreur, *toujours du plus proche au plus lointain*, insistait-elle ; ce qu'elle pensait dire, de cette façon, sur la ville et sur demain, sur la ville de demain, restait incertain, mais le sujet du premier examen prit la forme d'une question, et cette question était : *Une ville peut-elle mourir de peur ?*

Les rangs s'éclaircirent mais Amélia Dehr qui ne venait à l'université que rarement ne manqua jamais un cours, et Paul non plus, et au second semestre, quand il fallut s'inscrire aux séminaires optionnels ils furent les premiers à noter leur nom sur la fiche d'Anton Albers, qui ne les connaissait pas encore et ne marqua aucun signe de satisfaction, ou qui les connaissait déjà mieux qu'ils ne le croyaient, ce qui ne changea en tout cas rien à son expression, un vague air de contentement détaché, ou de détachement content, comme une femme qui a la conviction absolue d'être là où elle doit être, et de faire, lentement (très lentement) ce qu'elle a à faire. Ils étaient en compétition comme peuvent l'être des jeunes gens brillants et orgueilleux et épris de leur propre intelligence, qu'ils découvraient parce qu'Albers, et elle seule, la mettait à l'épreuve ; et à sa suite ils étaient bien obligés de s'aventurer dans des zones où sans elle ils ne seraient jamais allés, ou bien plus tard, des zones dangereuses qu'ils exploraient terrifiés de ce qu'ils apprenaient du monde ou pressentaient du monde, mais terrifiés surtout de rencontrer, au détour d'une phrase, d'une idée, les limites de leur intelligence, ce qui les plongeait dans l'effroi moyenâgeux de qui, croyant la terre plate, en cherche le bord en redoutant de le trouver. Ils se parlaient à peine, Amélia et Paul, mais c'était à qui aurait lu davantage, c'était à qui aurait tout lu, ils dialoguaient par emprunts bibliothécaires interposés, chaque volume manquant dans les rayons étant pour Paul une offense, la preuve de l'existence d'Amélia et de sa possible supériorité. Tout cela, au fond, était assez ordinaire, cependant leur rivalité latente se jouait également sur un autre terrain, qui n'était pas un terrain du tout mais son contraire, une instabilité, une sorte d'océan obscur − vis-à-vis d'Albers, ils étaient en compétition comme seuls peuvent l'être deux orphelins de mère. Et sur ce plan-là, c'est incontestablement Amélia qui l'emporta, ce qui faillit bien briser le cœur de Paul, mais il se résigna, comme si au fond il s'attendait depuis le début à être navré. Elles semblaient très proches, en cours déjà il s'en agaçait, faisant bonne figure, mais qu'est-ce qu'elle avait, cette fille, de si intéressant, de si remarquable ? rageait-il en son for intérieur (réponse : l'intuition du désastre, l'instinct de la catastrophe), et un soir, durant les vacances de février où il lui semblait que tout le monde était parti, au ski ou en famille ou pire encore au ski en famille, et que lui était resté en ville, une ville froide et détrempée, pour gagner trois sous, et le cœur serré d'abandon et de tristesse et d'humidité, il s'aperçut à quel point sa professeure adorée et Amélia Dehr étaient intimes, vraiment ce fut pour lui un mois difficile. L'argent était un problème, il s'était inscrit dans une agence d'intérim, trouva des missions de surveillance. Arpenta des entrepôts, des parkings, dans l'obscurité, dans l'écho de ses propres pas. Dans des uniformes qui étaient, à eux seuls, un effort de sémantique, un langage, ils s'inspiraient de l'attirail des compagnies républicaines de sécurité, ils dégageaient quelque chose de militaire, de paramilitaire ; mais devaient pourtant s'en distinguer. Tout devait évoquer l'armée – une armée privée, rendue à la ville – et s'en démarquer à la fois, et jamais Paul ne fut plus malheureux que dans ses bottes lacées haut ; dans ses vestes en nylon renforcé ; matraque battant la hanche. Dans des entrepôts. Dans des parkings.

C'est dans l'un de ceux-ci, une tour inversée, une spirale souterraine, profondément plongée vers le cœur secret de la ville, qu'il les vit. D'abord sur un écran de surveillance, et la panique le saisit. Une voiture allemande, Albers côté passager, parfaitement reconnaissable désormais, sa frange noire qui commençait tout juste à grisonner – quoique ici on n'en vît rien – et, claquant la portière côté conducteur, une longue fille qui la dépassait d'une tête, et elles formaient une paire presque comique. La grande et la petite, la jeune et la vieille, le chat et la souris. Le renard et l'oiseau. Une sorte d'effroi le prit tandis que les deux femmes se dirigeaient vers la sortie, vers lui. Il ne s'était jamais demandé ce que faisait Albers le reste du temps, le reste de la semaine, en dehors de ces deux heures où, de sa voix tranquille, elle lui parlait de ses peurs à lui, de ses peurs profondes et inavouables par quoi elle le tirait doucement, doucement, jusqu'à lui faire rejoindre la compagnie des hommes ; lui révélant que ce qu'il croyait sien, unique, anormal, honteux, était en fait commun à tous, un objet légitime de pensée. La peur du noir. La peur de l'autre. Le souvenir obscur, impensé, dans sa moelle, de grandes pestes, de grandes purges, le souvenir de choses qu'il n'avait pas connues mais d'où il venait. Des corps blottis dans l'obscurité, une terreur commune circulant entre eux, par les points de contact, épaule contre épaule, paume contre paume, main contre bouche – un grand corps collectif de peur. Jamais en tout cas il ne lui serait venu à l'idée qu'elle pouvait l'inspirer, ce sentiment dont elle esquissait la généalogie. Il entendit leurs pas avant de les voir, elles semblaient ne jamais devoir arriver, c'était comme un film d'horreur mais vidé de ce qu'il a de plus horrible, et ça n'en finissait pas.

Les deux femmes parlaient, Amélia portait une boîte en carton, l'une de ces boîtes qui contenaient au départ cinq rames de papier vierge, c'est-à-dire 2 500 feuilles blanches, en attente d'un sens qui viendrait, ou pas ; décevrait, ou pas ; et dans lesquelles certains enseignants rangeaient leur matériel de cours, leurs brochures, leurs polycopiés. Paul eut l'envie subite de lui arracher le carton et de partir avec, comme si l'analyse de son contenu, de ses entrailles, pourrait livrer sur l'avenir des indices qui sans cela lui feraient cruellement défaut. Il se cacha (encore ! se dit-il) dans la guérite, et attendit longtemps, des fourmis dans les jambes, afin d'être bien sûr qu'elles se soient éloignées. Dieu merci elles ne l'avaient pas vu, mais ce soir-là à l'hôtel le téléphone de la réception sonna, tard mais pas si tard, vers dix heures, peut-être, ou vers onze heures, et c'était Amélia Dehr, qui lui proposa de monter dîner avec elle. Paul ne dit rien, il envisagea même de raccrocher. Puis il trouva les mots et s'excusa de ne pouvoir quitter son poste. Amélia dit Bien sûr gentiment, mais sans être dupe, sachant qu'il quittait en réalité son poste tout le temps, au moindre prétexte et même sans prétexte, et dit Dans ce cas c'est moi qui vais descendre, et c'est ainsi que Paul et Amélia devinrent amis — si c'est ce qu'ils étaient.

2.

Au parking souterrain, désormais, Paul attendait de revoir la voiture allemande. Quand elle réapparut, il eut l'impression que c'était par l'effet de sa volonté, et de son désir, et il en fut le premier surpris. Amélia Dehr, une fois garée, resta longtemps à l'intérieur, trop longtemps, l'angle de la caméra ne lui permettait pas de voir grand-chose, mais il lui sembla qu'elle pleurait. Il lui sembla qu'elle frappait le volant, il lui sembla qu'elle se débattait, qu'elle essayait d'échapper à quelque chose à quoi on n'échappe pas. Face à son petit écran, à cette voiture dont personne ne sortait, Paul éprouva une peur dont il se croyait prémuni, contre laquelle il se croyait immunisé. Une peur d'enfant, qui monta en lui comme une sève, la terreur qu'inspirent également tous les possibles et l'impossible, le monde était à la taille de ce rectangle où Amélia Dehr ne quittait pas, n'en finissait pas de ne pas quitter la voiture, le monde était cette image qui ne passait pas et la terreur qui le tenait comme une fièvre. Quand la portière s'ouvrit, s'entrouvrit, il crut qu'il n'y survivrait pas, il sut qu'il ne pourrait jamais voir ce qui allait sortir de la voiture et serait et ne serait pas *son* Amélia Dehr, qui serait un autre état d'Amélia Dehr ; et il sut aussi qu'il ne pourrait jamais détourner les yeux, et qu'ainsi il n'avait d'autre choix que de voir et ne pas voir à la fois. Mon cœur va exploser, pensa

Paul. Mes yeux vont exploser. Elle sortit de la voiture, une longue jambe après l'autre. Rien ne se passa. Sur son visage il n'y avait rien à voir, une expression fermée, maussade, qui lui deviendrait familière mais que, pour le moment, il jugeait antipathique. Cette fois-là il ne fuit pas, il resta à son poste. Elle ne le regarda pas et il se dit qu'elle s'appliquait à ne pas le voir, que son indifférence était feinte. Il l'imita. Mais lorsqu'il la revit à l'hôtel elle était de nouveau elle-même, ou cette version d'elle-même qu'il jugeait plus conforme à sa nature à elle (ou à son désir à lui), et ils regardèrent ensemble un flash info en mangeant du popcorn, regardèrent jusqu'à ce que le bref bulletin repasse une fois, puis deux, jusqu'à le connaître par cœur et pouvoir le réciter de mémoire. Du parking elle ne dit rien, et il ne posa pas de questions.

En cours, Albers poursuivait ses digressions – les digressions *étaient* le cours, comme le motif *est* le tapis, dirait Paul plus tard, les yeux rouges, à son enterrement, qui n'était pas à proprement parler un enterrement mais une cérémonie, les mots, le corps de mots qu'ils lui donnaient, lui et d'autres (mais pas Amélia), remplaçant la chair qui n'était plus. La ville de demain, et dans les chemins compliqués que suivait sa pensée finit par se dégager l'idée suivante : l'espace n'est pas extensible à l'infini mais la nuit étend la ville, la redouble, la multiplie dès lors qu'elle en multiplie les usages. Paul était transporté. Paul était un fidèle, un apôtre d'Albers, et à dix-huit ans il voyait très simplement et parfaitement les trente, quarante, cinquante années à venir : il serait aux côtés d'Albers. Il serait l'architecte des nuits, de leur lumière. Le labeur de sa vie serait une note de bas de page, une annexe à la thèse manquante de sa professeure : l'éclairage, ce serait lui. Il croyait aux nuits et les nuits, découvrit-il, croyaient en lui.

Chacun happait, durant les cours, quelque chose qui n'était que pour elle ou lui, qui faisait résonner ses obsessions les plus profondes, pour Paul ce fut cela, la ville dans l'obscurité, une obscurité qui justement n'existait plus, en ville, que comme concept, comme repoussoir. Il était particulièrement avide des digressions d'Albers sur la nuit, et lorsqu'il dut présenter un exposé, lui qui n'avait jamais parlé en public, il le fit sur cela, sur l'éclairage urbain. L'essor du réverbère, instrument majeur de la lutte contre la criminalité, qu'il fût au gaz ou, plus tard, à l'électricité. Dans le même temps, dit-il, les inégalités en la matière ont toujours été persistantes. L'unification lumineuse du territoire n'aurait peut-être jamais lieu. Dans la ville d'où il venait, lui, on avait installé dans les années 1990 des luminaires bleus qui invoquaient le siècle à venir, le futur, mais un futur antérieur, déjà vieux, dépassé, une possibilité abandonnée du temps et de l'évolution, qui s'était révélée être – comme, du reste, tout ce qui concernait cette ville-là, un ancien pôle industriel qui essayait de se relever, et toujours échouait – une impasse ; et puis la légende disait, de cela il se souvenait bien, il se souvenait parfaitement et c'était même, sans doute, la raison de son intérêt pour ces questions, la légende disait que la lumière bleue du centre-ville empêchait les drogués de trouver leurs veines, ils remontaient leurs manches pour se piquer et rien : une peau également bleuâtre, voilà comment assainir un quartier, voilà comment le vider. La lumière était un langage sans mots que le corps comprenait, Il y a autant de neurones dans l'estomac humain que dans le cortex d'un chat, dit Paul, sans doute voulait-il évoquer par là cette intelligence des tripes qui était un lieu commun et que la science commençait tout juste à valider, comme si les clichés les plus éculés étaient en réalité des dispositifs pour traverser les apparences, toucher au cœur secret des choses. Il y eut quelques rires mais il sentait sur lui le regard bienveillant d'Albers, il savait qu'elle, elle comprenait, et c'était une forme d'ivresse. Amélia Dehr, au bout du premier rang, ne riait pas elle non plus. Elle le regardait entre ses cils comme si elle mesurait leurs chances respectives au corps à corps.

Amélia était plus rétive ou sa passion se manifestait d'une façon plus difficile, plus douloureuse, elle ne manquait jamais un cours, jamais une phrase, mais ne se laissait pas porter, refusait de se laisser porter : sa passion pour Albers était celle qu'éprouve une nageuse pour le courant à l'encontre duquel elle nage. Sa résistance, le signe qu'elle comprenait. Et voici ce qu'elle comprenait : la peur étend la ville. La redouble. La ville naît contre la peur mais la peur s'infiltre, et la ville devient le lieu de ce qu'elle devait tenir à distance, tenir à l'écart des murs. Il n'y aura pas de peur dans la ville de demain, répliquait Paul, la peur est à éradiquer, comme on a éradiqué le noir. L'obscurité n'existe plus depuis le 19e siècle. Amélia dit : la peur s'adapte. Elle prononça cette phrase une fois, distinctement, mais ne la redit jamais plus. Soit qu'elle refusait, par fierté, de se répéter ; soit qu'elle n'était pas aussi sûre d'elle qu'elle le prétendait. Souvent, comprendrait Paul, Amélia avait, en dépit de sa véhémence, le vœu secret d'être détrompée. Souvent Amélia regrettait d'avoir raison.

Bientôt, sans concertation apparente, ils s'asseyaient ensemble en cours, ne se regardaient pas, se glissaient des feuilles, des stylos ; Paul faute d'argent n'achetait pas tous les livres et lisait avec elle, tournant les pages comme il l'aurait fait pour une musicienne, sachant d'instinct quand elle avait fini. Ce n'était presque rien à voir, mais c'était beau. Ce fut cela, au début : presque rien.

Un jour, sous les yeux collectivement ébahis des amis de Paul, de ces amis qu'il était en train de quitter, Amélia posa sur ses épaules, sans tourner la tête vers lui, sans rien qui trahisse de sa part une attention soutenue, et encore moins romantique, son manteau à elle, comme une cape trop petite pour son large dos – sans le regarder elle savait, semblait-il, qu'il avait froid – et lui, sans un mot ni un regard, se contenta de rassembler autour de sa gorge les manches du vêtement, confirmant cette intuition, se passant même de la remercier – cette sollicitude glaciale, aveugle, était un érotisme en train de s'inventer. En public ils ne se touchaient jamais, mais cette vigilance sèche, parmi des jeunes gens qui jouaient à se frôler, à se frotter, avait une efficacité presque obscène, presque pornographique, dont eux-mêmes n'avaient pas conscience. Eux bien entendu le vivaient de façon rigoureusement opposée : tétanisés de timidité. Mais pour quelqu'un avec davantage d'expérience qu'eux, Albers disons – même si Albers ne donna jamais à voir qu'elle avait, dans ce domaine, la moindre opinion –, il était évident qu'ils seraient l'un pour l'autre de parfaits amants. Et cette personne plus expérimentée, Albers ou une autre, aurait pu pressentir là quelque chose d'inquiétant, une inévitabilité presque mécanique de la jouissance qui serait parfois, pour les deux ou au moins l'un des deux, cauchemardesque.

Mais à l'hôtel il en va autrement, l'hôtel est le lieu de leur intimité, celui où ils se regardent, où ils s'approchent, farouches et fiers, jusqu'à sentir rayonner la chaleur de l'autre, de sa peau, avant même de l'avoir touchée. Avant même de l'avoir vue, cette peau qui n'attend que la caresse. Au début c'est Amélia qui descend, ils dînent d'un côté et de l'autre de la réception, au room service on n'a jamais vu cela, Paul est sur la sellette et fait mine de l'ignorer. Ils regardent les écrans de surveillance, les chaînes d'information continue que diffusent les écrans du hall. Au bout d'un moment, quelques semaines peut-être, un mois ou deux – Paul est entêté – il finit par monter. Par découvrir cette chambre que depuis longtemps il imagine, cette chambre où *des choses se brisent* et qui l'obsède ; mais où, quand elle lui ouvre enfin, tout est normal, normalement à sa place. Les rideaux occultants. Le couvre-lit, dont elle prétend (étendue dessus de tout son long, appuyée sur les coudes, toisant Paul d'un œil dont il ne sait pas s'il est provocant ou ensommeillé) qu'il exhale des vapeurs chimiques, enivrantes, aspergé comme il l'est de retardateur de flamme – en cas d'incendie, dit-elle – et lui hoche la tête sans un mot, alors même qu'il n'a jamais, *jamais*, entendu parler de ce genre de pratique à l'hôtel. Ils discutent. En cercles concentriques, du plus lointain au plus proche, du plus impersonnel au plus intime, mais ceci d'étrange se produit que l'impersonnel et l'intime paraissent échanger leurs propriétés, et que la question du soda ou du film ou de la chanson préférée se retrouve chargée d'une importance vitale. Il y a des signes partout, qu'il faut apprendre à déchiffrer ; et la seule chose que l'on demande à ce rituel, à ce langage ésotérique, c'est qu'il les rapproche. Allongés sur le lit ils se tiennent peut-être déjà la main, ou peut-être simplement que leurs jambes se frôlent, par l'un de ces hasards simulés si délicieux qui ne sont pas encore une caresse mais déjà du courage. La télévision est éteinte, ils ne parlent pas, leurs crânes sont vides de tout sauf de la chaleur de l'autre – rien pour leur rappeler le temps qui passe. Le monde s'est interrompu pour eux un instant, ou alors il fait semblant de s'interrompre. Soit par charité, soit comme un tigre qui va bondir. Bientôt l'un des deux, le garçon ou la fille, va se relever sur un coude, embrasser l'autre, l'embrasser jusqu'à ne plus sentir son bras d'appui, continuer tout de même, se mettre à flotter comme flotte déjà l'autre encore allongé sur le dos, jusqu'à ce que le corps rappelle ses droits, que le membre se dérobe, mais pour le moment ils sont absorbés et le temps ne passe pas. C'est une bénédiction soudain d'être là, de n'être que là, tout entiers contenus dans leur attente, comme de plus petits animaux pourraient l'être dans le sommeil. Plus rien ne bouge. Pour la première fois ils sont soustraits à l'infinie circulation de tout, à l'infinie circulation du mal que rien ne peut arrêter car il s'infiltre partout et touche le cœur de toute chose.

*

Ils s'aimaient. Cela, c'est Paul qui l'aurait dit, c'est Paul qui le disait, lui qui n'avait pas la culture de la fiction. Chez lui on ne lisait pas, et il avait été protégé du roman et de ce que le roman fait aux jeunes cœurs en quête de miroirs. Il n'était pas exempt d'imagination, d'une intuition de l'irréel, mais sa pensée dans ce domaine était impensée justement, sauvage, puissante ; il voyait les choses autrement qu'en grands récits et c'est pour cette raison qu'il fut, à vingt ans, l'égal d'Amélia

Dehr, ou qu'il se sentit l'égal d'Amélia Dehr. Leurs territoires à eux étaient obscurs. Elle, bien entendu, se cachait dans son aura romanesque, dans son rayonnement romanesque, elle attirait à elle les clichés du genre, une mère morte, un père absent, et de l'argent, tout cet argent qui souvent est le vrai sujet des livres, son sujet caché – l'argent entre les lignes, celui qui manque, et celui que l'on convoite, et celui qui presse les mots sur la page – l'argent sans lequel on aurait dit plus tôt qu'elle était folle. Plus tôt ; ou sur un autre ton.

Paul ne la trouvait pas folle, parce que d'une certaine façon leurs esprits se ressemblaient, pas leur produit, pas les phrases qu'ils construisaient, lui difficilement, d'arrache-pied, comme un jeune homme qui constate que la langue qu'il parle n'est pas, sans doute, celle dans laquelle il songe ; mais qui pourtant n'en connaît pas d'autre. Elle avec facilité, une facilité réelle qui résultait de l'éducation – excellente – qu'elle avait reçue et qui ne lui inspirait que du mépris pour ce qui lui venait, comme cela, formulé immédiatement et parfaitement et élégamment avant même qu'elle ait fini de le penser : l'immédiateté et la perfection et l'élégance appartenaient à son propos, le fond et la forme étaient inséparables, Paul l'admirait. Tout le monde l'admirait. Elle, elle y voyait la preuve d'une violence, d'un dressage. Une humiliation de son esprit. Je suis un petit singe, disait-elle parfois, un petit singe savant. Il en riait. Elle sautait sur le lit d'un bond léger en poussant de petits cris inarticulés, un langage avant le langage, qu'il comprenait.

Ils s'aimaient. Les autres hommes disparurent, du moins de l'hôtel. Il abandonna ses amis, ses premiers amis, comme on enlève un vêtement devenu trop petit ou trop lourd ou avec lequel on a couru sous la pluie, une course interminable, une pluie battante ; et dont on sait qu'il ne sera plus jamais sec. La fibre corrompue en profondeur. Une course si longue que la moisissure commence dans les tissus avant même que l'on soit arrivé à destination. Voilà comment il les abandonna. Avec soulagement. Ce qu'Amélia se reprochait, la domestication, l'assujettissement, il le voyait désormais partout – partout sauf en elle.

La malédiction fut levée, le cauchemar prit fin. Croyait-il. Il n'était pas vierge. Le sexe entrait dans une autre durée, qui lui convenait mieux, c'est simplement qu'il n'avait pas jusqu'à présent eu l'occasion d'apprendre ce qu'aime une femme, une femme en particulier, ni – ce qui à l'époque lui paraissait secondaire mais importait sans doute davantage – ce qu'il aimait lui. Ils faisaient l'amour sans cesse. Elle ne disait pas *faire l'amour*, elle disait *baiser*. Lui ne disait rien, il la regardait d'une certaine façon, qu'elle comprenait. Ils n'avaient aucune pudeur, ou peut-être leur seule pudeur était-elle d'époque, de leur époque, ils ne s'en rendaient pas compte mais il y avait toujours un écran quelque part, un écran allumé. Il s'endormait en elle, ou il jouissait sur elle, sur son ventre ou ses seins, et ensuite l'emmenait dans la baignoire où il la lavait religieusement, et la foi qu'il sentait dans ses propres gestes l'excitait de nouveau, et elle le suçait en riant ou il entrait dans l'eau avec elle, il n'y avait qu'un rapport entre eux et il était sexuel, même quand ils lisaient côte à côte ou face à face c'était sexuel, même quand il était de corvée et arpentait des entrepôts ou des parkings ou des magasins assombris pour la nuit et qu'elle, elle dînait avec son père, ce père absent qui parfois franchissait ses lèvres et n'avait d'autre existence, pour le moment, qu'ainsi, en une syllabe affleurant sur une bouche qu'elle maquillait pour l'occasion. Ensuite ils se retrouvaient et il était fourbu et triste et elle, elle le consolait, elle le suçait encore, et après lavait sur son corps la nuit de surveillance et, sur sa queue, le rouge à lèvres qu'elle y avait mis et dont il se demandait si c'était le même que la veille, lorsqu'elle était sortie, ou si elle s'était remaquillée à un moment de la soirée ou au petit matin, remaquillée comment, dans quelle surface réfléchissante, en présence de qui.

Leurs enseignants (sauf Albers) lui reprochaient tout et son contraire, d'être provocatrice et absente, sarcastique et indifférente, rétive. C'était peut-être vrai à la faculté, mais à l'hôtel c'était faux. À l'hôtel (ce qui, pour Paul, voulait dire *dans l'intimité*), Amélia était passionnée, attentive, drôle. Elle était aussi timide, et solitaire, mais si elle avait besoin d'isolement elle accueillait la compagnie avec avidité, avec gratitude, comme le font souvent les enfants uniques. Jusqu'au moment où ils en ont assez, où il devient impératif de s'absenter, de sortir du champ de vision d'autrui. Cela ne posait pas de problème à Paul car rien, d'Amélia, ne posait de problème à Paul.

Elle dissimulait ses livres et ses papiers sous le lit, parce que c'était l'endroit que les femmes de ménage systématiquement négligeaient ; et, Paul le savait, les femmes de ménage n'ignoraient pas ce système de rangement, qui les arrangeait davantage qu'il ne les surprenait. Elle rendait les professeurs fous, ils la jugeaient durement, car en toute chose elle voyait l'endroit où cette chose cesse d'être elle-même pour glisser dans un autre état, un autre domaine. Elle renversait les notions qu'on leur inculquait comme on renverse un verre d'eau sur une table, sans le faire exprès. Paul savait ou croyait savoir que ses intentions étaient pures. Pourtant ce n'était pas de la maladresse. Il s'agissait d'autre chose, d'un instinct des limites et des manques, d'une soif de déstabilisation, un trait vaguement destructeur qu'Albers seule avait reconnu pour ce qu'il était, une passion de la catastrophe. Son bref passage dans l'enseignement supérieur ne fut que scandale sur scandale, il y eut par exemple la question du monument, lorsque Amélia tira de sous son lit des fac-similés de photographies soviétiques d'où certains individus avaient été effacés, remplacés avec plus ou moins d'habileté par des murs, par des plantes ; et ces pièces à conviction, *avant/après*, elle les présenta comme l'exemple du monument à venir : une censure, une invisibilité, un oubli énergiquement planifié et construit. On disparaît de l'histoire. On fait disparaître l'histoire. Voilà la dimension réellement monumentale que nous dissimulent les monuments, socle et statue en fonte, plaques de commémoration. Voilà l'architecture à laquelle on devrait s'intéresser. Pas la façon dont le pouvoir se rend visible, mais la façon dont il se rend invisible.

Dans cet exposé, intitulé « L'astronaute dans le rosier et la faculté dans la forêt », elle présente en première partie des photographies retouchées, s'attardant sur celle que préfère Paul, qui date de 1960 et célèbre les sept candidats retenus, au terme d'un processus de sélection ardu, pour devenir les pionniers du programme spatial soviétique. Sept candidats, insiste Amélia, les cheveux flambant dans le contre-jour artificiel du projecteur, mais sur le cliché du groupe on n'en compte que six. La structure vaguement pyramidale est celle des photos scolaires avant la puberté ou des équipes sportives avant la victoire, mais peut-être cette triangulation molle, étêtée, suggère-t-elle la nature même de la carrière de pilote, pareille à « l'escalade de l'une de ces anciennes pyramides babyloniennes, les ziggourats, faites d'un nombre vertigineux de marches et de paliers, monuments d'une hauteur et d'un abrupt extraordinaires » (Wolfe : 1982). Sur cette photographie des Six de Sotchi, il y a d'ailleurs un escalier, certes modeste. Un escalier de rien du tout, toutefois l'architecture ne devrait jamais être en soi une question d'échelle, dit Amélia ; et d'autre part, cet escalier se trouve avoir été un homme. Disparu aussi sûrement que les camarades Trotski ou Kamenev ; volatilisé. Il fallut quinze ans pour identifier le disparu, Grigori Nelioubov, promis à un vol orbital mais expédié en Sibérie à la suite d'une querelle d'ivrognes à l'entrée de la base spatiale. Pour joindre l'insulte à l'offense, il fut ensuite purement et simplement effacé de la première classe de cosmonautes. Ainsi à la monumentalité revendiquée de l'architecture soviétique répond (fait contrepoids, dit Amélia) un art délicat de la dématérialisation ; dans une autre version de cette même photographie (image à l'appui), Nelioubov, le mal-aimé, est devenu rosier. Nous imaginons, dit Amélia – et ce simple mot envoie un frisson dans les échines, car il est inacceptable dans le cadre de l'université – nous imaginons que le deuxième faussaire, celui qui préféra la fleur à l'escalier, aimait Nelioubov, ou la poésie, ou les deux. Nous imaginons qu'en obéissant à l'ordre de censure, en vaporisant l'astronaute, il s'insurge et se venge en choisissant d'incarner à la place l'un des vers les plus tristes et les plus opiniâtres (Amélia dit « couillu ») de Ronsard : *afin que vif et mort ton corps ne soit que roses.*

Elle marque une pause théâtrale et enchaîne sans transition sur une photographie du bois de Vincennes, qu'elle a prise, Paul s'en souvient parfaitement, durant l'une de leurs promenades. Des arbres, de l'herbe. Voici ce qu'il reste de l'université libre et autonome, dit-elle. Voici ce qu'il reste d'une autre forme de pensée. Il n'en reste rien : on conspire à nous enfermer dans ce qui est, comme si seul ce qui existe pouvait jamais exister. On conspire à effacer les possibles. Mais tel est pris qui croyait prendre : la démolition de l'université libre est en réalité son triomphe. L'abandon en 1980 de cette tentative d'être ensemble autrement, de connaître le monde autrement, est sa victoire, et cette victoire est une ruse. Un secret. On ne la retrouve plus qu'aux arbres. Ces chênes, ici. Là, ce cèdre. Ce que l'on voit ici, cette croissance, cet ensauvagement, c'est à cela qu'il faut tendre, cela seul nous libérera. Bientôt la forêt marchera vers nos esprits. Bientôt la forêt marchera vers nous. Et Amélia quitte la salle. On se demande quoi faire. On ne fait rien, on rallume la lumière, et la photographie du bois qu'elle a laissée au mur continue de hanter le cours, noyée dans les néons, pâlie, mais toujours perceptible.

À un oral, elle se contenta de réciter une liste d'attentats à la voiture piégée, et fut recalée. Cela ne lui faisait ni chaud ni froid, elle n'était pas comme Paul, ne voulait ni diplôme, ni reconnaissance, ni stabilité. Elle n'avait personne à convaincre de sa légitimité, n'avait pas besoin d'argent, rien à améliorer dans son avenir proche ou lointain. Paul, lui, jouait le jeu, tenait à le jouer, tenait à le gagner, et cela, jamais elle ne le lui reprocha. Il était trop jeune pour se demander à qui ces petites insurrections s'adressaient, quel alphabet cela composait, les monuments de disparition, les véhicules en feu, les phrases, la poésie qu'épelaient ces actions timides, qui n'étaient pas encore des événements.

*

Ils s'aimaient et le temps passait et plusieurs choses se produisirent sans avoir l'air de se produire : Paul devint, lentement, sans préméditation ni même conscience de ce qui lui arrivait, une rumeur. Cela l'aurait fait rire, cela l'aurait flatté, en égale mesure, mais il ne se rendit compte de rien. Dans son cas cela commença à l'hôtel, parce que ses allées et venues entre la chambre 313 et son poste étaient connues de tous, étaient répertoriées dans une mémoire collective quoique fragmentée, intérimaire, comme étaient intérimaires ceux qui travaillaient là et qui, les premiers, se soucièrent de ce qui se tramait entre la réception et le troisième étage – une mise en commun des moyens de transgression, et Paul, tout à son premier amour, ne mesurait pas ce que la situation, sa situation, avait de séditieux, d'explosif, ne le mesurait pas ou s'en moquait, le veilleur de nuit et une cliente, et tous deux adultes, et consentants, mais avec quelque chose, encore, de l'éclat de l'enfance. La façon dont on lui parle (ses collègues) change, c'est comme s'il évoluait séparé, une rupture de l'espace et du temps, faite de mots qu'il ne connaît pas, qui débordent cet hôtel-ci, cette année-ci, et la suite des événements ne fera que hâter cette propagation – un employé élusif, qui, non content de disparaître avec une habituée, ou de faire disparaître une habituée, n'a aucun *ici*, aucun *maintenant*, qui réside invisible dans ce qu'on en raconte, si l'on regarde dans une direction il est déjà ailleurs, et jamais au moment où l'on croit.

L'autre chose qui arriva, au fil du temps, et qu'il accueillit comme une conséquence inévitable de son amour pour Amélia et de son amour pour l'ambiguïté, qu'il en viendrait à considérer comme une théorie et une pratique – comme un art – précisément à l'époque où elle serait pour ainsi dire éradiquée du champ intellectuel et politique comme des espaces publics ou de ce qu'il en restait, fut l'évolution de ses rapports avec Albers. Il croyait l'avoir perdue au profit d'Amélia Dehr ; il ne fit que la trouver. Ensemble ils allaient dîner chez leur professeure, il n'avait jamais imaginé, jamais rêvé telle relation – qui demeurait pédagogique, mais d'une façon nouvelle, Albers se haussait sur la pointe des pieds pour l'embrasser sur une joue (à moitié dans l'air et à moitié sur la peau), elle sortait des livres, des piles de livres qu'elle leur présentait en quelques mots précis et drôles qui donnaient à la fois envie de les lire et l'impression de les avoir déjà lus ; elle leur servait du vin et riait des facéties d'Amélia, de ce qu'elle appelait les facéties d'Amélia, peut-être n'aurait-elle pas dû, peut-être le regretta-t-elle plus tard ; et Paul qui craignait l'autorité ou qui, plutôt que de la craindre, la reconnaissait et croyait la respecter, s'aperçut après l'incident dit de la voiture piégée qu'Albers ne tançait pas Amélia, ne lui faisait pas la moindre remontrance, au contraire elle semblait avoir été informée au préalable du tour que prendrait l'examen, et se contenta de secouer la tête en souriant, légèrement amusée, tandis qu'Amélia, vêtue d'une tunique pâle brodée de bleu, d'une tunique qui lui faisait briller les yeux et donnait l'impression à Paul qui connaissait chaque centimètre de sa peau veinée qu'elle était non pas nue mais plus que nue, qu'elle était là, sublime, en écorchée vive, récitait en pouffant la liste dont elle avait gratifié son jury. L'attentat de la rue Saint-

Nicaise, le 24 décembre 1800, visant le général Bonaparte ; le dynamitage de l'école élémentaire de Bath (Michigan) par le fermier Andrew Kehoe en 1927 ; les camions piégés du groupe Stern à Haïfa en janvier 1947 et ceux du FLN, en Algérie, puis le déchaînement de violence de l'OAS. Dans les années 1950, au Vietnam, ce sont les motocyclettes qui sont piégées ; en août 1970, un van explose devant le département de physique de l'université du Wisconsin-Madison, la cible étant l'Army Math Research Center. C'est à peu près là qu'ils m'ont interrompue, expliqua Amélia. Elle avait enlevé ses chaussures et son pied reposait entre les jambes de Paul, sous la cuisse de Paul, près de son sexe qui menait dans son coin une réflexion dépourvue, elle, de la moindre ambiguïté.

Ce soir-là avant de prendre congé ils entrèrent dans la chambre d'Albers récupérer leurs manteaux, Paul portait un duffle-coat, Amélia une gabardine droite rouge sombre et, dans la rue, lui avait trop chaud et elle trop froid – et Amélia s'attarda dans la pénombre, regardant les tableaux, au-dessus du lit la photographie d'une femme et d'un oiseau, d'une femme portant un oiseau à ses lèvres, un baiser, une photographie offerte par l'artiste à Albers et qui n'apparaissait en reproduction nulle part, qui n'était plus visible qu'ici, maintenant, une image étrange et douce et peut-être, à bien y penser, menaçante, On dirait toi et moi dit Amélia en souriant, sans préciser qui était, d'elle ou de lui, la femme, qui la perruche ; une idée d'Amélia, une idée absurde mais peut-être pas si absurde que cela car un jour Albers léguerait cette œuvre à Paul, mais ce soir-là il n'eut guère le temps d'y penser, déjà Amélia s'était détournée vers la cheminée, le marbre vert de la cheminée, une teinte maladive, repoussante jugea Paul, et Amélia désigna de son long index à l'ongle net une photographie légèrement surexposée, dans un cadre plus vieux que le cliché, plus vieux même que les sujets qui y apparaissaient, un jeune homme en smoking flottant et une jeune femme en rose mountbatten, mais bien sûr le jeune homme n'en était pas un, était Albers, et l'autre, C'est ma mère, dit Amélia l'air de rien.

Tout est une histoire de mères mortes, pensa Paul, qui avait de la fiction une pensée primitive, puissante, et dont la mère était morte. Mais il ne le prenait pas personnellement, il ne prenait rien personnellement car, un jour ou l'autre, la chose est vraie de toutes les mères. Un jour ou l'autre toutes les mères sont mortes, et vivent dans les histoires que se racontent de jeunes amants entre des murs qui ne leur appartiennent pas. Mais ce n'est pas le début que choisit Amélia Dehr, plus rouée ou plus artiste ou plus blessée que lui, à son récit. Tout est une histoire de malentendus, dit Amélia, allongée sur le lit, Paul arrangé autour d'elle en boule, en position latérale de sécurité – on ne savait pas bien lequel des deux soutenait l'autre. Peut-être étaient-ils fous ensemble, se dit Paul, qui était prêt à accueillir cette idée, cet espace partagé, qui lui semblait la continuation du lit où ils vivaient, son prolongement par d'autres moyens ; mais c'est en la perdant qu'il manquerait de perdre la raison, et de cela il n'avait cette nuit-là, sur le couvre-lit imprégné, ou pas, de retardateur de flamme, aucune idée. Les malentendus sont une tragédie, dit-elle, et il suivait sur sa tunique les broderies bleues qui avaient été faites à la main, même lui le devinait à leur délicatesse, à leur complexité, il tenta de les convertir en heures de travail, en engourdissement des doigts tenant l'aiguille, en perte de dioptrie de l'œil dont le muscle, trop sollicité, s'étire et s'affaiblit – est-ce ainsi que l'on devient myope, pensa-t-il, est-ce ainsi que l'on devient aveugle, à œuvrer pour des femmes comme Amélia ? Mais il échoua dans ses calculs, et les tours et détours des fils, le long des clavicules d'Amélia et de ses bras, rayonnant autour de son plexus solaire, évitant curieusement les seins dont le dessin, deviné sous le tissu blanc, presque transparent, se suffisait à lui-même – ces tracés, il finit par les transformer en scènes étranges qui accompagnaient sa voix, des scènes violentes et belles auxquelles il n'échapperait plus, même en fermant les yeux, les broderies bleues semblaient à présent sur la face interne de ses paupières, inévitables.

Le rose mountbatten est une création de l'amiral Mountbatten, un gris tirant sur le mauve, une teinte élaborée durant la Seconde Guerre mondiale à des fins stratégiques – l'amiral se souciait de camouflage, se souciait d'invisibilité, il pensait que la flotte royale anglaise échapperait ainsi à la détection allemande, surtout durant ces heures délicates que sont le crépuscule du matin et celui du soir ; mais son succès n'a été que relatif en termes de disparition. Au contraire, les vaisseaux étaient semble-t-il plus vulnérables. Sans compter qu'ils étaient, naturellement, roses. Ma mère et Albers avaient décidé de travailler sur la question mais ont échoué. Ou peut-être réussi. Ou peut-être l'une a-t-elle réussi, et l'autre échoué. En tout cas elles étaient amies, plus qu'amies, dit Amélia ; et en tout cas Paul fut déçu, légèrement déçu d'entendre cela, et sur le coup il ne s'expliqua pas cette déception, le sentiment d'avoir été trahi, et se pelotonna davantage contre le corps aimé, mais plus tard il comprit, il *se* comprit – combien cela l'avait blessé : les idées étranges et, pour lui, originales d'Amélia Dehr, la disparition, le monument à venir – combien tout cela était, aussi, un héritage. Combien il était seul, dans ce monde où son père n'avait rien à lui transmettre, ni richesse, ni idées, ni même une vague nostalgie de temps meilleurs. Il ne saisirait que plus tard en quoi consistait son legs à lui. Elle lui raconta la suite dans la nuit, au-dessus des photographies soviétiques retouchées, en dessous du couvre-lit imprégné, ou pas, de retardateur de flamme ; entre les draps, en plein cœur du monde particulier qu'elle habitait, et où Paul, sans vraiment s'en apercevoir, l'avait suivie.

3.

Une dizaine d'années plus tôt, à la fin du 20ᵉ siècle, sa mère avait essayé d'empêcher une guerre, puis de l'arrêter, et elle en était morte. Amélia aurait pu et faillit s'arrêter là, la phrase disait tout, elle était correcte à tous points de vue, grammaticalement et factuellement, mais en même temps qu'elle disait tout, elle ne disait rien, ce n'était pas la langue qu'elle parlait, ce n'était pas celle qu'on lui avait apprise, aussi poursuivit-elle. Peut-on être contaminé par une histoire, se demanda Paul plus tard. Par des mots. Existe-t-il des récits qui tuent ? Mais qui tuent lentement, à petit feu, comme ces prises curieuses d'arts martiaux qui ne sont en apparence qu'un contact, qu'une pression, et un an plus tard le cœur s'arrête soudain, comme de lui-même. Un crime parfait.

Cette femme, sa mère, œuvrait pour la paix : c'était sa raison sociale, peut-être sa vocation, et il convient dès lors de jeter un voile pudique sur son échec personnel, un échec au carré, un échec au cube, des centaines de milliers de morts, de disparus, une ville pilonnée durant près de quatre ans, des snipers sur les toits, du sang dans les rues et, dix ans plus tard, des cimetières, partout, dans les stades, dans les parcs ; des cimetières et des blessures mal refermées, étrangement refermées, des enfants devenus adultes qui ne peuvent pas dormir la fenêtre ouverte, ou qui ne peuvent pas dormir la fenêtre fermée, et les enfants de ces enfants qui auront des rituels étranges, qui sans avoir vécu la guerre, le siège, les traversées périlleuses de la rue, raseront parfois les murs, lèveront parfois le nez sans savoir ce qu'ils cherchent – ce qu'ils cherchent, ce sont les tireurs embusqués qu'ils n'ont pas connus. Ce genre d'expériences, des tirs de précision, des tirs de mortier, des black-out, des robinets qu'on ouvre sans que rien ne vienne – ce genre d'expériences se transmet étrangement, de génération en génération, d'aucuns affirment désormais que la peur d'une époque modifie profondément la suivante, hante la plus ancienne partie du cerveau, reptilienne, où *moi* n'existe pas, ou à peine, ou pas autrement qu'un corps en danger, qu'un corps rongé par la faim, passionné par sa survie, rivé à sa propre préservation ; je crois, moi, que c'est une question de langage, une question d'histoires, inoculées comme des virus, comme des anticorps, par ce qu'on dit ; et aussi par ce qu'on ne dit pas. Paul, pelotonné contre Amélia, eut la nette impression qu'elle lisait dans ses pensées, ou plutôt qu'elle les anticipait, qu'elle leur donnait la forme et la réalité que lui, à tâtons, ne faisait que pressentir.

C'étaient les débuts de l'Union européenne et d'une certaine façon cela en fut déjà la fin, révélant à qui voulait le voir – ou n'avait d'autre choix que de le voir – une mascarade grinçante d'impuissances mises en scène, revendiquées, de débats, de questions rhétoriques, était-ce une guerre civile ou pas, à proprement parler ; y avait-il génocide, *à proprement parler* ? Qui savait quoi ? Qui avait fait quoi, laissé faire quoi ? Les Anglais savaient mais n'avaient rien fait. Les Français avaient agi, mais ne savaient rien. Ou inversement. Une longue chaîne réversible de responsabilités, comme ces rubans infinis qui n'ont ni envers ni endroit mais une seule face, puissance et impuissance ramenées au même, des faits de mots. La simple mention des Américains jetait un frisson d'espérance ou d'effroi le long des échines, mettait une lueur malade dans l'œil, il fallait à l'époque, pour ceux qui étaient à divers degrés concernés par cette guerre, ou s'estimaient concernés par cette guerre, lire les signes, apprendre un langage sous le langage, un alphabet de symptômes, de fantasmes, de pathologies.

La mère d'Amélia était ce que l'on aurait pu appeler une aventurière, ou une exploratrice, ou du moins une voyageuse. Elle avait quitté sa province à la fin des années 1960 comme on quitte une robe trop petite, avait raccourci ses cheveux et son nom pour partir à la découverte du monde. En vérité elle voulait voir la Suisse, s'est contentée de passer la frontière la plus proche. Elle était poétesse, ce qui aujourd'hui semble ridicule à dire, presque obscène ; mais elle, elle l'était. (La chronologie est floue, trouée, j'avais dix ans lorsqu'elle est partie, je ne me souviens de rien, de pas grand-chose, elle m'a laissée à Albers, Albers m'a emmenée chez mon père, tout ce que je crois en savoir est une reconstitution.) Voici comment les choses sont arrivées : elle avait vingt ans, elle traînait à Genève, à Locarno, en arrangeant ses longs bras d'une certaine façon sur les accoudoirs, en faisant de l'esprit ; quelqu'un a trouvé qu'elle s'ennuyait, lui a confié les clés d'un appartement parisien, l'un de ces repaires qui n'existent plus aujourd'hui, pas à ma connaissance, de grands espaces presque vides – à qui ils appartiennent, quel nom figure sur le bail, personne ne s'en soucie : cela s'est perdu dans des brumes légendaires. On y passait sur invitation, à l'improviste, avec le peu d'argent que l'on avait on faisait un double des clés, on les prêtait, on les perdait, on les donnait ; on y restait une nuit, une semaine, un an ; c'était un écosystème d'artistes et d'intellectuels et de révolutionnaires et, comme tout écosystème, il était d'une certaine façon autorégulé, au bout d'un moment quelqu'un changeait les serrures, ou bien la police débarquait en enfonçant la porte, à la recherche de quelqu'un que personne ne connaissait, n'avait jamais vu ; un temps les lieux restaient déserts, presque déserts, puis la ronde reprenait, à un rythme nouveau, d'abord timidement. Des appartements pareils il y en avait dans toutes les villes – toutes celles où il valait la peine de vivre, toutes celles où il y avait des gens pour gesticuler dans la nuit et appeler ça de l'art ; c'est dans ce genre d'endroit qu'Albers a écrit sa thèse. C'est dans ce genre d'endroit qu'elles se sont connues. Deux femmes qui cherchaient des formes dans les nuages – les nuages de gaz lacrymogènes. Ma mère, avec sa croyance obscène en les mots, donc, avait adopté, ou inventé, une forme spécifique, qu'elle appelait *poésie documentaire* et qui se voulait, ou était, ou aurait dû être une alternative à la langue journalistique qui a rongé notre façon de penser et de vivre jusqu'à ce que nous ne soyons plus, face au réel (c'est elle qui l'a écrit, moi je ne suis même pas sûre de comprendre ce que cela veut dire), que des silhouettes affamées dans une cave. Et on appelle ça l'objectivité, déplorait-elle, c'est dans son premier recueil, tu pourras le lire si tu le veux, il a été écrit en partie au Mexique et quelque chose dans la façon dont il se lit, dans le rythme des vers et les blancs entre eux, me donne à penser qu'il a été composé non avec mais en présence d'Albers. Avec Albers, toujours, dans son champ de vision, quand bien même ce serait au bord, à l'extrême bord, là où on n'est jamais certain qu'il y ait quelque chose plutôt que rien.

D'une certaine façon c'est un livre d'histoire et d'une certaine façon c'est un livre sur la vision, justement. Elles étaient au Mexique en 1969. Elles ont croisé, ou pas, cet homme qui déplaçait des miroirs et appelait ça de l'art, il les enterrait à moitié ou les perchait dans les arbres et ils reflétaient le ciel, les feuilles, et Albers y voyait une étrange tentative de réparer ce que les Américains avaient fait au Yucatán. Une forme de magie blanche visant à rendre ce qui avait été volé, les temples, l'innocence, le regard. C'est dans la jungle que ma mère a écrit son livre, qui est aussi un manifeste, et qui raconte comment, non contents de démanteler les anciennes cités mayas pour les envoyer, en pièces détachées, sur la côte Est de l'Amérique – autant dire le centre en voie de construction du monde, le trou noir qui pendant plus d'un siècle aspirerait tout – les Américains qui se trouvaient là en 1840 comptaient parmi eux un médecin, ou un individu se piquant de médecine, qui entreprit d'opérer les Indiens de ce qu'il jugeait être l'incarnation de leur désespérante incurie morale : le strabisme. Le livre est comme un reportage, ou un essai, tout y est vrai, mais à la différence du reportage ou de l'essai, il ne laisse pas *en dehors* de l'opération, au contraire il vous y intègre, on sent la lame dans sa main et en même temps sur son œil (jamais il n'est fait mention d'aucune anesthésie) et à mesure la lecture devient insupportable, physiquement insupportable, car elle baigne dans le sang, c'est un cauchemar et on le vit des deux côtés, de celui qui l'exerce et de celui qui le subit : un bain de sang, une peur primale. La théorie de l'information, selon ma mère.

Croyait-elle vraiment révolutionner le reportage ? C'est ce que prétend Albers, mais j'en doute, ou alors elle était – ma mère – folle, folle à lier. Je ne crois pas que ce fût le cas. Pas au début du moins, et de la fin je ne sais rien, ou peu. Dans le monde intellectuel elle demeura une curiosité. Même si Albers prétend qu'elle était l'horizon, ce à quoi tendre sans jamais y parvenir. Un point de fuite. Je ne sais pas.

Quand la guerre éclata en ex-Yougoslavie, elle s'installa à l'Elisse de Sarajevo (mon dieu, pensa Paul, qui eut pour la première fois l'impression de ne rien comprendre, ou plutôt de commencer tout juste à comprendre, et déjà il regrettait son ignorance). L'hôtel d'où – si l'on voulait schématiser – le conflit avait commencé. Le toit duquel deux tireurs embusqués avaient ouvert le feu sur une colonne de manifestants pacifistes. L'hôtel était devenu le QG de la presse internationale et des quelques intellectuels qui, comme elle, comme Nadia Dehr, jugeaient que leur place était là, à l'endroit où s'achevaient à la fois les idéaux du 20ᵉ siècle et sa Realpolitik – dans un carnage. Mais un carnage *long*. L'un de ces endroits où la violence est à la fois extrême dans l'instant, des corps qui éclatent devant une fontaine, sur un marché, et soutenue dans le temps. La guerre a rendu ma mère folle, dit Amélia, parce qu'elle pensait qu'il fallait trouver les mots pour la dire, et une fois les mots trouvés il n'y aurait d'autre possibilité que de l'arrêter. Il fallait trouver une forme pour l'arrêter, pour que les écailles tombent enfin des yeux de ce que l'on appelait l'opinion internationale. Et elle pensait que c'était sa tâche à elle. La tâche de la poésie. Trouver la forme qui transporte cette réalité-ci ailleurs. Hors de ses limites, au cœur de l'Occident, au cœur de ceux qui la liraient et qui, après l'avoir lue, l'auraient vécue et ne pourraient plus l'ignorer. Elle écrivait. Parfois elle mangeait avec les autres, les journalistes, les intellectuels ; parfois ils trouvaient des pâtes italiennes et cuisinaient et ces pâtes pour eux tous étaient une fête. Parfois elle m'appelait au téléphone et je pleurais. Elle, non. Elle, elle écrivait. Elle était persuadée que l'échec du processus de paix était son échec à elle, l'échec de sa poésie. De la poésie tout entière. Au bout de trois ans, elle a fini par se rendre à l'évidence : ce qu'elle voulait révéler au monde, le monde le savait déjà. Le savait depuis le début. Et s'en moquait. Ce n'était ni la faute des mots, ni de ceux qui s'en servaient ; c'était la faute de la nature humaine, de ceux qui refusaient d'entendre. Je suppose que c'est à ce moment-là qu'elle a perdu la tête. Elle a arrêté d'écrire, elle a arrêté d'appeler, ce qu'elle faisait je l'ignore, je suppose qu'elle creusait des tunnels. Au sens propre ou figuré, je suppose qu'elle s'est mise au marché noir, qu'elle a mis ses forces au service du trafic de nourriture, du trafic d'armes, pour permettre à la ville assiégée de survivre. Personne ne sait ce qu'il s'est passé. On n'a jamais retrouvé son corps. Après la guerre, j'ai hérité d'une boîte. Une boîte en carton, comme celles qui contiennent du papier d'imprimante. Elle était pleine de ses fragments, pleine de toutes les tentatives de la poésie documentaire, de tous ses échecs. C'est tout ce que j'ai de ma mère, dit Amélia. Tout ce que j'en avais, pour être exacte.

Ce carton, je ne l'ai ouvert qu'une fois. J'en ai tiré un poème au hasard, un poème où il était question d'un homme que l'on torturait. On lui avait mis un pigeon dans la bouche. Un pigeon vivant. Et on le torturait. Et lui, il ne voulait pas, mais il serrait les dents. Son corps serrait les dents. Quelqu'un riait et on ne savait pas si c'était une personne, ou deux, ou le monde entier. Quand j'ai remis le papier dans la boîte, je me suis aperçue que je riais moi aussi.

Paul resta sans voix. Puis, horrifié, au bout d'un moment il se mit à rire. C'était incontrôlable, sec, comme une quinte de toux : une révolte du corps. Il n'arrivait plus à s'arrêter. Un cauchemar.

Exactement, dit Amélia.

Elle avait vendu la boîte au plus offrant. Albers l'avait aidée. Il y avait encore des gens qui se souvenaient de Nadia Dehr, qui lui reconnaissaient une place dans un certain contexte, dans une certaine époque, et il n'avait pas été difficile de s'en débarrasser, pour une somme coquette, plus coquette qu'elle n'imaginait. Moins par appât du gain, toutefois, que pour se protéger de ce qu'elle contenait, la vérité nue, plus que nue. Et pour se venger d'une mère qui l'avait abandonnée. Elle ne saurait jamais ce que celle-ci avait écrit en près de quatre ans de guerre mais elle pensait que c'était insupportable. Qu'elle, elle ne l'aurait pas supporté. Elle croyait faire preuve de sagesse dans son abstention, qui était aussi une revanche et un dépit. Elle croyait avoir ainsi sauvé sa peau.

Elle commençait à en douter.

*

Et pendant ce temps, pendant ces mois, ces années où sa mère, et quelques autres, Susan Sontag, Juan Goytisolo, s'enfonçaient sur place dans l'enfer de la ville assiégée, dans l'enfer d'une parole que personne ne souhaitait entendre – pendant que sa mère jetait des phrases griffonnées dans sa boîte, ou soignait des victimes, ou, sur la piste d'aéroport, recouvrait de draps blancs des morceaux de viande, eux-mêmes recouvrant des armes introduites en contrebande, au mépris de l'embargo, au nez et à la barbe des casques bleus qui ne voyaient rien ou faisaient semblant de ne rien voir, le sang qui imbibait lentement les draps étant un code universel signifiant *blessé* ou *mort*, un langage à part entière, commun à tous ; pendant ces mois, ces années où sa mère cessait peu à peu d'écrire et passait à l'acte, ou bien gisait, la tête éclatée, dans un fossé – où était-elle, la petite Amélia, avec ses cheveux trop longs et ses dents de la chance ? Un peu avec son père, mais leurs relations avaient toujours été tendues, Il était un homme impatient, qui souffrait peu d'écarts, je l'adorais mais qu'est-ce que ça pouvait bien lui faire que je l'adore ou pas ? Il ne m'élevait pas pour faire de moi sa femme, dit Amélia, une phrase qui resta étrangement fichée dans la mémoire de Paul, qui resta là jusqu'à ce que des années plus tard il ait l'occasion de faire la connaissance de cet homme – phrase qu'il crut alors enfin comprendre, mais il se trompait, il lui fallut tomber dessus dans un roman pour admettre que ces mots, dans la bouche d'Amélia, n'avaient pas le sens qu'il y cherchait, n'avaient même pas tant de sens que cela ; que, n'ayant rien à dire de son père, ou ne voulant rien dire de son père, elle avait eu recours à l'un de ses accessoires, à l'un de ses artifices – une simple citation.

Oui, où était-elle ? C'était une question élémentaire, aux réponses pourtant compliquées. Paul savait exactement où il s'était trouvé – toujours aux mêmes endroits, à attendre que ça passe, toujours à fomenter des évasions élaborées, la plus simple et la plus réaliste étant aussi celle qui l'effrayait le plus (les études), mais comme toujours avec Amélia quelques mots ne suffisaient pas, le silence ne suffisait pas, il fallait inventer des images pour tenir ensemble quelque chose qui avait toujours été dispersé. Tout et son contraire. Amélia se souvenait de son enfance comme d'une histoire dont certaines parties, pourtant cruciales, lui auraient été racontées dans une langue étrangère, ou durant son sommeil. Les liens de cause à effet, effacés – glissés à son oreille alors qu'elle dormait dans son lit, ou dans une chambre d'amis en attendant que son père vienne la chercher, ou écroulée sur une banquette, dans un nid de manteaux.

Elle se souvenait de longues soirées où on l'oubliait et de longues après-midi face à un piano, à un problème d'échecs ou pire, un puzzle, qui finissait à force de solitude par la sortir de ses gonds, au point qu'il lui était arrivé d'en manger une ou deux pièces, de les mâcher consciencieusement avant de les recracher, méconnaissables, dans sa paume, afin de s'en libérer par l'imperfection ; elle se souvenait d'avoir été si seule qu'en arrivant en classe le lundi sa tête bourdonnait, elle se sentait à part, saluait l'un ou l'autre de ses camarades d'un filet de voix, reconnaissante et presque un peu surprise lorsqu'ils lui répondaient. C'est comme si j'étais vraiment là, s'étonnait-elle ; alors la semaine d'école pouvait commencer. Elle atteignait un pic de présence le vendredi, une sorte de densité d'être maximale, mais se dissolvait le week-end, jusqu'à douter de sa propre existence. Deux jours plus tard tout était à refaire. Elle était fille unique.

Elle était une enfant parmi des adultes, dont la seule raison d'être était de voir et de retenir des choses qui, sans cela, auraient été depuis longtemps englouties. Elle retenait les noms des oiseaux, les noms des mammifères, les noms des arbres ; les noms des étoiles, les noms des minéraux et leurs propriétés ; les phrases chuchotées au téléphone afin qu'elle ne les entende pas ; des vers, des strophes, des poèmes entiers dont le sens lui échappait presque entièrement ; les noms des médicaments et leurs contre-indications, la composition des tubes de maquillage, les codes qui étaient moins que des noms et qui désignaient les colorants alimentaires, les conservateurs, les acidifiants, les arômes artificiels des sucreries qui sous ses dents se désagrégeaient en chiffres et en lettres, sans doute empoisonnés ; elle s'ennuyait atrocement, jusqu'à la folie, et en même temps elle ne s'ennuyait jamais. Il n'y a pas de solitude plus abjecte que celle d'une enfant retenue dans un monde d'adultes.

Elle était obsédée par les enfants. Où qu'elle aille, elle réclamait de savoir s'il y en aurait, qui ils étaient, combien, comment. À peine arrivée dans les grands appartements fréquentés par sa famille, elle les guettait, elle les traquait, avide de leurs corps, de leur contact – enfin un autre, un autre de sa propre espèce – otage d'un univers qui n'était pas à son échelle, où les poignées étaient trop hautes, les tables inaccessibles, les livres trop lourds, les verres trop larges – enfin quelqu'un à regarder dans les yeux, enfin une peau douce et parfaite comme la sienne, une peau qui n'avait même pas dix ans, ce qui à bien y penser est fou. Nous nous menions des guerres et des amours impossibles. Entre nous, tout faisait sens, imperceptiblement. J'étais obsédée par les enfants, poussée vers eux, horrifiée l'heure venue de devoir m'en séparer, comme un animal entravé dans sa migration.

Quand il n'y avait pas d'enfants et qu'elle était seule, une torpeur terrible l'étreignait, contre laquelle elle luttait par des explorations dans ces appartements encore agrandis par l'obscurité et les éclats de rire, là-bas, tandis qu'elle s'enfonçait dans des terres inconnues, interdites, où elle découvrait des coffrets à bijoux, des tiroirs à lingerie, des reliques de toute sorte luisant dans la pénombre. Tout était lunaire, tout était la scène d'un crime passé inaperçu. Elle se droguait d'instinct, dans la plus parfaite innocence. Inhalait de l'acétone, du détachant, du vernis à ongles ; l'encre des marqueurs et de certains stylos, du white spirit dont elle aimait le nom ; inspirait profondément, jusqu'à ce que la tête lui tourne. Dans les ateliers d'artistes, elle inhalait la peinture, surtout métallisée, et la térébenthine, sans avoir bénéficié en la matière d'aucune initiation, sinon celle de son immense solitude. Elle s'installait sur les rebords glacés des baignoires, les vapeurs des solvants et des dissolvants creusaient dans son cerveau des galeries, des issues de secours, par lesquelles elle échappait à l'ennui mortel d'une enfance sans enfants.

Parfois, elle orchestrait de petits départs de feu sur le carrelage, dans la baignoire. Elle essayait des rouges à lèvres luxueux dont elle s'efforçait ensuite de faire fondre le raisin pour effacer, croyait-elle, toute trace de son forfait ; cassait des thermomètres pour en regarder le mercure tourner dans l'évier, tourner, puis s'échapper dans la ville. Elle flambait de petites flaques d'antiseptiques, flottait dans ces laboratoires sauvages, s'intoxiquait, s'abandonnait à cette volupté froide, cet érotisme sans partage, ces surfaces d'émail et de miroirs qui l'enlevaient, comme dans quelque mythe modernisé où l'amant divin apparaîtrait sous la forme, sous les volumes d'une salle de bain impeccable, à la beauté lisse, dure, inaltérable – en apparence. Je porte encore en moi ces espaces neutres – mais leur neutralité au contact de mon esprit se transforme en angoisse, en terreur sourde. Ces pièges aux arêtes vives, fruits des amours entre ce qui est humain et ce qui ne l'est pas, entre ce qui est humain et son contraire, un nouveau palier de l'espèce, évanouie dans une impersonnalité qu'elle s'est forgée de toutes pièces – et soudain, il n'y a plus rien, une vague odeur de médicaments et de brûlé, une gamine de huit, dix ans endormie dans une baignoire.

Où étaient-ils ? Où ? Certains de ces appartements, certaines de ces maisons disposaient d'une chambre d'enfant. Mais les enfants, eux, n'étaient nulle part, et elle errait dans ce qui, du fait de leur absence, devenait un décor doux et sinistre. Les jouets la regardaient. Les ours en peluche la regardaient, les courtepointes fleuries la regardaient, les petits chaussons et les maisons de poupées la regardaient, sans même parler des poupées, qui ne la quittaient pas des yeux et qui auraient sa peau. Les systèmes solaires en polystyrène tremblaient dans un courant d'air qu'elle ne sentait pas, pivotant lentement jusqu'à ce que la tache rouge de Jupiter, son œil unique et rond, vienne se braquer sur elle, sur son front. Pas d'enfants, nulle part, et tout la dévisageait jusqu'à ce qu'elle batte en retraite. À reculons elle abandonnait ces pièces sans savoir si elles étaient vides pour la nuit ou pour toujours – où étaient les enfants ? Mystérieusement disparus, mais personne, là-bas, ne semblait s'en soucier, elle les entendait rire aux éclats et parler d'art, de devises, du cours de la bourse qui était pour certains le cours même de la vie ; puis les voix baissaient et ils parlaient de pays non alignés, ils parlaient de dissidences, ils parlaient de guerres. Elle, retirée dans la salle de bain, se remettait de ses émotions. À genoux sous un lavabo, le nez dans une bouteille de détergent, elle se vengeait sur elle-même de l'absence d'enfants.

L'été des premiers conflits, qui moins d'un an plus tard mèneraient au plus long siège urbain de l'Occident moderne, sa mère l'avait emmenée en vacances (*en vacances*, insista Amélia, incrédule) dans ce pays qui allait bientôt éclater, et dont elle, sa mère, adopterait bientôt la fracture, à moins qu'elle ne fût adoptée par elle. Quelques mois plus tard, la Yougoslavie en tant que telle n'existerait plus. Elles logeaient sur la côte adriatique, dans l'un de ces hôtels de chaîne qui étaient au goût de l'époque, un hôtel aux couloirs dallés d'un vert presque noir, où chacun avait au moins trois ombres, ce qui lui plut beaucoup. La chambre donnait sur la piscine, qui elle-même donnait sur la mer. Tout était identique, la reproduction à l'infini d'une même cellule, en l'occurrence un cube vide, aux parois sombres, imparfaitement réfléchissantes.

À l'évidence sa mère n'était pas très heureuse. Elle ne comprenait pas pourquoi, d'autant qu'elles avaient l'hôtel pour elles seules : Amélia avait la vague idée que son père l'avait loué entièrement pour elles, comme pour s'excuser de son absence. Autour de midi, ces heures où le soleil lui était interdit, elle prenait l'ascenseur jusqu'au dernier étage et essayait toutes les poignées, de la dernière chambre à la première, un peu déçue que toutes résistent. Elle ne comprenait pas que l'hôtel puisse être à elles (croyait Amélia) mais, mystérieusement, pas les chambres. Elle ne comprenait pas qu'un hôtel puisse être autre chose que la somme de ses espaces, seule dans la piscine elle comptait les balcons, tous les mêmes, pour savoir où elle dormait, et elle s'y perdait à moins de voir sa mère apparaître. Elle aimait, l'après-midi, les ombres de leurs balustrades, rabattues sur les murs à angles de plus en plus aigus, de plus en plus longs. Sa mère souriait peu. Mais elle lui avait juré que les enfants allaient arriver, que les enfants étaient en route, aussi attendit-elle sans protester, sans se plaindre, de peur qu'agacée sa mère ne leur intime de faire demi-tour.

Nadia Dehr avait cet été-là trois robes identiques, seule leur couleur variait : rose, bleu poudré, vert amande. Elle en changeait de façon anarchique, parfois elle quittait la table entre deux plats, abandonnant sa fille à la merci de l'immense restaurant désert et de son assiette, pour revenir vêtue d'une autre robe – une autre, et pourtant la même – à se demander si ce n'était pas une espèce de code, comme peuvent l'être les drapeaux navals. Mais un code pour qui, pour quoi – l'hôtel était d'un vide surnaturel, les reflets du soleil dessinaient à la surface de l'eau, agitée par mes soins, des figures hypnotiques, des boucles, des huit couchés, Sors de cette piscine, tout ce chlore, tu vas finir par t'empoisonner. Nous n'étions pas là par hasard, naturellement nous attendions quelque chose, naturellement je ne savais pas quoi. Moi, je guettais les enfants. Intoxiquée de solitude et de soleil, des colères subites me prenaient, de terreur et de frustration, et ma mère pour me calmer me disait d'une voix douce et blanche, comme si elle parlait à l'idée de moi plutôt qu'à moi, Patience, les enfants vont bientôt arriver. Les enfants n'arrivaient pas. Elle passait de longues heures au téléphone de la réception, le front creusé ; elle ne parlait pas, ou peu, comme si elle attendait que la personne à l'autre bout du fil veuille bien reprendre le combiné, qui gisait oublié sur un bureau tandis que la nuit tombait.

Amélia attrapa la fièvre, les balcons se multipliaient, leurs barreaux s'évanouissaient. Toujours pas d'enfants, nulle part. Il lui semblait les voir ici ou là se cacher à son approche, disparaître dans les escaliers, derrière une porte. Sa mère essayait de dire quelque chose avec cette robe à trois couleurs, une robe qui pouvait être non pas consécutivement mais à la fois rose, et bleue, et verte. C'est ainsi qu'elle communiquait avec les enfants, qu'elle leur disait comment l'éviter – il ne manquait plus que ça, pesta Nadia Dehr en dissolvant des sachets d'aspirine dans l'eau fade du robinet. Amélia délirait. On lui taisait quelque chose qu'elle essayait de lire partout, dans le nombre instable de balcons, dans les reflets du soleil sur l'eau, dans la robe de sa mère et la façon dont ses boucles d'oreilles miroitaient, qui devait être un langage et non un accident. L'hôtel désert l'était-il tant que cela – l'infinie séquence des chambres vides, leurs lits, leurs oreillers, les écrans noirs des téléviseurs éteints, tout cela m'oppressait, j'entendais ou croyais entendre des bruits de pas, des rires, de la musique sur la scène, en bas.

Une nuit elle s'était réveillée, épouvantée par des voix – à force de les craindre elles avaient fini par arriver, n'oublions pas combien tout est pire, la nuit. Mais je ne rêvais pas, c'était bien ma mère, dans la pièce voisine, qui riait, pour la première fois de l'été, de la semaine ou de l'été, peut-être était-ce la même chose – la fièvre a toujours eu sur moi l'effet de brouiller les repères, de dilater le temps, ou est-ce simplement l'enfance ?

Elle riait avec un homme jeune et brun, puis elle le remercia du grand service qu'il lui avait rendu (elle le dit comme si elle était, en personne, une nation), il répondit quelque chose qu'Amélia ne comprit pas, sa mère déclara, Le pire est à venir, il n'eut pas l'air d'accord, un geste léger, et ma mère : La prochaine fois ? Il n'y aura pas de prochaine fois, tu viens avec moi à Paris. Elle avait raison, il n'y a pas eu de prochaine fois, mais elle avait tort, il n'est pas venu avec nous à Paris. Il m'a réveillée à l'aube, m'a prise dans ses bras, m'a portée jusqu'au balcon. J'essaie de me rappeler son visage et je n'y arrive pas, au mieux j'y vois une version du mien, de celui de ma mère, un vague air de famille. Ne dis rien, ne leur fais pas peur – les enfants sont arrivés, pensais-je – le soleil n'était pas levé et la lumière était grise et fraîche, pour la première fois de la semaine ou de l'été. En bas, une biche et un daim, d'un brun rosé, de la même couleur ou presque que les dalles de grès, buvaient dans la piscine, tête baissée, avec douceur et application. Je n'ai rien dit, je ne leur ai pas fait peur, et mon cœur s'est serré à l'idée que peut-être ils allaient en mourir, de cette eau empoisonnée au chlore, empoisonnée à moi, puisque personne d'autre ne s'y était baigné de la saison.

Ce jour-là ils arrivèrent, ou plutôt commencèrent d'arriver. Les réfugiés – des femmes et des enfants, déplacés par quelque chose qui avait lieu au nord. L'hôtel avait été réquisitionné, c'était la guerre. Ce qu'elle avait cru voir au coin des portes, dans les escaliers, c'était la guerre. Ce qui avait dormi dans les lits vides, c'était la guerre.

Sa mère, ce dernier jour, se mit enfin à jouer. Elle fit toutes les chambres, en partant du haut, en la traînant après elle – certaines s'ouvraient et d'autres pas : la guerre ne faisait que commencer – et celles qui s'ouvraient révélaient des valises faites à la hâte, renversées sur les lits, des femmes aux yeux vides, gestes suspendus, comme frappées d'une amnésie soudaine, se demandant à quoi peut bien servir, vraiment, cet objet (un cintre), des enfants maussades qui ne la regardaient pas, sa mère qui lui tenait le bras en cherchant cet homme qui était venu, qui lui avait rendu un si grand service, pour lequel elle avait un billet d'avion, à leurs côtés, sur une compagnie qui bientôt n'existerait plus ou avait peut-être déjà cessé d'exister, et Amélia s'en moquait, elle voulait voir les enfants qui, d'un seul mouvement, semblait-il, étaient partis se jeter dans la piscine, une pluie d'enfants déplacés s'abattant sur la surface de l'eau en culottes et caleçons de ville, personne n'avait de vrai maillot, l'heure n'était pas à cela. Dix, vingt, cinquante enfants qui sautaient comme de petits oiseaux poussés au suicide par un instinct qui les dépasse et les rassemble, puis ressortaient pour sauter derechef, avec une telle violence que la piscine débordait en lames puissantes, des enfants d'âges variés, garçons et filles, qui ne pouvaient plus que sauter, sauter sans joie particulière, sauter les uns sur les autres, l'impact des corps étouffé par l'eau, de grandes éclaboussures sur le grès rose, un filet de sang sur une peau mouillée, sa mère qui ne jouait pas elle non plus mais ouvrait les portes l'une après l'autre comme eux se jetaient à l'eau, cherchant un homme qu'elle

ne reverrait pas. Elle roula dans sa valise les robes qui avaient
fait leur temps, Amélia ne voulait rien savoir, cherchait ses
affaires de bain car les enfants étaient enfin là – il était urgent
de se joindre à eux, maintenant, tant qu'il y avait encore de
l'eau dans la piscine, sans quoi elle se condamnait à rester à
l'écart, coupée d'eux à jamais – mais sa mère, déjà en pantalon marin et chaussures bicolores – sa tenue de voyage – lui
arracha maillot et serviette.

L'officier qui avait supervisé la réquisition de l'hôtel la salua
d'une profonde courbette, dos très droit, et sa mère roula des
yeux, car rien ne l'irritait davantage que la glorieuse élégance
des débuts de guerre, avant que tout ne se défasse et qu'on
voie le monde, enfin, pour ce qu'il est, un lieu d'imprudence
et de cruautés sans fin, et lui crut (peut-être est-ce lui qui avait
raison) qu'elle s'agaçait du bruit des jeunes corps giflant l'eau,
Je vais faire vider la piscine cette nuit, dit-il. La mer n'est pas
loin, après tout. Non, la mer n'est pas loin, répéta-t-elle, qui
pensait à quelqu'un d'autre. Il devait être parti juste après les
biches, ce n'est pas ce qui était prévu – elle le chercha sur la
route, elle le chercha à l'aéroport, elle ne dit jamais son nom
mais je voyais bien, moi, qu'elle ne voyait que son absence.

À l'aéroport elle essaya d'appeler quelqu'un mais les lignes
étaient toutes occupées ou peut-être déjà coupées. L'avion dans
lequel elles rentrèrent en France était vide, il n'y avait à bord
que sa mère et elle, et elle n'avait pas osé se retourner ni soutenir le regard de tous ces sièges inoccupés. Nadia n'avait jamais
revu cet homme. Amélia n'avait jamais revu les enfants. Je ne
leur ai jamais parlé, il y a eu à tout moment entre nous un

balcon, une vitre, elle avait cru qu'elle ne pardonnerait jamais à sa mère, puis elle eut envers elle d'autres griefs, autrement plus cuisants.

À leur retour, le père, hors de lui, embaucha une armée d'avocats, certains sachant ce qu'ils faisaient, d'autres – des fréquentations professionnelles – s'efforçant de traiter le droit familial comme ils traitaient les hôtels et les centres commerciaux et les villes nouvelles que l'entreprise du père vendait à l'étranger. Lui enferma Amélia dans une chambre, refusant à sa mère indigne un dernier adieu, Elle avait décidé de repartir, il pensait qu'elle voudrait m'emmener, il n'avait pas anticipé le fait qu'à aucun moment elle n'évoqua cette possibilité. Elle ne voulait rien, rien du tout. À l'automne cette année-là, sa mère était de retour dans la guerre et Amélia fut envoyée en pension dans la montagne, parmi des jeunes filles à elle semblables, en Suisse ou assimilé – dans l'un de ces endroits où l'on joue au tennis, dans l'un de ces endroits où l'on vend son âme au diable, mais elle était trop jeune pour le diable, pour qu'il s'intéresse à elle ou elle à lui. Plus tard, elle trouva compromettantes ces photographies d'elle, à onze ans, en justaucorps de danse, aussi les détruisit-elle. Sur un coup de tête, sans conscience de conspirer à l'épuisement de ses ressources biographiques. Elle n'avait pas une seule fois pensé que celles-ci puissent être limitées, avait agi comme tout système œuvrant sans le savoir à sa propre disparition. Pourtant jamais des photos d'elle enfant ne seraient reprises. Cette extinction, elle y avait en personne contribué. Si le règne de l'image se maintenait, et elle ne voyait pas de signes ni de raisons du contraire, il serait bientôt difficile de convaincre quiconque de son existence.

Elle avait peu de souvenirs de cette pension, ceux qu'elle avait tendaient à se confondre avec un film d'horreur célèbre, quoique avec ses scènes les moins horribles, ou pas horribles du tout. Son père avait pris la décision de l'éloigner, et elle ne pensait pas que ce fût par facilité ou désamour, mais elle n'était pas sûre non plus que ce fût par devoir ou par amour. Elle n'avait plus jamais revu sa mère, elle n'avait vécu avec son père que par intermittences, et si parfois elle se sentait l'enfant de personne, elle n'avait pour autant jamais cessé d'être leur fille à eux. C'est eux qui, parfois, perdaient consistance, s'éteignaient pour réapparaître, l'idée même de famille n'était plus dans son esprit un courant continu. Quoi qu'il en soit – la Suisse ou assimilé, un pensionnat, une petite veste à écusson – dans la grande tentative de dissimulation ou de camouflage qui fut celle de mon père, je comprends que cette vignette lui soit parue irrésistible – et comme toujours Paul se posa la question de l'argent, se demanda combien il y en avait, d'où il venait, comment, et où il était à présent, puisqu'il n'en voyait aujourd'hui que les traces. Quant à la pension, Amélia croyait s'y être rendue de bonne grâce, en être revenue de bonne grâce également. Elle avait été renvoyée pour des raisons confuses, l'une d'elles étant qu'elle avait indûment reçu de la compagnie masculine, mais enfin, elle a onze ans, protesta son père. Ce qui devait vouloir dire, justement, qu'elle était trop jeune pour s'intéresser au diable, ou lui à elle, mais rien n'y fit, elle dut laisser ses petites camarades dans l'air pur de la montagne, et repartir. Elle se souvenait de son excitation, presque de l'hystérie, presque un phénomène de possession, d'être plongée enfin parmi d'autres enfants, parmi des petites filles à elle semblables, tant d'enfants, enfin, partout, elle n'en croyait pas sa chance, elle ne dormait plus, j'étais dans un état d'effervescence inouï, j'étais parmi ces enfants comme une aspirine dans un verre d'eau qui entre en réaction, mousse, se dissout.

Elle s'était inventé un compagnon, voilà pourquoi on l'avait renvoyée. Un ami imaginaire comme il y en a tant, tout ce qui lui avait tellement manqué. Appelons-le Paul, si tu veux, avait-elle dit à Paul, qui plus tard se demanda combien de fois elle avait raconté cette histoire, comme cela, au lit, sous la douche, et combien de fois elle avait changé le nom de cet homme qui n'existait pas, en accord avec les circonstances de son récit. L'autre Paul (le premier Paul, pensa Paul avec un sentiment d'irréalité) était apparu à la gare, plus âgé qu'elle, un vrai jeune homme, et dans le mouvement du train et celui de son appréhension avait développé certaines caractéristiques indispensables à une fillette voyageant seule. Il était fort et prévenant ; avec lui tout risque s'inversait en jeu. Elle l'avait inventé, croyait-elle, de toutes pièces, un ami imaginaire comme il y en a tant, mais elle s'était attachée à lui, il s'était attaché à elle, tant et si bien qu'il était resté. Elle le croisait une ou deux fois par jour, pas plus, mais finit par parler de lui à ses nouvelles amies, Paul qui est si brun, elle leur racontait ses exploits, le ski, le tir, la fois où il avait sauvé un petit animal ; puis, comme elles l'adoraient, comme elles réclamaient sans cesse des histoires de ce personnage mythique, et qu'elle, elle adorait les avoir, toutes, autour d'elle, ébahies, et toutes vêtues pareillement, jupe plissée, chemisier blanc, chaussettes hautes (si mon père venait, se disait-elle sottement, il ne saurait pas laquelle je suis, il ne saurait pas laquelle emmener, ici je suis en sécurité), elle se mit, pour répondre à leur demande, pour satisfaire leur appétit insatiable, dévorant, à conjuguer ses histoires au présent, et leur quotidien de fillettes mal-aimées prit un jour nouveau, Recopie ce problème de géométrie, Paul l'a résolu, et toujours plus près, il était juste là, tu viens de le rater – mais il était évident que ce n'étaient là qu'enfantillages, une façon agréable de tuer le temps ; et puis, ceci d'étrange est arrivé qu'un soir, Milena est entrée au dortoir vêtue d'un t-shirt bien trop grand, un souvenir des jeux olympiques qui s'étaient tenus quelques hivers plus tôt dans le pays où sa mère était partie œuvrer pour la paix, un t-shirt qui à Milena tombait presque aux genoux telle une robe, et très simplement elle admit que Paul le lui avait donné.

Amélia embrassa longuement Paul, le vrai (ou le faux ? comment savoir, se dit Paul), et reprit : Alors elles se mirent à le voir, toutes, en mon absence, à le voir derrière son dos, et toutes faisaient de ce grand garçon si brun leur idéal, toutes l'adaptaient à leurs besoins ou peut-être est-ce lui qui s'adaptait au besoin de toutes, Miranda, précoce, qui à douze ans en paraissait déjà quinze, l'embrassa dans la grande porte tambour du hall, l'embrassa en tournant dans la porte sans entrer ni sortir, Carlotta qui, à douze ans, vivait dans la terreur des hommes et des soutiens-gorge le rapporta à la directrice, laquelle posa ici et là quelques questions, pour s'apercevoir avec effroi qu'un individu de type masculin vaquait en toute tranquillité parmi ses petites, qu'il allait et venait en toute quiétude, au mépris des serrures aux portes et des barreaux aux fenêtres, au mépris des rondes de nuit et des mesures de sécurité, C'est absurde, dit son père en la fusillant du regard, vous vous rendez bien compte que c'est une pure fiction, mais la directrice, qui était très attentive au diable et à l'intérêt qu'il portait ou qui lui était porté, ne se laissa pas démonter, En ce cas, naturellement, c'est pire, et Amélia dut dire adieu à ses petites amies et rentrer à Paris. De cette époque lui restait un cahier d'école dans lequel un problème de géométrie, une sombre histoire de somme des carrés des côtés, était résolu d'une écriture autre que la sienne – si ce n'est qu'avec toutes ces années d'écart elle voyait bien, bien mieux qu'alors, que c'était la sienne naturellement, déguisée en ce qu'elle deviendrait, une cursive moins maladroite, dotée d'une fermeté, d'une vitesse d'exécution qui lui manquaient alors, et ce dernier paragraphe était comme un autoportrait triangulaire qui valait bien, trouvait-elle, une photographie.

Après le fiasco des montagnes, son père l'avait envoyée aux États-Unis. Pourquoi cette rage à l'éloigner, elle ne l'avait jamais compris. Elle avait été accueillie dans l'État de New York par Albers, qui conduisait une Ford Thunderbird de 1970 dans le mépris le plus parfait des consignes de sécurité – Albers était de celles qui ne peuvent ou ne veulent penser la grâce sans une certaine part de risque – et l'avait emmenée voir les chutes du Niagara, en partie prises dans les neiges. Elle ne s'habillait plus en homme ; n'en était pas moins une véritable artiste du revers – d'une simple torsion de tissu elle donnait de l'allure à n'importe quel vêtement.

À l'aller, dans l'avion, Amélia mentit sur son nom, mentit sur son prénom, sur sa destination et les raisons qui l'y menaient. Elle ne reverrait plus jamais sa mère, son père la jugeait importune, mais bien sûr elle ne pensait à rien de tout cela et bien sûr elle n'en dit rien, moins que rien, à sa voisine, qui passa une nuit en altitude aux côtés d'une fiction pure.

Sa mère lui manquait, elle lui parlait parfois au téléphone, à de très longues distances, ou des distances qui lui paraissaient insurmontables en raison de la médiocrité des liaisons. Souvent la ligne se brouillait – elle ne gardait pas tant le souvenir de ces conversations que de leur interruption à mesure qu'elles s'éloignaient, s'égaraient et grésillaient – ou que soudain un cliquetis métallique recouvrait leurs voix, résonnant dans l'écouteur, comme une série de coups, du morse peut-être, ma mère se fendait d'une plaisanterie devenue rituelle – ah, bonjour, messieurs des écoutes – mais sa voix de semaine en semaine se creusait, comme si elle-même se vidait de son être. Comme un couperet, ces bruits ; ils venaient de nos appareils, ils venaient du réseau, ils étaient la matière de ce qui n'en a pas : la distance, l'électricité, et le rappel de cette vérité moderne qui est que tout progrès génère ses propres dysfonctionnements. L'ordre, l'immédiateté ne sont jamais qu'une illusion passagère. De chaque solution naissent au moins deux difficultés imprévues.

Elle n'avait jamais cru qu'elles étaient sur écoute comme elle n'avait jamais cru, et peut-être avait-elle tort, que sa mère versait dans l'espionnage, mais elle repensait souvent à ces bruits qui venaient contrarier les conversations, l'irruption de quelque chose d'abstrait, d'obscur, dans leurs rapports – comme des esprits frappeurs générés par trois fois rien et beaucoup à la fois, des kilomètres et des kilomètres de câbles sous-marins, par exemple.

C'est chez Albers qu'elle avait appris l'anglais, chez elle qu'elle était devenue adolescente, quoiqu'elle se soit sentie toujours beaucoup plus jeune qu'elle ne l'était, comme si les

grands froids de l'Amérique du Nord avaient ralenti sa croissance, et c'est ce sentiment d'enfance qui lui restait, beaucoup
de neige et une langue au début étrangère qui bientôt ne le fut
plus. Au loin, la guerre, sans doute, finirait par finir. Albers
me parlait de la neige, des lignes de téléphone, de sa rencontre
avec ma mère à Paris, des gaz lacrymogènes. Elle me parlait
d'architecture : nous roulions vers Buffalo en rêvant de maisons
qui pousseraient comme des organismes vivants, et moi sans le
dire je pensais à une demeure qui grandirait comme mon ami
imaginaire, cet ami que je n'avais pas ; pour me consoler de ce
que je taisais Albers m'a offert la science, l'art, le monde – le
monde ou, ce qui revient presque au même, sa langue dominante d'alors, qui pour moi était neutre et me soulageait ; et
puis cette faculté, qui se travaille, de ne pas être contenue strictement ici, maintenant, en soi-même. Des passages secrets, des
kilomètres et des kilomètres de câbles sous-marins qui encore
aujourd'hui assurent, dans les profondeurs, la majorité des
communications mondiales, et comment ces distances, le poids
des océans, ne se feraient-ils pas sentir dans certains de nos
échanges ? Ils peuvent être endommagés par des tremblements
de terre, par des morsures de requin, on oublie l'aventure sauvage que c'est, que ce devrait être, de converser de continent
à continent. Ils émergent sur la côte ou directement dans des
bâtiments sécurisés, tout le ressac anodin de nos conversations,
toutes ces voix qui se croisent, et je crois qu'avant tout les
évocations d'Albers avaient pour but de créer des liens là où il
semblait ne pas, ne plus y en avoir. Je fermais les yeux et, dans
ces fonds marins, je suivais les câbles jusque chez moi, jusqu'au
fil du téléphone, dans le salon de mes parents, ce qui avait été
le salon de mes parents, ce qui avait été chez moi.

Le reste du temps je cherchais les filles, les filles de mon âge qui sur ce nouveau continent deviendraient mes amies, mes confidentes, mes sœurs. Mais dans cette région frontalière du Canada, cet hiver-là – rigoureux et interminable comme de coutume – les filles disparaissaient, il sévissait une hémorragie, non, une évaporation d'adolescentes, un soir elles se couchaient dans leur lit et le lendemain n'y étaient plus ; elles s'effaçaient. Parfois, on retrouvait une fenêtre ouverte. La neige entrait alors dans les chambres roses et blanches, c'est la première chose que l'on remarquait, que remarquaient les mères, cette confusion entre l'intérieur et l'extérieur, mortelle et pourtant belle, pourtant séduisante – la neige sur la moquette. Comme si elles s'étaient changées en neige. Et la neige par ailleurs recouvrait toutes les traces. Un couvre-feu fut instauré, sans grand impact sur la vie que je menais chez Albers, tandis qu'à Rochester, à Buffalo, dans tout le nord de l'État, des filles disparaissaient, une épidémie de fugues ou peut-être d'enlèvements – mais plus probablement de fugues. Il était rare pourtant que manquassent des effets personnels, sinon un manteau. Elles partaient sans rien mais presque jamais sans manteau.

C'étaient de petites villes dont la lisière se perdait dans la neige, les rues au bout d'un moment finissaient sur une vaste étendue blanche et brumeuse, sans horizon, sans profondeur, où on ne voyait pas à dix mètres. L'hiver était une zone géographique, des terres inconnues. Les paysages les plus banals basculaient dans l'abstraction, comme des villes en train d'être oubliées. La neige montait aux genoux, à mi-cuisses, Amélia portait des jambières, des bottes fourrées, jamais elle n'eut si froid ni si peu d'amies, jamais pourtant elle ne se sentit plus au calme, plus en sécurité qu'avec Albers, durant ces longs mois flous où elle partagea sa vie. Les autres maisons de la ville étaient ébranlées par une rumeur, leurs fondations fragilisées, leurs murs comme amincis par elle : un ou plusieurs hommes regardaient les filles dormir. De cette rumeur, elle était protégée par sa solitude et le bon sens d'Albers ; même s'il lui était arrivé de penser, C'est mon ami, c'est mon ami et il me cherche. Dans les lycées, on ne parlait que de cela, frénétiquement, jusqu'à l'hallucination. Ses voisines blondes du bout de la rue lui en touchèrent un mot, oui, un homme, parfois à l'extérieur, parfois à l'intérieur – comment il entre, on l'ignore – il est là, il ne fait rien, il te regarde dormir jusqu'à ce que, à les en croire, tu disparaisses.

Elle attendit, et attendit, mais les rares fois où quelqu'un vint, c'est qu'elle avait réussi à s'endormir.

On les retrouvait au printemps, ces filles qui fuyaient, la plupart à Portland ou à Denver, les plus frileuses et les plus déterminées en Californie, des adolescentes parfaitement acclimatées au soleil, à la douceur de la vie et de certaines drogues ; d'autres cependant n'étaient pas allées bien loin, elles avaient marché dans la neige des nuits jusqu'au bout de leur rue puis de la ville, et dans cette étendue étrange où elles avaient fini par tomber ou se coucher. On les retrouvait au printemps, de petites boules blondes endormies les genoux contre la poitrine, comme si une force interne les avait poussées là, comme s'il y avait une nécessité à s'oublier, à s'annuler, les exigences de l'espèce humaine peuvent paraître cruelles, qui réclament qu'une frange d'elle-même s'efface : cette année-là ce furent plusieurs jeunes filles américaines, en apparence saines de corps et d'esprit, trop silencieuses peut-être, poussées hors d'elles et du monde par tout ce blanc. C'est un fait connu sur ces terres hivernales que la neige rend fou, que le blanc rend fou, que la nature a horreur du vide et que ce vide où plus rien n'est visible est parfois rempli d'idées folles, d'idées sanglantes quoique muettes. Ou alors, se disait Amélia, c'était elle qui avait porté la fuite jusqu'ici. Ou alors c'était l'arrêt de son mouvement qui avait provoqué le leur, car il fallait que mouvement il y ait. Ou alors elles étaient elles aussi victimes d'une guerre, au loin, dans un pays dont elles n'avaient peut-être jamais entendu parler. Nous sommes liés les uns aux autres des plus étranges façons et, si le monde est grand, on ne peut pour autant en sortir.

4.

Le temps passait. Ils s'aimaient. Paul voulait tout
d'Amélia, son esprit, son corps, la chaleur qu'il dégageait
et que l'on sentait même à quelques centimètres de distance,
et si l'on se concentrait sur ce rayonnement, si on l'éprouvait avec attention, il valait pour un contact. Ainsi seul/
accompagné ou séparés/enlacés étaient des limites illusoires,
des simplifications. Elle était toujours avec lui. Il voulait
absorber sa vie, ses humeurs, voir ce qu'elle voyait, savoir ce
qu'elle savait. À sa demande, ils allaient au musée, dans ces
lieux d'une culture qui à lui était étrangère et dans laquelle
elle avait grandi ; elle était à la fois une excellente et une
très mauvaise guide, elle connaissait les accrochages comme
la paume de sa main, comme ses chambres d'enfant ; mais
elle n'avait aucune patience, traversait les salles au pas de
charge, sans regarder les murs, parlant droit devant elle, et
elle avait cette manie, au milieu de chefs-d'œuvre dont Paul
aurait voulu comprendre pourquoi ils en étaient, des chefs-
d'œuvre – ce n'était pas évident, il n'était pas sûr de voir,
de comprendre, en quoi résidait leur *chef-d'œuvrité* essen-
tielle – d'évoquer toujours des tableaux qui n'étaient pas là,
des images qui manquaient. Il essayait d'apprendre à voir les
tableaux de Cézanne, par exemple, et elle, elle lui parlait de
la Sainte-Victoire de cet Américain qui s'était donné pour

tâche de reproduire de mémoire les toiles du maître, les yeux fermés, en trente secondes, à main nue, au fusain. Une sorte de régression, de remontée dans l'aveuglement, de retour à la caverne, un moyen de mesurer la façon dont l'art pouvait s'inscrire dans la mémoire – toujours imparfaitement – et devenir un souvenir du corps, un tâtonnement d'enfant ou de sauvage. De sorte que Paul, devant ceci :

était sommé de voir cela :

Elle l'accompagnait, roulait des yeux, mettait en scène ses réticences. Mais pourquoi perds-tu ton temps à ces vieilleries ? Tu vaux beaucoup mieux que tout ça, lui disait-elle, ton intelligence est sauvage, tu es la seule panthère que je connaisse, et j'ai la chance de t'avoir dans mon lit, disait-elle à même sa bouche, en lui mordillant les lèvres, Je donnerais tout pour être comme toi, je donnerais tout pour être toi — mais Paul, lui, savait qu'il y a une différence entre le fait de désapprendre quelque chose que l'on connaît, et celui de ne jamais l'avoir su. Lui, la tête lui tournait de toute son ignorance. Au fond il vécut son premier amour comme une détresse, un deuil aigu de tout ce dont il avait ignoré l'existence, de tout ce qui lui avait manqué jusque-là sans qu'il sache même que cela lui manquait, une nostalgie le dévorait qu'Amélia ne pouvait pas comprendre. Elle persévérait dans sa voie, sans qu'aucun des deux sache alors, à vingt ans, que les déraillements qui furent sa vie, qui semblèrent la composer, étaient en réalité un destin et non une série de ruptures ; ou plutôt que ces ruptures formaient une ligne droite, inexorable, qui l'emmenait inexorablement à sa perte, à cette chute ultime qui l'enverrait, bien plus tard, à la rencontre du sol, quatre étages sous elle.

*

Paul, lui, ne parlait pas d'où il venait, parce qu'il ignorait alors que l'on se définit autant par ce que l'on embrasse que par ce que l'on abandonne derrière soi ; et puis parce qu'il n'aurait pas su quoi dire, il n'avait pas les mots qu'il fallait, qu'il aurait fallu. Il venait d'un endroit qui était tout autant défini par ses coordonnées géographiques, par le revenu moyen de ses habitants, son taux de chômage, que par son absence de récit. Des histoires, oui, il y en avait, des histoires comme celle de l'éclairage nocturne, dans le bleu blême duquel on ne retrouvait pas ses veines – des histoires comme l'arrivée du père de Paul et sa décision, prudente, rusée peut-être, de changer son nom quand il le put, de le trafiquer, de le franciser, d'appeler Paul *Paul* – rusée autant que naïve, comme s'il n'y avait pas d'autres façons d'établir une origine, comme si celle-ci ne s'inscrivait pas dans le noir bleuté de la chevelure et le calibre des boucles, dans la longueur des cils et leur épaisseur, dans la ligne des sourcils étirés jusqu'aux tempes et l'intensité, l'harmonie de l'expression qui en découle ; sans parler du reste qu'on ne voit pas, dans quoi on ne se reconnaît pas, une goutte de sang dans une machine, des hélices de gènes, des traits et des barres sur un écran. Toute une histoire dont lui, Paul, était en grande partie ignorant, qu'on ne lui avait pas transmise – qu'aurait-il pu bien en dire, surtout à Amélia, une femme comme Amélia, qui avait plus souvent traversé l'océan que le périphérique ? Il venait d'un endroit qu'il était et n'était pas surpris d'entendre régulièrement cité comme exemple de désastre urbain ; il n'en était pas surpris car il était conscient jusque dans ses muscles de sa laideur, de ses dangers, de ses dysfonctionnements ; surpris car malgré tout, c'était chez lui, c'était la maison, laquelle n'est ni ceci ni cela – elle est, tout simplement. Il avait davantage honte de la façon dont cet endroit hantait son corps que de l'endroit en question, qui lui paraissait déjà lointain, disparu à l'horizon, rayé en ce qui le concernait de la carte ; dont le siège cependant était devenu Paul lui-même, sa façon de bouger, sa façon de réagir à toute menace perçue – réelle ou imaginaire. Et Paul qui avait grandi dans une certaine dimension du risque, une certaine dimension de la peur, mit un certain temps à comprendre que la peur, ici, c'était désormais lui qui l'inspirait. Quand il s'en aperçut, ayant eu un simple mouvement d'humeur à la cafétéria de l'université, il en fut étonné. Il en eut honte, profondément, comme s'il s'était trahi, couvert de ridicule – comme s'il avait bu dans un rince-doigts.

Aussi quand la ville d'où il venait, et à laquelle il ne pensait plus comme à *sa* ville, fut sur tous les écrans, il ne dit rien. Il regarda les informations, pensif. Un gosse était mort, à peine plus jeune que lui, qui poursuivi s'était réfugié dans l'enceinte d'un poste électrique, parce qu'il avait eu peur de la police, parce qu'il avait peur tout court, ce n'était pas la première fois, ce ne serait pas la dernière, il s'était électrocuté et l'espace d'un instant, au moment sans doute de son trépas, toute la ville avait été plongée dans le noir, une interruption du cours des choses, temporaire pour tous sauf pour ce gamin, la famille de ce gamin, et Paul, songeur, assis au bord du lit de la 313, regardait les images à l'écran, Amélia derrière lui, enroulée à lui, le menton posé sur son épaule, les jambes nouées à sa taille, les bras à son torse – ils ne disaient rien, mais quelque chose passait entre eux, quelque chose circulait, qui n'était pas l'image à l'écran, qui n'avait rien à voir avec elle – quelque chose d'intérieur, d'obscur, de secret – le souvenir, par exemple, qu'avait le corps de Paul de ce mur d'enceinte, de l'avoir escaladé, le souvenir de s'être recroquevillé, d'avoir retenu son souffle, de peur d'être trahi par quelque chose d'aussi simple, d'aussi immatériel et inévitable qu'un filet d'air quittant ses poumons ; et quelque chose, peut-être, qui n'était pas un souvenir mais une sensation, jamais perçue et tout de même perceptible : le trajet du courant électrique dans un corps adolescent, la peau brûlée, les mâchoires qui se serrent à en briser les dents, qui d'ailleurs se brisent, un cauchemar qui, se dit Paul, aurait très bien pu sortir de la boîte de Nadia Dehr, un cauchemar qui relevait de la poésie documentaire, peut-être Amélia se dit-elle la même chose en sentant les muscles qu'elle aimait encore ou croyait aimer encore ou disait aimer encore se tendre, peut-être à cet instant précis sa peur à elle, sa plus grande peur, prit-elle enfin forme : à présent qu'elle n'avait pas ouvert la boîte de sa mère, tout paraissait en sortir, toutes les horreurs, toutes les injustices. Elle était l'origine du monde moderne – du monde selon Amélia Dehr – et elle l'englobait. Elle croyait s'être débarrassée de la boîte : celle-ci avait pris les dimensions du monde.

Elle voulut aller aux manifestations ; on ne traque pas les adolescents comme des chiens. Sa naïveté soudaine, à elle qui faisait mine de tout savoir du monde – à elle sur qui il comptait pour tout savoir du monde –, le rendait fou, réveillait le pire en lui. Il lui interdit de s'y rendre. Il prononça ces mots, Je te l'interdis, furieux contre lui-même et contre elle d'avoir à les dire, et elle ne daigna pas sortir du silence, elle le regarda avec un sourire flou, avec moins même que du dédain : de l'amusement. Bien entendu, elle y alla, fut placée en garde à vue, revint avec sur la tempe, la pommette, un grand bleu qui mit Paul hors de lui, parce qu'il ne supportait pas l'idée qu'on puisse lever la main sur elle et parce qu'il ne supportait pas l'idée que ce à quoi il avait voulu échapper, cet éclairage public d'un bleu maladif, ces nuits inhospitalières et laides, contamine son corps à elle, elle qu'il avait choisie parce qu'elle était exactement le contraire de tout cela – et à présent, voilà, son origine à lui, détestée, fuie, affleurait sur son visage à elle, ce qu'il y avait de plus sacré au monde, il en était malade de rage et aussi (il ne l'aurait pas admis) de peur.

Preuve qu'il y avait malgré tout des discordances, naturellement, mais peu ; ou alors Paul ne les vit que plus tard, dans la lucidité de ces regards rétrospectifs qui changent le passé en champ de cendres. Ils n'existaient qu'entre eux, c'est-à-dire à l'hôtel, ou chez Albers, Amélia ayant définitivement déserté les amphithéâtres de l'université. Que faisait-elle de son temps ? Rien, sans doute. Paul vivait pour deux. L'ampoule devant la chambre 313 n'arrêtait pas de crever, ni lui de la changer. Une fois, une seule, il rencontra son père, venu la chercher, qui regarda avec effroi l'environnement, et Paul lui-même lorsqu'il se présenta – un homme qui n'avait rien à voir avec son père à lui, un homme aux yeux verts, pardessus de cachemire, qui faillit ne pas lui serrer la main. Une autre fois il rencontra les anciens amis d'Amélia, ou du moins, dit-elle, des connaissances, ce qui lui restait de son enfance fragmentée, entre pensionnats suisses et lycées exemplaires, entre les longs hivers américains et les courts de tennis, les piscines où flotter des mois durant et jouer à se noyer, une vie dont Paul ne savait rien et qu'il ne pouvait pas imaginer, ne l'ayant jamais rencontrée, ni dans les livres, ni même à l'écran, puisque cette classe-là tirait fierté de sa discrétion, de son quant-à-soi, et n'avait guère besoin d'un public pour se sentir exister : le monde était à elle.

D'immenses appartements, des portes vitrées, des parquets, des couloirs aux longs tours et détours, une certaine façon de se tenir, de s'habiller, et Paul était curieux, plus qu'impressionné ; il lui semblait être là incognito, donner le change, avoir lui-même la chemise qu'il fallait, les cigarettes qu'il fallait ; mais quelqu'un près des cuisines (car dans ces immenses apparte-ments tout était multiple, multiplié, les cuisines, les escaliers, les portes et les fenêtres) l'appela distinctement *le concierge*, ce qui fut suivi de rires joyeux, et Paul se sentit visé, Paul se sentit à la fois repéré et effacé. Démasqué, se dit-il, et une panique glacée le saisit car il ne savait pas, il ne comprenait pas, ce qu'on voyait chez lui qui le trahissait.

Vers la fin (mais il ne savait pas, lui, que c'était la fin), Amé-lia insista pour qu'ils se rendent dans un grand hôtel, dans un palace qui n'avait rien à voir avec le groupe Elisse ; elle avait un air espiègle qu'il lui avait parfois vu et qu'il aimait. L'un de ces lieux qui ont traversé l'histoire et dont le seul nom fait rêver. Longtemps repoussée, la décision avait néanmoins été prise de réaménager entièrement l'intérieur de légende. Et, avant la fermeture qui durerait plusieurs mois, quelque professionnel des relations publiques avait eu l'idée d'une opération promotionnelle qui porta ses fruits : avant l'arrivée de l'équipe chargée des travaux fut conviée une bande de jeunes gens triés sur le volet, riches, photogéniques, blancs dans une écrasante majorité, bande que l'on lâcherait dans les étages, avec champagne à volonté et toute liberté pour *décompresser*, pour se *défouler*, pour démolir les chambres royales et les suites présidentielles, défoncer les murs à la masse, arracher tentures et tissus, éventrer les matelas sur lesquels certains d'entre eux avaient été conçus, les héritiers de ce monde. Et Paul se souvient d'avoir assisté pour la première fois à la fureur d'Amélia, à sa rage, pour la première fois il lui semblait qu'elle achevait ses gestes, et ces mouvements alanguis qui n'avaient l'air finis qu'aux neuf dixièmes, leur dernière part, celle qui manquait, c'était la destruction. Amélia arrachant des lustres à pampilles. Amélia jetant des bouteilles, vides ou pleines, contre de hauts miroirs qui d'abord semblaient s'écraser, se renfoncer en eux-mêmes pour échapper aux coups, des fissures en cercles concentriques renvoyant une image déformée dans les bris de laquelle Paul et Amélia se multipliaient, eux aussi, tout comme les lampes et les meubles et les tableaux, et il ne l'avait jamais vue comme cela. Rien, pas même le sexe, ne lui donnait cet enthousiasme, cet éclat, comme si elle était là dans son élément, comme si elle était là chez elle ; et pour la première fois il en eut un peu peur.

Dans le souvenir qu'il a de la soirée, de la *demolition party*, Paul est un pur regard, il assiste hébété à cette orgie d'anéantissement. Mais d'autres souvenirs que le sien en existent, un notamment qui n'appartient à personne, ou à tout le monde, qui circule en tout cas indépendamment de son ancrage dans un cerveau particulier, sous la forme d'une brève vidéo un peu tremblée. De jeunes brutes aux yeux brillants de drogue, d'alcool et de leur propre puissance débridée, et parmi elles un grand brun massif, à l'air carnassier, et s'il se revoyait Paul ne se reconnaîtrait pas, pas tout de suite, pourtant c'est bien lui, là, qui enfonce une porte d'un coup de pied et entraîne à l'intérieur une longue rousse qu'il embrasse contre un mur, il glisse la main sous sa jupe, très haut, on ne voit pas leurs visages qui sont comme scellés, comme fondus l'un à l'autre, s'ils se séparaient maintenant – si quelque chose les séparait – qui sait si leurs traits ne seraient pas brouillés, mélangés à jamais. Elle tient un marteau, elle laboure le mur de son talon aiguille, à leur suite la jeunesse dorée fait irruption dans le penthouse et se déchaîne, le brun fait plus que l'embrasser à présent, et elle, elle s'enroule d'une jambe à sa hanche. Nonchalamment, il tend un bras vers le mur, à tâtons, comme s'il voulait prendre appui – et arrache sans la regarder une applique murale, d'un geste sec, instinctif, comme hérité d'une longue lignée de briseurs de nuque. Après quoi il n'y a plus, dans la pièce, que des ombres.

*

Et puis ce fut la fin. C'était une période tranquille, studieuse, Paul révisait pour ses partiels, Amélia avait entièrement abandonné, semblait-il, l'idée d'acquérir des compétences, et regardait (pensait Paul) des films pornographiques en mangeant des chips, les yeux perdus dans le vide, la tête tout à fait à autre chose, mais à quoi, il n'aurait su le dire et n'avait guère le temps d'y songer. Après les examens, s'était-il dit, je lui en parlerai. Son ambition ou sa crainte de l'échec, qui revenaient au même, l'avaient remis temporairement au centre de sa propre existence. Durant quelques jours l'univers ne tournerait pas autour d'Amélia, qui saurait s'accommoder (pensait Paul) de cette révolution.

Il était de retour à son poste, à la réception, et parfois tout se brouillait, il regardait l'écran de surveillance comme un livre de cours et un livre de cours comme l'écran de surveillance. Mais il progressait. Albers lui avait dit, verbatim, ne se faire aucun souci pour lui ; ce qui l'avait flatté, mais un peu peiné également, comme si elle l'abandonnait – au fond, il désirait que sa professeure adorée s'inquiète de ses performances, sinon de ses capacités. Il travaillait jusqu'à l'hébétude et l'hôtel Elisse le désensibilisait d'une façon particulière. Il n'aurait pas toujours su dire quand il dormait et quand il était éveillé, et tout se mélangeait, la théorie et la pratique, l'abstraction des cours et l'expérience immédiate, ici, maintenant, qui se décollait, se mettait un peu à flotter.

*

Une architecture d'un autre siècle, dépassée, qui n'avait aucunement l'intention de durer. En dépit de l'accent mis sur la propreté, sur l'hygiène, la prolifération même des hôtels les avait placés du côté des croissances parasites. Et tout comme un termite ou une puce n'ont pas davantage d'identité propre qu'un autre termite, une autre puce, ainsi un hôtel Elisse valait bien un hôtel Elisse. Si l'espèce a une

histoire, les individus – peut-on encore parler d'individua-
lité ? – n'en ont guère. Sinon celle, qui les comprend et les
dépasse, de leur propagation d'un continent à l'autre, de l'air
conditionné ou de la modernisation des serrures – des cartes
blanches, que Paul, d'un geste, magnétisait et remagnétisait
au gré des arrivées, et qui ouvraient les chambres, les ascenseurs, pour une durée reconductible, mais toujours limitée.
Tous les Elisse étaient construits sur le même modèle, et
seules variaient les échelles. La réception toujours face aux
ascenseurs, toujours à gauche en entrant, passé la porte tambour actionnée par capteur de mouvement, et dont les pales
glissaient au sol avec un léger soupir pneumatique ; les sols
marbrés à l'identique, d'un vert-noir à la longue désolant,
presque un peu occulte.

Bien entendu le nombre de chambres variait en fonction des
établissements, tous frappés du sceau de l'Elisse – un lit double
surmonté d'un huit couché, lequel n'était pas sans évoquer,
comme c'est habile, une hélice (de l'origine du nom on n'a
par ailleurs aucune idée) ; un huit couché, une chaînette de
petites étoiles qui ressemblent à des astérisques, comme si à
chacune correspondait une note de bas de page, une restriction
contractuelle inscrite en petits caractères, si petits qu'on ne les
trouve nulle part – aucun moyen de savoir à quoi, précisément,
on s'engageait ; et la mention *Nous ne dormons pas Vous dormez
mieux*, apparaissant une fois toutes les dix portes. Ainsi chaque
hôtel, quelle que soit sa taille, était une cellule de l'Ensemble
Elisse, ce système à la croissance exponentielle, comme une
séquence mathématique, comme une maladie grave. Mais si
Paul avait parfait un talent, c'était celui de faire abstraction de

son environnement immédiat ; aussi tout cela, croyait-il, ne l'atteignait guère.

Si l'on en juge par les statistiques de la route, les conducteurs s'endorment sans le savoir plusieurs minutes par heure lors d'un trajet de nuit. Ce qui vaut pour eux doit valoir pour Paul, à son écran. Par définition, il ne pouvait le savoir, l'un des avantages de son métier étant qu'il ne risquait guère de perdre le contrôle du véhicule. À moins que ce ne soit sa tête, le véhicule. Son crâne qui s'alourdit, dodeline, s'affaisse sur son épaule. Et peut-être est-ce cela qui arrive, il croit être éveillé mais ne l'est pas, il croit être éveillé mais il rêve et son rêve ressemble exactement à ce qu'il voit, à ce qu'il est payé pour voir et qui au fil du temps se morcelle, s'effrite sans qu'il s'en rende compte pour devenir un monde à part ; peut-être est-ce pour cela que soudain Mariam est là et l'appelle, davantage même, elle le touche, elle lui touche l'épaule, mais dès qu'il revient à lui, elle est à deux pas, les bras le long du corps, bien en évidence, comme pour souligner que tout est rentré dans l'ordre, Paul est réveillé et elle, elle ne le touche pas. On ne touche pas Paul, ou seulement quand il dort, et il dort toujours avec Amélia, du moins l'écrasante majorité du temps.

Au tout début il y avait eu un moment d'incertitude où il aurait bien dormi avec Mariam, mais ils n'avaient pas les mêmes horaires, elle faisait le ménage très tôt le matin, au moment où lui débauchait. Ses bras particulièrement lui plaisaient, longs et musclés, et sa peau magnifique, son visage dont certains reliefs, les pommettes, l'arc de cupidon, le creux de l'œil de part et d'autre du nez, luisaient doucement, nacrés de la pulpe d'un doigt expert. Ils avaient *eu un moment*, comme on dit (comme disait Paul) ; flirté un peu, à peine, sans compromission d'aucune part, et pouvaient à présent faire comme si de rien n'était. Depuis qu'il était avec Amélia, Mariam lorsqu'elle le croisait le regardait comme si elle retenait un rire incontrôlable. Mais pas aujourd'hui. Aujourd'hui elle paraissait inquiète, plutôt que moqueuse. Paul, il y a un problème avec La 313, dit-elle. Mariam n'appelait jamais Amélia par son nom, peut-être même l'ignorait-elle, elle disait La 313, comme tout le monde ; mais dans sa voix on entendait pour ainsi dire la majuscule, seule expression d'ironie qu'elle s'autorisait, ayant trop d'amour-propre pour les autres.

Comment ça, un problème, demande Paul, désorienté. Mariam, qui d'habitude le toise comme si elle allait partir d'un fou rire terrible, un fou rire qui si elle y cédait pourrait durer une vie, n'a pas l'air d'humeur à cela. Elle porte un uniforme blanc, près du corps, et de petites tennis blanches également, qui rendent justice à son pas élastique. Paul se passe une main sur le visage, croise son regard, Mariam a sans cesse de nouvelles coquetteries, cette fois des lentilles de contact colorées, une platitude verte et morte qui glisse sur ses prunelles d'un noir profond sans parvenir à s'y fixer, qui dérive un peu à chaque fois qu'elle cligne des yeux, et lorsqu'il la reverra une ou deux heures plus tard, elle les aura jetées. Il est quatre, cinq heures du matin. Comment ça, un problème, redemande Paul. Mariam hausse les épaules d'un air buté, et il se lève.

Étrange comme quelque chose d'aussi banal, d'aussi commun qu'une chambre d'hôtel peut soudain devenir inquiétant.

Il suffit qu'elle soit entrouverte en pleine nuit, il suffit que le couloir où elle se trouve parmi d'autres toutes semblables soit mal éclairé à sa hauteur – Paul peste contre cette ampoule qui n'en finit pas de crever devant la 313, plongeant le seuil dans la pénombre. Il suffit que l'on distingue, par l'entrebâillement, une obscurité totale, un noir parfait ; cette légère variation, une bande de trois centimètres de nuit – rien de plus, et voilà Paul suspendu sur le seuil de cette pièce où depuis des semaines, des mois, il fait l'amour, se lave, mange, lit – et une sorte d'angoisse l'étreint lui aussi, comparable à celle qu'éprouve Mariam, leur viennent des souvenirs d'instants qu'ils n'ont pas vécus, de corps pendus dans un placard, de baignoires pleines de sang, de morts terribles, à la fois mystérieuses et sans mystère, survenues dans d'autres chambres pareilles à celles-ci, dans d'autres établissements de la chaîne, des souvenirs qui se propagent d'un lieu à l'autre dans la mémoire de ceux qui les nettoient, qui font les vitres et les draps, des souvenirs qui devenus impersonnels tournent dans l'air conditionné, s'infiltrent dans les fibres synthétiques de la moquette, dans la peinture des murs, en attendant de se glisser de nouveau dans un corps, ou deux, Paul et Mariam se regardent et ni l'un ni l'autre ne sauraient dire d'où leur vient cette prémonition sinistre, sinon de l'espace même.

Qu'est-ce que tu vas faire, chuchote Mariam, le laissant par cette phrase seul devant la 313 entrouverte. Non, elle n'a plus envie de rire, elle aurait plutôt de la peine pour lui, le réceptionniste qui s'est compromis jusqu'à l'os, qui a trahi et devra le payer, est déjà en train de le payer, mais il ne le sait pas encore – car Mariam l'a vu saccager un palace, enfoncer une autre porte, ailleurs, d'un coup brutal, elle l'a vu faire l'amour contre un mur avec une héritière, arracher une applique à pampilles, elle l'a vu faire comme s'il était des leurs, faire comme s'il était de leur monde, s'enivrer de ce rêve comme une bête s'enivre de sang. De ces images tremblées elle a déduit ce qu'il voudrait être et ne sera jamais et cela la fait rire comme seule peut rire une femme éconduite, elle s'amuse désormais de le voir dormir, mal rasé, sans même savoir qu'il dort, dans un siège malcommode, sous des néons qui marquent les cernes et creusent les traits. Elle voit l'amour qu'il a pour une fille riche, un amour fou, elle voit aussi que cette fille riche, comme toutes les filles riches, trouve dans l'ordre des choses d'être aimée, est incapable de ce genre de sentiment, a d'autres problèmes. Elle est folle, Mariam le sait. Elle rit de l'échec de Paul. De tous ses échecs, présents et à venir. Elle rit, mais pas cette nuit, pas à quatre, cinq heures du matin, pas devant Paul dont le cœur, dans une minute ou deux, va se briser.

Amélia ? appelle-t-il à mi-voix. Il pousse la porte du bout des doigts. On dirait un film d'horreur, se dit Mariam, quoique l'un de ses passages les moins horribles. Paul a peur, une peur terrible qui vient de la tension créée par le fait qu'il sait déjà et à la fois ne sait pas encore.

Amélia ? À tâtons, il allume la lumière.

La chambre est vide. Vide entièrement. Il n'y a plus de vêtements sur les sièges, plus de petit fatras chaotique quoique anodin sur le bureau, plus de livres sous le lit, plus rien. Rien du tout. Paul, les bras ballants, se tient dans l'endroit où il a connu les heures les plus intenses de sa jeune vie, et cet endroit est dénué de la moindre trace de présence, comme si personne, jamais, n'y avait vécu, comme si personne ne s'était laissé tomber sur le lit, ne s'était glissé sous la douche ou dans la baignoire contre lui, n'avait embué de son souffle la fenêtre condamnée tandis qu'il l'enlaçait par-derrière, qu'ils faisaient l'amour face à la ville. Rien. Ou plutôt, pire que rien. Il finit par trouver quelque chose, qui est en fait un moins, une soustraction. La corbeille de la salle de bain est pleine de roux. Des cheveux longs et soyeux – un an, deux ans, cinq ans de cheveux roux ; une masse qui glisse sous ses doigts comme de l'eau, qui paraît encore vivante, mais sans doute ne l'est plus.

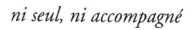

ni seul, ni accompagné

1.

Il fut malheureux. Il fit ce qu'on fait dans ces cas-là ; il le fit, puis il dit l'avoir fait. Il raconta tout, sans réserve, fouissant sa mémoire comme une blessure, sans jamais réussir à y trouver le corps étranger, encore moins à l'extraire. Il déchira des photographies, donna des livres, des vêtements, coucha avec qui il put. Il fut cet homme fiévreux qui confesse sa vie dans des bars, des rades sinistres au sol collant qui portent tous des noms de femmes, des noms de belles étrangères mortes d'amour, Chez Carmen, Chez Aïda. Cet homme aux yeux rougis qui parle aux inconnus, qui leur vide son sac, et qui de son sac tire un jour, à l'aube, un marteau, et le pose devant lui, entre les verres vides, puis le regarde sans savoir ce que l'objet fait là ni depuis combien de temps il le transporte ainsi avec lui, et bien entendu son interlocuteur en sait encore moins et un silence s'installe. Un homme mal rasé qui déambule au petit matin dans les rues, marteau en main. Son poids le rassérénait. Il le glissait sous son oreiller pour se protéger de ses rêves, où elle était. Ses rêves où elle lui murmurait à l'oreille tout ce qu'il aurait dû dire, et faire, pour qu'elle reste, et dans ses rêves il comprenait, il comprenait tout, il débordait de gratitude et d'amour et sa joie le réveillait, son soulagement le réveillait, et quand il voulait se rappeler ce qu'elle lui avait confié, il n'en restait plus rien, un blanc qui s'étendait.

Une nuit il but trop, fit une mauvaise rencontre, se servit du marteau, et entre les battements fous de son cœur se glissa l'idée étrange que c'était elle qui, en partant, avait eu ce geste d'adieu, glisser dans son sac un outil, tête et manche, sachant qu'un jour il servirait. Et après s'être servi du marteau il rentra chez lui dans une brume rouge sombre, et vomit toute la nuit, toute la matinée, comme il ne croyait pas possible de le faire, comme une insurrection de soi contre soi-même. Il finit par s'endormir sur le carrelage, au réveil il était gelé et il avait oublié le visage d'Amélia, comme s'il avait expulsé à grand-peine le poison et la source de son mal, après quoi les choses parurent peu à peu plus faciles. Il jeta le marteau dans la Seine et préten-dit ne pas savoir de quoi parlait son père lorsqu'il s'en enquit. Le père racheta un marteau et on en resta là.

Paul se concentra sur ses études, sur l'excellence de ses études qui était son ultime opération de camouflage, la meilleure ou la seule façon qu'il connaissait de se fondre dans le décor. À ses heures perdues il faisait comme tout le monde, il traînait sur les écrans qui se multipliaient, rapetissaient, tenaient désormais dans la main et la poche. Quelques années plus tard, lorsque Paul commença à bien (très bien) gagner sa vie, il alla trouver son père et lui demanda où il voulait aller. Je t'emmène en voyage, dit-il. Ils n'étaient jamais partis nulle part ensemble. À sa connaissance, son père n'avait jamais connu que deux pays, celui qu'il avait quitté et celui où il avait eu Paul. Il avait passé plus de temps dans le second que dans le premier. Son père ne dit rien, prit un bout de pain et un bout de fromage piquant, mais à ses gestes mesurés, efficaces, Paul vit qu'il réfléchis-sait. Son père pensait dans ses muscles. Son père pensait dans ses articulations, dans ses membres, dans son corps entier, et aujourd'hui son corps entier, petit et vif et léger comme celui d'un boxeur, et économe comme celui d'un boxeur, mais qui était celui d'un ouvrier – son corps entier considérait la réponse à donner, parmi toutes les réponses possibles, à cette question de son fils. Et plus son père réfléchissait, plus Paul s'apercevait qu'il n'avait pas la moindre idée de ce qu'il allait dire. Il mâchait en silence pain et fromage et Paul s'apercevait que toutes les destinations auxquelles il s'attendait étaient des destinations où lui, Paul, aurait voulu aller, et que cet homme de soixante ans, qui semblait fort et agile et en pleine possession de ses moyens, et ne paraissait ses soixante ans que dans la ride profonde entre ses sourcils qui coupait son front comme si elle engageait non seulement la peau, non seulement les couches superficielles de l'épiderme, mais les profondeurs du crâne, un ébranlement, une tectonique de l'os, et plus même que de l'os, une sédition de la gélatine en dessous, des méninges qui se cabrent, ride qui évoquait à Paul, il ne savait pas trop pourquoi, la mort de sa mère – cet homme de soixante ans, qui mâchait face à lui, il n'avait en vérité aucune idée des endroits où il aurait voulu, où il voudrait aller ; nulle part peut-être ; et il se sentit ridicule, il eut honte de sa proposition, Je suis venu faire le bourgeois devant mon père, pensa-t-il, et, après une deuxième bouchée et une longue plage de silence : La vérité c'est que je ne connais pas du tout cet homme, pensa-t-il.

Son père finit sa deuxième bouchée et prépara la troisième, soigneusement, et Paul crut qu'il ne répondrait pas, mais il leva les yeux vers lui avec un air qu'il ne lui connaissait pas, et qui était de la timidité et, presque, de la coquetterie, et demanda :

Où je veux ? Vraiment ? et Paul soudain ému, étrangement ému, dit Oui, Papa, où tu veux, alors son père finit son pain et son fromage, sans réagir, mais son fils eut l'impression qu'il se sentait comme si on venait de lui ôter un poids. Il se leva, un homme menu mais puissant, prit son assiette, la rinça, la sécha ; rinça et sécha l'évier ; Peut-être au pays, se dit Paul, peut-être qu'il va vouloir aller au pays ; ou à New York ; ou peut-être qu'il voudra aller à Rome, ou à Naples, ou en Grèce ; où mon père, qui a trimé toute sa vie, souhaite-t-il aller ? Il n'avait pas osé prononcer le mot *vacances*, il avait dit *voyage*, il avait pensé à la façon de le lui proposer qui le heurterait le moins. Il se souvenait d'avoir vu son père regarder, pensif, des documentaires animaliers ; le cycle de la vie, la savane au coucher du soleil, les grands singes riant dans la jungle ; les bêtes des profondeurs, étranges, pâles, tout en mâchoires et rayonnement blême. Il savait que son père n'avait guère de loisirs, qu'il jouait un peu aux cartes, un peu aux dés ; qu'il pariait parfois ; qu'il pariait sur des combats de coqs, et des combats de chiens, mais jamais sur des combats de boxe, et jamais sur des pugilats, ni sur rien qui engage ce qu'il appelait, son père, des *personnes humaines* ; et Paul s'était toujours demandé qui étaient, qui pouvaient bien être, ces *personnes inhumaines* dont l'expression semblait sous-entendre l'existence. Ces dernières années avaient été plutôt clémentes, disait-il, il travaillait sur un chantier qui au contraire des précédents ne semblait jamais devoir finir. Toujours il y avait quelque chose à faire ; et à l'œil nu, cela avançait, oui, mais comme si cela avançait à peine, ou pas du tout. C'était devenu une plaisanterie entre Paul et lui, ce chantier qui ne finirait jamais, ce chantier infini, poussiéreux à souhait, et qui pour une raison obscure évoquait à Paul

Amélia Dehr, à laquelle il s'efforçait de ne pas penser, comme on s'efforce de marcher droit le long d'une route plongée dans l'obscurité. C'était devenu une plaisanterie, et son père s'en accommodait, mais ces dernières années Paul avait vu ou plutôt surpris sur son torse, sur son dos, des blessures, des traces de contusions ou de longues griffures qui semblaient avoir été causées par un animal sauvage, qui elles aussi évoquaient à Paul Amélia Dehr, mais il savait que cette fois cela n'avait rien à voir avec elle et tout avec la vieillesse qui fondait sur son père, et qu'il ne pourrait pas continuer indéfiniment à travailler sur son chantier indéfinissable. Voilà de quoi Paul espérait lui parler en voyage.

Peut-être en safari ; ou en Alaska ; mais non – plus vraisemblablement à la campagne. Plus vraisemblablement dans l'un de ces endroits où les petits vieux peuvent sortir le matin leur chaise au soleil et la rentrer le soir et appeler ça, le cœur léger, une journée bien remplie. Ou alors nulle part, se redit Paul. Plus il y pensait moins il parvenait à voir son père où que ce soit sinon dans son petit appartement très propre, très clair. Paul avait du mal à imaginer au monde un endroit plus petit, plus propre et plus clair que l'appartement de son père. Après avoir longuement réfléchi, jusque dans le bout de ses doigts, semblait-il, celui-ci dit :

— J'ai toujours voulu aller à Hawaii.

Paul travaillait désormais dans une agence réputée, sur des projets très chers, très compétitifs, où il était en charge des fenêtres. Quel que soit l'appel d'offre, pour un musée ou un hôtel, un centre commercial ou un immeuble de rapport, ou l'une de ces villes nouvelles quelque part dans une zone désertique qui n'était pas faite pour l'urbanisation mais serait urbanisée tout de même : les fenêtres, c'était lui. C'était un bon travail, mais il savait qu'il n'y ferait pas de vieux os. Il le savait parce que, de plus en plus souvent, quand il pensait à certains endroits ou se trouvait dans certains endroits et que son attention se tournait, tout naturellement, vers les fenêtres, ce qu'il imaginait, ce qu'il aimait imaginer et qui lui donnait le plus de plaisir à concevoir, c'était le même lieu, fenêtres cassées. Il imaginait les fissures du verre, les points d'impact et les étoilements, et leur effet sur la lumière, sur la façon dont la lumière entrerait dans l'espace, et les ombres fracturées, comme celle que produit, au fond d'une piscine, le soleil se brisant sur la surface de l'eau. Cela aussi lui évoquait Amélia Dehr. Depuis leur liaison, il avait été plutôt heureux en amour, trouvait-il ; précisément parce qu'il n'avait plus vraiment aimé.

Il s'occupa de tout et remplit le questionnaire vert pâle de son père, *Avez-vous jamais conspiré contre les États-Unis d'Amérique, Avez-vous jamais été condamné pour crime contre l'humanité* – il le lui retira doucement des mains, à dix mille mètres d'altitude au-dessus d'un océan que son père n'avait jamais franchi, parce que ce dernier lisait avec soin et application chaque question et, à chaque question, *Avez-vous jamais été condamné pour rapt ou tentative de rapt*, s'absorbait dans une longue méditation, comme s'il se creusait la mémoire pour savoir si, oui ou non, il s'était jamais rendu coupable de ces infractions. Alors Paul lui avait doucement pris le papier des mains, et l'avait rempli, cochant rapidement toutes les cases de la colonne Non, et son père le considéra avec fierté, comme surpris que son fils le connaisse si bien. Il parla anglais dans l'avion, leur fit servir des bloody mary dont le père ne but que le jus de tomate, faisant glisser la petite bouteille de vodka prestement dans sa manche, avec un air presque rusé que Paul ne lui connaissait pas, et tout cela, le geste et l'expression, il fut le seul à les voir, tant son père avait, il ne le soupçonnait pas, la main leste ; il parla anglais à l'aéroport de Los Angeles, son père attendant, sage comme un enfant, qu'on lui dise de s'avancer ; j'emmène mon père à Hawaii, dit-il à l'agent des services de l'immigration, et ce dernier hocha la tête, Paul et lui avaient à peu près le même âge et, entre fils, on se comprenait. Vous avez parlé de moi, dit ensuite son père à Paul. Cela semblait le rendre heureux.

À Oahu il trouva de vieux loups de mer chenus qui l'emmenèrent voir un trimaran, et quand l'affaire fut conclue ils se moquèrent de son costume, que Paul portait pourtant sans cravate, ils se moquèrent de ses chaussures de ville, eux qui se vêtaient de shorts et de ces chemisettes dites hawaïennes dont Paul fut surpris de constater qu'elles n'étaient pas une légende, qu'elles n'étaient pas un mythe ni une exagération, à motifs fleuris ou marins ou les deux, ensuite les vieux loups de mer essayèrent de se rappeler quand ils avaient, pour la dernière fois, enfilé un costume ; ils riaient ; et celui qui était borgne et portait, sur son œil aveugle, un bandeau orné d'une petite ancre dorée, et qui n'avait pas mis de veston du jour où il avait posé le pied sur l'île, Paul n'étant alors pas né, lui dit de ne pas se formaliser de leurs manières, et qu'il les emmènerait, son père et lui, à la découverte de l'archipel. Ils passèrent huit jours en mer et Paul fut un peu malade au début mais son père, non. Huit jours entre hommes et le marin et l'ouvrier avaient une musculature comparable, et aucun moyen de se parler, mais semblaient s'entendre plutôt bien. Des hommes qui ont un couteau, pensa Paul qui n'osa pas demander à son père comment il avait introduit dans le pays ce cran d'arrêt qui lui rappelait de vagues souvenirs d'enfance et qui, lui aussi, évoquait pour une raison inconnue sa mère, et la mort de sa mère. Quand elle était morte son père lui avait épluché une orange avec ce couteau, se rappela-t-il soudain, tout était là, l'odeur du jus et le métal. Il ne croyait pas avoir revu l'objet depuis, mais il avait toujours su qu'il était là. Que là où était son père était aussi le couteau. Ils parlèrent d'elle. Le père décrivit, en des termes qui surprirent beaucoup le fils, une robe qu'elle avait eue. Évasée, boutonnée sur le devant, à pois. Et cette robe et ces boutons eux aussi lui évoquèrent le couteau, même s'il ne savait pas pourquoi et n'osa pas le demander. Paul parla un peu d'Amélia Dehr. Il dit qu'ils n'étaient pas du même milieu. Il dit qu'entre ses bras il avait cru que son cœur à lui battait sous sa peau à elle. Son père eut l'air de comprendre. Ensuite ils se turent longtemps. Ils virent des tortues, et des dauphins, mais ce que le père préféra ce furent les baleines, qui nageaient paisiblement, amicales, sûres de leur puissance, sans savoir que les hommes leur étaient un danger ou, le sachant, ne s'éloignant pas pour autant.

Quand ils revinrent à Honolulu son père l'étonna de nouveau en émettant le souhait, un peu comme un enfant qui sait ou croit savoir qu'il exagère, de passer quelques jours à Waikiki. C'était l'endroit le plus cher et le plus touristique et le plus vulgaire de l'île et son père était ravi. Paul leur prit des chambres dans l'hôtel le plus élégant du bord de mer, une grande demeure de style colonial qui donnait directement sur la plage, au point que le restaurant et même l'entrée étaient envahis de sable, comme dans une ville fantôme. À ce stade du voyage son père était hâlé et portait un maillot de l'université de Hawaii et regardait d'un air plus curieux que concupiscent les jeunes blondes californiennes qui traversaient la rue pieds nus, d'immenses boissons à la main, et remontaient dans d'immenses berlines ou jeep ou SUV dont elles claquaient les portières, laissant le père face à son propre reflet dans les vitres teintées. La journée il allait regarder les surfeurs. Il n'entrait jamais dans l'eau, Paul avait fini par se demander s'il savait seulement nager, mais il s'asseyait sur la plage et regardait les vagues et les planches et les adolescents en équilibre sur ces planches. Ensuite il mima à son fils les configurations qui lui semblaient les plus périlleuses. En toute chose il semblait s'intéresser d'abord au danger qu'elle présentait.

Le soir il s'endormait très tôt et Paul ressortait. Il longeait Waikiki qui ne s'éteignait ni ne ralentissait jamais et un sentiment d'étrangeté montait en lui, comme s'il était seul au monde. Tout lui paraissait faux. Une claustrophobie curieuse le saisissait dans ces rues qui lui semblaient irréelles, quoique réellement perdues en plein milieu de l'eau, en plein milieu de l'océan. Il essayait d'imaginer tout ce noir, vu du ciel. Vu d'avion. Parfois il roulait longtemps, à l'ouest, jusqu'aux quartiers sinistrés, infestés d'armes à feu et de méthamphétamine, et il écoutait le bruit des vagues dans l'obscurité jusqu'à ce que se calme ce qui, en lui, demandait à se calmer. Une nuit, il fuma une cigarette sur la plage devant l'hôtel et vit sortir de l'eau une femme dont il fut sûr, dont il fut certain, qu'elle était Amélia. Il la regarda tituber en riant jusqu'à un homme, qu'elle embrassa à pleine bouche, comme on gagne un pari. L'homme portait une chemise froissée et un pantalon clair et Paul crut sentir le corps humide de la femme contre sa chemise froissée à lui, son pantalon clair à lui. Ensuite il s'aperçut qu'il y avait un deuxième homme non loin. Il s'en aperçut parce qu'il la suivit des yeux lorsqu'elle se détacha du premier pour s'enfoncer dans la nuit. Lui aussi elle l'embrassa, de la même façon, passionnément. C'est un cauchemar, pensa Paul. Le lendemain il but de l'alcool au petit déjeuner, et à la lumière du jour tout allait mieux, mais lorsqu'il passa par la réception on lui dit que quelqu'un avait laissé un message pour lui, et tout recommença. Très rapidement, tout recommença, et il se passa une main sur le visage. Mais en réalité ce n'était que l'Agence.

Si son père s'aperçut de quelque chose il ne dit rien.

*

Après Hawaii qui était pour son père et lui une tentative d'adieu, même si ni l'un ni l'autre ne le dit, Paul se lança, au nom de l'Agence, dans une longue course d'obstacles, bien que ces derniers ne fussent pas physiques, pas matériels – au contraire rien ne venait entraver sa route, les portes s'ouvraient toutes seules devant lui, tous les escaliers étaient mécaniques, de jeunes femmes accortes semblaient anticiper la moindre soif, dans les restaurants même la nourriture se présentait prête à l'ingestion, sous cloches transparentes, sur d'étroits tapis roulants, et Paul observait toujours le même rituel, un tour pour voir, un tour pour tendre la main et saisir ce qu'il désirait ou croyait désirer, et qui parfois n'était pas la même chose, ne coïncidait pas, le plongeant dans d'étranges dissociations, comme un corps sans tête, une tête sans cœur. Durant des semaines, des mois, il ne toucha pas d'argent liquide, ni billets, ni pièces, rien de ce que son père, avec (une expression de Paul) son bon sens tiers-mondiste, considérait comme *réel* ; rien de ce qui lui procurait cette joie particulière qu'a un homme d'un certain âge, veuf, à palper dans la pénombre de sa poche des billets adoucis par l'usure. Un couteau. Des espèces. Mon père a trouvé les moyens de sentir son pouvoir. Il en a peu, mais c'est le sien, il peut le toucher, le serrer dans sa main, refermer le poing sur quelque chose qui lui donne de la force. De l'impact. Et moi ? Les portes s'ouvrent sur mon passage, pensa Paul. Mon corps est au-delà ou en deçà des fuseaux horaires, du rythme, de la biologie, et je ne sais pas si c'est un plus ou un moins, une force ou une faiblesse, je ne me pose même pas la question, j'avance. C'est cela, mon pouvoir à moi. Ce n'est pas rien.

Ce n'était pas rien mais il tremblait parfois sans raison. Ce n'était pas rien mais un jour, dans un pays en plein désert, un pays qui construisait des parcs sous verrière, des pistes de ski sous bulle – il était arrivé que Paul, l'homme des fenêtres, prêtât main-forte à ces projets, mais cette fois-là il s'occupait d'une tour, d'un royaume vertical, d'un empire sans empereur ; et cela faisait longtemps, se dit-il, qu'il n'avait pas proposé ni pensé à proposer autre chose à ses clients que du verre trempé, les vitres pare-balles étant la dernière mode, la dernière norme – si, du fait de votre activité ou de votre identité, quelqu'un n'était pas susceptible de chercher à vous (une expression de son père) *trouer la peau*, apparemment, vous aviez raté votre vie – et ce jour-là au trentième ou au quarantième ou au cinquantième étage d'une tour en chantier dans ce pays en plein désert, il se tenait à la fenêtre, observant une ville qui quelques décennies plus tôt n'existait pas ou pas autrement que sous la forme d'un campement, le cœur de l'endroit étant alors facile à repérer, battant comme le vent faisait battre la toile des tentes, alors qu'aujourd'hui il s'était perdu, ou caché, ou enfoncé, ou arrêté – ce jour-là il avait été aveuglé par des jeux de lumière sur les vitres des gratte-ciel, des éblouissements courts, longs, le jeu du soleil sur les parois de verre, quelque chose que personne ne remarqua sinon une petite fille assise en tailleur, au soixante-troisième étage d'un immeuble que Paul ne voyait pas, et Paul lui-même, l'homme des fenêtres. Ce qu'il se dit, c'est qu'il perdait la tête : car lui mieux que quiconque était bien placé pour savoir que ces plaques de verre étaient scellées, inamovibles, et ne pouvaient rayonner au soleil. Ce qu'il se dit, c'est que ces éclats suspendus entre terre et ciel, certains brefs, d'autres longs, étaient, auraient pu être un langage, et il pensa à la main-d'œuvre, il pensa à ces dizaines de milliers d'ouvriers venus d'autres pays et parfois d'autres continents pour construire cette ville, une armée sous-payée qui mourait dans d'atroces accidents, mais toujours dans la discrétion, Je perds la tête, se dit-il. Mais quelques jours plus tard il dut être évacué en urgence, avec l'ensemble des Occidentaux, d'un seul coup quelque chose arrivait, d'un seul coup il se retrouvait à l'arrière d'une voiture blindée, collé à des inconnus, et pour une fois personne ne se souciait de l'air conditionné.

Il se retrouva chez lui, à suivre sur l'écran de sa télévision un chaos qui, lorsqu'il y était plongé, n'était pas aussi clairement défini, qui s'exprimait en cahots sur la route, en coups de feu tirés devant l'aéroport, mais pas comme maintenant en grandes vidéos aériennes où brûlaient des incendies, pas comme maintenant en exécutions sommaires. À quel moment devient-on l'ennemi ? se demanda l'homme des fenêtres, pour l'heure en congé. Il dormit quarante-huit heures, ne se réveillant que pour laisser fondre, sous sa langue, des comprimés de mélatonine, censée l'aider à *résorber le sentiment subjectif de jetlag*. Ne se réveillant que pour s'interroger sur l'emploi de ce mot, *subjectif,* lui dont le crâne paraissait pour le moment trop lourd pour être porté.

Quand il fut enfin reposé, douché, heureux d'enfiler une chemise propre et de descendre boire un café, les plaisirs simples d'une vie chez soi, il fit ce que depuis très longtemps il se contraignait à ne pas faire : il alla voir Albers.

2.

L'accès à l'université lui parut d'une complexité inouïe, inutile, et lui qui s'en souvenait comme d'un espace intermédiaire, un dedans et un dehors à la fois, où entrer et sortir comme d'un moulin, plein de galeries en enfilade, de longues baies vitrées, d'escaliers de secours surplombés de terrasses où fumer une cigarette, allongé au sol, aussi près du ciel que l'on peut décemment l'être dans un vieux centre urbain, fut surpris des vigiles, des sas, des protocoles, pour finir il dut troquer ses papiers d'identité contre un badge d'accès temporaire, le service d'ordre – des jeunes gens de milieu modeste ou des repris de justice – l'escortant jusqu'à l'entrée du bâtiment, et pourtant, se dit-il, on ne se sentait pas plus en sécurité qu'avant, bien au contraire. Les lieux se maintenaient dans un état de délabrement suspendu qui tenait autant de l'incurie que du plus grand savoir-faire. Des souvenirs lui revenaient, de son corps dans ces couloirs, dans ces halls vétustes qu'il trouvait chaleureux.

Quand il en poussa le lourd battant, l'amphithéâtre était plongé dans l'obscurité, des images glissaient, sans écran, projetées directement sur le tableau blanc, mordant le mur, coupant la vidéo ou plutôt lui donnant une épaisseur, une matière fracturée, et Paul s'adossa au fond avec un murmure d'excuse – des jeunes gens, partout, sur les marches, ou à trois par siège, un sur l'assise, le deuxième sur l'accoudoir, le dernier sur le dossier – si jeunes que sur leurs visages les expressions passaient sans laisser de trace, comme sur de l'eau, comme s'ils n'avaient jamais rien éprouvé de durable de toute leur vie ; et, tout au fond de ce cirque, comme jetée en pâture à l'auditoire (jamais il ne s'était rendu compte combien c'était une position vulnérable), Albers, dont il ne distinguait pas les traits, pour l'heure noyés dans les lumières du projecteur, de sorte qu'elle-même semblait l'émanation du film, son premier plan, issu de la surface plane, une série d'images mouvantes qui soudain s'incarnaient. Les images en elles-mêmes, son cerveau mit un moment à les lire, à les assembler de façon cohérente, à leur donner un sens : elles étaient trop étranges, trop choquantes, et trop feuilletées de ces différents dénivelés – le visage d'Anton, ses petites mains qui s'agitaient, le bureau derrière elle, le tableau, le mur, toute une complication visuelle qui rendait le déchiffrement plus difficile qu'une surface vierge, qu'un écran blanc (Est-ce que cela, ces conditions déplorables, cette visibilité contrariée – est-ce que cela faisait partie du cours ? se demanda Paul, est-ce que cela *était* le cours ?) – enfin force fut d'accepter ce qu'il voyait, un laboratoire, des animaux, un singe, un lapin, et ces animaux (tout son corps refusait de voir ce qu'il voyait : il dut se faire violence), on leur avait ôté la boîte crânienne, cette partie que l'on appelle, croyait-il savoir, la calotte, de sorte qu'ils étaient là, cerveau à l'air, et dans ces cerveaux une série de laborantins fichait des aiguilles, déchargeait avec art de légers (ou pas ?) stimuli électriques, et sur les faciès des animaux par ailleurs placides, étant donné la situation, se peignait, sous l'impulsion scientifique, une terreur pure et, si celle-ci est lisible aisément sur les traits d'un capucin si proches des nôtres, Paul fut surpris de constater que le lapin aussi, avec sa tête de lapin et ses oreilles duveteuses pendant autour de ses méninges à nu (un si petit cerveau, rose, presque translucide, qui tiendrait dans une main d'enfant) – que le lapin aussi avait une expression de peur, que sa cervelle à lui, Paul, bien à l'abri dans l'obscurité de l'os le plus épais du corps, reconnut immédiatement, et si je vois sa peur et la comprends, cela doit vouloir dire, pensa-t-il, le cœur battant, que ce lapin a un visage, comme moi j'ai un visage, sur lequel il passa une main, il devait être plus épuisé, encore, qu'il ne le pensait.

La peur a une existence spatiale, dit Albers : sans espace, pas de peur. Le premier lieu de la peur est une zone du cerveau, qui peut être activée, comme en témoignent ces images. Si elles gagnent à être tournées, vous en jugerez par vous-mêmes. Le deuxième lieu de la peur, du moins pour l'homme, c'est l'obscurité. La nuit. L'absence de frontières perceptibles, un espace informe – et la nuit, en réalité, est le contraire d'un lieu : une zone, une indétermination. Soit dit en passant, il semblerait qu'une peur intense et soutenue rende plus réceptif à l'abstraction – et je vous laisse esquisser une histoire *peureuse* de l'art moderne, l'explosion des abstractions après la Seconde Guerre mondiale et l'Holocauste, par exemple. Le troisième lieu de la peur, et celui qui nous concerne, c'est la ville. Les lumières, s'il vous plaît.

Une longue jeune fille blonde qui sentait la menthe, non loin de Paul, actionna l'interrupteur ; les néons grésillèrent, Albers fut illuminée dans le geste somme toute intime de rajuster son revers, elle releva les yeux sur ceux qui étaient à la fois ses sujets et ses juges, et vit Paul, et lui sourit, un sourire espiègle de fillette et de mère à la fois, qui lui arrondissait le visage et les yeux, et Paul se sentit chez lui. À la fin du cours, Albers, à son habitude, n'avait parlé ni de la ville, ni de demain, et il descendit les gradins à contre-courant des étudiants qui sortaient ; les derniers qui s'attardaient, les timides ou les ambitieux qui voulaient lui toucher un mot en tête à tête, furent surpris de voir leur professeure adorée se jeter au cou d'un grand homme brun, dont, sur la pointe des pieds, elle saisit le visage entre ses mains pour s'exclamer, à voix haute et intelligible : Mon petit Paul ! Quelle surprise ! Mais ça fait des années !

Ils descendirent dans le parking où Paul avait parfois travaillé durant ses études, Albers avait passé son bras dans le sien et il se sentait adulte, enfin, comme s'il avait grandi dans l'intervalle, même si bien sûr il avait déjà achevé sa croissance à l'époque où, terrifié, il s'était caché dans la guérite dont le plexiglas retenait, visibles à l'œil nu, les empreintes digitales de tous celles et ceux qui y avaient œuvré, en spirales, en petites galaxies grasses – il dut réfréner l'impulsion de s'arrêter pour en essuyer la surface de sa manche. Albers gazouillait à ses côtés. Cette fois, c'est lui qui conduisit la berline allemande, toujours la même, toujours garée à la même place, comme si rien n'avait changé, bien qu'il ait remarqué sur le flanc argenté de la voiture une rayure irrégulière, comme si quelqu'un l'avait griffée d'une longue serre – ou, plus vraisemblablement, du bout d'une clé. Il haussa un sourcil, protecteur. Albers, d'un geste flou, balaya ses inquiétudes.

En entrant dans l'immeuble son cœur se mit à battre, il avait peur de trouver les lieux rapetissés, peur d'être déçu comme on peut l'être en revisitant les espaces de l'enfance ; mais non, rien n'avait changé, et il fit d'un pas souple le tour de l'appartement d'Albers, immense, qui aurait pu loger une famille mais où elle vivait seule ; où chacune des facettes de sa personnalité, chacun de ses états d'âme, avait droit à son coin, à son intimité, comme si elle était, face à elle-même, une tribu entière, plusieurs générations en coexistence pacifique. Quelle vie idéale. Des livres, partout ; des sièges et des luminaires dont à présent Paul connaissait les noms, et les prix ; et même un flipper, une vieille chose qui lui serra un peu le ventre car ils la lui avaient offerte, Amélia et lui. Un appareil des années 1980, à l'effigie d'une héroïne dénudée, cascade de cheveux blonds, ronces et roses autour d'elle, martyrologie kitch, romantisme noir et fétichismes du manga japonais, une Française qui au 18ᵉ siècle se fit passer pour un homme, vécut sous la Révolution, personne n'oublierait jamais son nom. Paul s'amusa d'y trouver des feuilles de cours, des épreuves d'articles en voie de correction, Albers gloussa gentiment et lui tendit un verre de vin, C'est devenu mon bureau alternatif, figure-toi, il paraît que rester assis tue, et par ailleurs une petite partie, de temps en temps, m'aide à penser. (Albers ne disait pas *flipper* mais *billard électrique*.) Elle était toujours aussi dévouée à son travail (la fin du monde), ne put résister à la joie de lui faire part de ses recherches, là, devant l'ancien jeu d'arcade, avant même de lui offrir un siège – tout d'elle lui réchauffait le cœur, la moelle, Albers écrivait depuis peu sur l'exclusion, l'exil comme principe d'organisation spatiale. Elle avait vieilli, un peu ; ses cheveux étaient gris désormais, elle en tirait, dit-elle à Paul, une certaine fierté ; y mettait même du sien, allait chez le coiffeur ; ses yeux, gris également, ressortaient davantage. Mû par une émotion qui lui ressemblait peu, et qu'ailleurs il aurait étouffée mais qu'entre ces murs il accueillit, il la prit dans ses bras, en faisant attention à ne pas renverser leurs verres. Albers rit. Mon petit Paul ! Viens, raconte-moi. Bien sûr, elle savait déjà tout, l'Agence, les fenêtres, la tentative insurrectionnelle dans le désert ; elle savait qu'il gagnait bien sa vie, très bien, même ; si elle était déçue de la carrière qu'il avait choisie, elle n'en dit rien. Tout le monde ne pouvait se consacrer à la recherche, à l'enseignement, ce n'était pas la voie de Paul, Paul s'était trop débattu avec sa propre origine, sa pauvreté, la colère immense qu'il nourrissait contre la classe aisée qu'il avait infiltrée, qui l'avait adopté – colère dont lui-même n'avait pas conscience, pas de façon continue. Parfois elle lui apparaissait, brièvement, mais plutôt comme un fantôme, plutôt comme un spectre, une rupture de l'espace-temps, une entorse aux lois qui régissaient le monde et passaient pour universelles. Sa colère était comme un corps étranger, quand il l'éprouvait il se sentait, littéralement, hors de lui, possédé – alors qu'elle était l'expression la plus franche de qui il était vraiment, lui, Paul, l'homme des fenêtres. De qui il était une fois soustraction faite des fenêtres, justement, et des chemises sur mesure, et des gestes élégants ; des nuits passées dans des capitales mondiales, à dériver, avec des collègues qu'il prenait pour amis, et ces dix dernières années il avait appris non seulement à parler comme eux, mais aussi à ne pas parler. Il avait appris les jeux de pouvoir, l'essence politique des rapports personnels, les trahisons ; plus aucune différence perceptible désormais, il souriait (rougissait intérieurement) de tout ce que, plus jeune, il ignorait ; pensant que l'appartenance tenait dans une marque de souliers ou de cigarettes, quand elle se lisait davantage à un haussement d'épaule, à un sarcasme, à un silence. Oui, même leur silence était différent. Rien à voir, par exemple, avec celui de son père. Et Paul, non content de dominer désormais plusieurs registres, maîtrisait aussi cette forme supérieure d'expression qu'est le fait de savoir quand, pourquoi, et comment se taire. Peu de gens soupçonnaient chez cet homme nonchalant qu'il brûlait de rage, d'un sentiment inextinguible d'injustice, peu de gens voyaient dans les belles mains soignées la capacité, par exemple, à se servir d'un marteau comme d'une arme, à en assener un coup en plein visage, sentir sous le fer la mâchoire, les molaires se briser, pouvoir en même temps penser à son propre chagrin et à l'aube qui point ; cependant il était arrivé, certaines nuits, que dans un groupe d'hommes d'affaires, de professions libérales de haut vol, de trentenaires en mal de sensations fortes, tous vêtus des mêmes costumes, des mêmes pardessus – il était arrivé qu'on l'isole, lui, dans la meute, qu'un physionomiste ou un videur ou quelque autre figure d'autorité nocturne et marginale, couvert de poils ou de tatouages ou de piercings ou de cicatrices, reconnaisse quelque chose en lui que les autres n'avaient pas et le laisse entrer, lui, à l'exclusion de la bande, et toujours il leur adressait un petit sourire contrit et entrait, respirant mieux une fois seul, et la nuit était à lui, ses temples étaient à lui, les usines désaffectées où le rythme des basses remplaçait celui de son cœur, les hôtels particuliers à l'entrée desquels on collait sur l'objectif photographique des téléphones une pastille en forme de rond ou de triangle ou d'étoile ou de virus, et dans cet anonymat garanti où l'on n'avait plus que ses yeux pour voir, on voyait de tout, des reines dominatrices et des orgies humaines et animales et des hommes sans visage et des sexes, partout, et leurs prolongements dans le monde sous forme de talons, de cravaches, d'accessoires de toutes sortes, de mises en scène élaborées, et Paul y restait une heure ou dix ou quinze, et lorsqu'il ressurgissait, retrouvait ses collègues, ses connaissances, c'était devenu une plaisanterie, un mystère, on ne comprenait pas ce qu'il avait, lui, qui le rende si infréquentable, c'est-à-dire si fréquentable. Et Paul souriait, et se taisait.

Mais là, auprès d'Albers, après tant d'années et de chambres d'hôtel et de fuseaux horaires, une détente lui venait qu'il n'avait pas éprouvée depuis longtemps, qui était une forme d'innocence, ils se mirent à parler de tout, de rien, elle leur commanda de la nourriture – Albers ne cuisinait pas : plutôt, de son propre aveu, elle *mettait dans des bols*, parfois *sur des plats* – et quand le livreur sonna, Paul insista pour lui ouvrir, régler la note, se souvint durant quelques jours du montant mais guère de celui qui s'était présenté à la porte – c'était le mal du siècle, on n'avait pas la mémoire des visages. Un livreur comme il y en avait tant, une économie en effervescence, des jeunes gens à vélo, aux muscles toniques, à l'avenir précaire, et plus tard, lorsque tout aurait changé (empiré), un homme de cette sorte se présenterait à la porte d'Albers, qui ouvrirait, et recevrait une balle en plein cœur, une autre dans la tête, et personne, naturellement, pour se rappeler l'homme, tandis que le monde meilleur qu'elle avait eu en tête, et dans le cœur, s'échappait d'elle, le seul endroit où il ait réellement existé, et gisait à présent au sol en petites flaques de sang qui refroidissait – l'avenir des utopies.

Les heures passaient, Albers alluma des lampes éparses, leurs cercles de lumière pâle, rose ou jaune, tombant sur les surfaces comme une tendresse, et à un jeu de reflets Paul s'aperçut que l'une des vitres du salon avait été brisée : un étoilement discret mais qui à certaines heures, comme à présent, devait attirer le regard. Un projectile lancé d'en bas, de la cour, supposa-t-il ; un caillou ou une piécette, disparus désormais, dont l'impact se lisait dans le salon d'Albers, déparait, n'était-ce pas après tout l'endroit au monde où Paul se sentait le plus en sécurité ? Cela lui rappela la rayure sur la berline argent, et un conte pour enfants, et un proverbe dans une langue qui n'était pas la sienne ; cela lui rappela un désir qu'il avait profondément enfoui, qui à présent se réveillait. Il resta longtemps devant la fissure, lui, l'homme des fenêtres, à genoux comme un enfant sur le canapé, tournant le dos à son hôtesse, les doigts sur la vitre. Pour finir il revint vers Albers, qui dut lire une question sur son visage avant qu'il n'ait pensé à la poser. Oh, quand Amélia est rentrée, elle n'avait plus les clés, dit-elle, je me demande d'ailleurs où elles sont, où elle les a perdues, dans quelle forêt ; et je me demande si le métal, enfoui, libère dans la terre alentour des molécules, par contiguïté, par le ruissellement des pluies, si les plantes et les arbres qui poussent là ont en eux un souvenir de mes serrures et de cet appartement, un souvenir de mon sommeil, de mon travail, de ma solitude, là-haut, dans le feuillage. Mais Paul n'écoutait pas, pas vraiment, terrassé, comme si dix ans plus tard le coup de marteau qu'il avait asséné à l'aube enfin lui revenait, sans prévenir, à la tombée du jour, et Albers s'interrompit : Mais tu ne savais pas, Paul ? Et moi qui croyais que tu étais venu pour cela.

3.

Elle était dans un piètre état. Paul voulut dire quelque chose, Tant mieux, Ça ne m'étonne pas, mais rien ne vint. Elle avait débarqué dans la cour, sans valise, sans sac, avec les habits qu'elle avait sur le dos, avec la peau sur les os, et jeté des projectiles sur la fenêtre d'Albers jusqu'à ce que cette dernière, agacée, abandonne son poste pour aller voir qui, ou quoi, l'importunait ainsi. Quand j'ai ouvert la fenêtre et que j'ai vu Amélia en bas, dit Albers, au départ je ne l'ai pas reconnue. Au départ j'ai cru voir sa mère, j'ai eu un sursaut de joie, mon corps a cru que ma jeunesse m'avait été rendue. Nadia a passé sa vie à partir et à revenir et j'ai longtemps pensé qu'elle réapparaîtrait, mais non, Nadia a réussi ce tour de force qui consiste à disparaître sans laisser de trace. Ou alors elle est réapparue sous les traits d'Amélia. Je ne sais pas si c'est une bonne chose qu'une fille soit hantée par sa propre mère. Je ne crois pas. Mais contrairement à d'autres, à moi quand j'ai été mère – quatorze mois, ce qui est court, mais une fois qu'on l'est, on l'a été pour toujours, ça a eu lieu et on ne revient pas en arrière, on peut être une mère sans enfant, comme moi (mais ce qu'il y avait en elle de maternel s'exprimait ailleurs, autrement, dans ses cours magistraux, entre les lignes de ses livres, dans le regard qu'elle posait sur Paul à présent, Paul qui était toujours frappé de mutisme) – Nadia, quand elle a eu sa fille, a estimé qu'elle avait gagné le droit de s'éclipser, qu'elle avait transmis quelque chose d'essentiel – rien de personnel, rien de génétique, Nadia n'avait pas cette passion d'elle-même, elle n'était pas vulgaire comme cela – non, elle voyait son enfant comme quelque chose d'abstrait, c'est difficile de l'expliquer à qui ne l'a pas connue ; il y avait de la vie, elle avait transmis de la vie, c'est plutôt en ces termes qu'elle pensait ; elle avait payé son dû et pouvait à présent se consacrer à ses désirs plus sombres. C'est ainsi, je crois, qu'elle entendait la maternité : de la vie était passée par elle, et continuerait désormais. Avec ou sans elle. Je ne sais pas si tu as jamais rencontré Gilles, le père d'Amélia ? Non ? Eh bien, sans surprise, Gilles pensait que ce n'était pas une façon d'élever un enfant. En ce sens il était plus *maternel* que Nadia ; si l'on entend par là qu'il avait un certain penchant, presque animal, pour les conventions, car s'il y a bien une chose à propos de laquelle nous avons toujours été d'accord, elle et moi, c'est qu'il y a diverses façons d'être mère, puisqu'il y a diverses façons d'être femme ; y compris en ne l'étant plus, et même en ne l'ayant jamais été. Nous pensions notre époque, Nadia et moi ; nous n'avions pas conscience que notre époque pensait en nous. Je suppose que j'essaie d'expliquer pourquoi je n'ai rien fait, moi, pour la retenir : parce que je pensais, alors comme aujourd'hui, qu'on ne se met pas entre une femme et ses choix, et qu'on ne peut rien glisser entre une personne et sa liberté. Ni ses soi-disant responsabilités, ni même ses enfants. La liberté est une peau que nous portons, et comme la peau elle a plusieurs couches, et ne s'ôte qu'à grand prix.

Paul écoutait sans rien dire et son émotion reconfigurait l'espace autour de lui, ce lieu qui jusqu'à présent lui avait été familier et sûr ne l'était plus – il en prenait conscience d'une autre façon. Les enjeux, soudain, n'étaient plus les mêmes. Ce qu'il éprouvait, c'était de la peur. Rien n'avait changé mais tout avait changé et la peur s'infiltrait en lui par l'oreille, par les phrases qu'Albers déversait dans son oreille, pas seulement les mots mais le silence entre eux qui n'était plus ni neutre ni nécessaire mais terrifiant. Où est-elle ? demanda-t-il enfin. Elle dort, répondit Albers, et il faillit se lever et partir, il ne supportait pas l'idée – qui venait de lui seul et qui donc devait être supportable, peut-être même désirable – qu'elle puisse être quelque part, là, invisible, derrière une porte, derrière un mur. Ces moments-là dans une vie (pensée animale ; panique pure) ne sont pas à sous-estimer, ainsi Albers elle-même racontait-elle être devenue qui elle était – une femme qui cherche des issues – après avoir pour la première fois pris conscience de l'espace, un jour, dans l'enfance, où elle s'était retrouvée, sur un palier exigu, face à une bête sauvage. Paul avait oublié de quelle espèce, ou alors l'histoire avait été racontée tant de fois qu'elle admettait, comme un mythe, ses propres variations, qui ne s'annulaient pas entre elles mais se renforçaient, s'enrichissaient. Un chien qui gronde, ou un renard, ou un loup. Et, face aux crocs, une pensée qui se déploie soudain en volume, un instinct des dimensions, une intuition aiguë des issues. Ou de leur absence.

Dix ans plus tôt, lorsqu'il avait poussé la porte entrebâillée de la 313 pour n'y rien trouver – rien sinon une masse rousse dans la corbeille de la salle de bain, une vie, devina-t-il, de cheveux – il avait appelé la police. Il n'imaginait pas qu'il puisse s'agir d'autre chose que d'un fait divers sordide, de ceux qu'Amélia et lui appréciaient de lire dans les quotidiens, le matin, ravis de ce que rien de cela, ce grand cirque de la misère humaine, ne les concerne. Ravis d'être l'un contre l'autre, protégés par la merveilleuse banalité des circonstances, une nuit brève, un café noir, un sac de livres sur un genou et, sur l'autre, la main de l'être aimé. Il avait appelé la police et attendait dans la rue, dans la nuit, lorsque la voiture était arrivée, gyrophare en marche, lumière bleue de vivarium projetée à intervalles réguliers – lumière d'un autre monde, toutes les quatre secondes. Toutes les quatre secondes, la scène est ordinaire, une baie vitrée, un hôtel, un petit attroupement ; toutes les quatre secondes, elle est plongée dans une dimension parallèle, souterraine, de cauchemar pourrait-on dire. Le bleu tend à tout imbiber, la différence entre gens et choses s'efface, murs, tissus et visages semblent soudain de même nature ; les cernes sont noyés, tout comme le blanc des yeux, tout comme les veines qui disparaissent des mains de Paul, de son front préoccupé. Oui, un cauchemar, se dit-il, incapable de répondre aux questions les plus simples, quatre secondes de vie, quatre secondes *autres*.

Paul l'ignorait mais durant quelques instants il avait été le premier (et le seul) suspect dans la disparition d'Amélia Dehr. Il certifia avec aplomb ne pas avoir quitté son poste de la soirée, ne pas l'avoir vue sortir, et sa peur déployait dans sa tête des phrases fragmentées, une grammaire éclatée, journalistique, LA ROUSSE DANS LA VALISE, DÉMEMBREMENTS ET BAGAGES À ROULETTES, il anticipait déjà les bandes de sécurité, X sortant avec une lourde malle, point de vue plongeant, et Paul lui souhaitant une belle soirée sans se douter de la présence, pliée et contrepliée dans le petit volume, de l'être aimé. Mais en vérité, le suspect, ce fut lui, lui qui avait une liaison avec la disparue, lui qui était revenu sur les lieux du crime, lui qui avait *la tête de l'emploi.* Et puis les bandes de surveillance furent visionnées, et après avoir été le coupable idéal Paul devint le dindon de la farce, puisqu'on y voyait clairement, indéniablement, une Amélia tondue de frais sortir de l'ascenseur, en tennis blanches et grand manteau clair (le jean qu'elle porte appartient – appartenait – à Paul), lancer un œil à la réception, au réceptionniste dont la tête penche à un angle un peu comique, comme un homme qui dort sans savoir qu'il dort, et sur le visage d'Amélia passe une expression énigmatique, indéchiffrable. Elle s'assoit un instant sur la margelle de cette fontaine qui ne sert à rien, passe une main surprise sur ses cheveux ras, explorant son propre crâne comme une terre inconnue, une surface lunaire. Refait un lacet qui n'est pas défait, regarde longuement le hall et le brun assoupi. Puis elle se lève et quitte l'hôtel sans se retourner.

Le voilà blâmé âprement pour avoir appelé en vain, pour avoir crié au feu, ou au loup, et gaspillé les ressources vives de la ville. Un aperçu de ce qu'est, au fond, sa nature sociale dans ce pays : quoi qu'il arrive, il est toujours coupable de quelque chose. Mais Paul était trop triste, alors, et trop en colère pour penser à cela. L'injustice avait pris les traits d'Amélia Dehr. Laquelle n'avait été ni enlevée, ni assassinée, mais était partie, tout simplement, de la seule façon qu'elle avait trouvée, partie de façon définitive, et il avait (l'animal en lui) tout simplement cru en mourir. Il avait fini sur le palier d'Albers, il n'avait même pas eu la force de sonner, il s'était juste recroquevillé sur le paillasson, et au matin lorsqu'elle avait ouvert sa porte il s'était éboulé à l'intérieur, comme un chien qui meurt de froid.

Il avait cherché des signes, quelque chose pour expliquer, peut-être ne l'avait-elle jamais aimé, peut-être, dès le début, s'était-elle moquée de lui, férocement ; mais sa fierté lui disait qu'il n'avait pas pu être aussi aveugle, qu'il n'avait pas pu se fourvoyer à ce point. Il regardait, sur la cheminée, la photo d'Albers et Nadia Dehr, dont il trouvait, pour la première fois, qu'Amélia lui ressemblait, parce qu'il fallait un acte d'extrême cruauté pour révéler l'air de famille entre elles. Chez Albers il avait lu le premier recueil de Nadia Dehr, l'acte de naissance de la poésie documentaire, un mince volume intitulé *La Vie V*, dont il ne savait même pas s'il s'agissait d'un chiffre ou d'une lettre, un livre écrit sur plusieurs continents, écrit dans des véhicules et dans des mansardes et sous des arbres – et que restait-il, dans les lignes, entre les lignes, de ces mouvements, de ces paysages disparus des années 1960, 1970, il n'aurait su le dire, ce n'est pas ce qu'il y cherchait. Lui cherchait l'arme du crime, et il finit par la trouver. Dans un déluge d'horreurs, quelques vers (étaient-ce seulement des vers) qui à lui, dans l'état où il se trouvait, parurent plus horribles que tout –

ce garçon est charmant, il pourrait être
parfait
il pourrait être parfait pour nous – si seulement quelqu'un,
avant nous, avait eu l'amabilité
la gentillesse
de lui briser le cœur – il serait parfait
pour nous si seulement

si seulement comme à nous on lui avait rendu ce précieux service
mais à ce moment-ci, dit moment M, dans cette vie-ci, dite vie V
nous pouvons nous lui briser le cœur
nous et personne d'autre
ainsi
le rendre parfait
parfait pour nous
bien sûr cela suppose
(tout a un prix)
de renoncer à lui
à jamais

Et si *nous* recouvre Nadia Dehr et son ego, ou Nadia Dehr et sa folie, ou Nadia Dehr et Anton Albers qui à cette époque partageaient tout, se découpaient en parts égales le monde et ceux qu'elles y croisaient, ou même, qui sait, Nadia Dehr et la fille qu'elle n'a pas encore, qui naîtra des années plus tard – cela resta, pour Paul, une question ouverte, un espace informe où il s'aventurait parfois, pour essayer de se changer les idées par le travail de l'intellect ; ce à quoi, bien entendu, toujours il échouait.

Quelque temps après son départ, Amélia avait essayé de l'appeler. Il avait cru qu'il ne survivait plus que pour cela, l'espoir de recevoir un signe d'elle ; mais c'était trop peu, trop tard, et lorsqu'il avait décroché et entendu, après un blanc, après un souffle qu'il reconnut immédiatement comme sien, son nom dans sa bouche, *Paul* – une hésitation, une honte, un regret – tout l'amour qu'il avait encore pour elle, qu'il croyait encore avoir pour elle, s'était sur-le-champ mué en haine. Il avait raccroché. Après, elle lui avait écrit, parfois, des e-mails qu'il supprimait sans les ouvrir, et une ou deux lettres qui étaient arrivées chez Albers et qu'il avait contemplées avec effroi, comme si quelqu'un avait posé un organe sanguinolent devant lui. Il ne les avait pas touchées, et si après cela Amélia avait cessé de lui écrire ou Anton de lui en parler, il ne voulut même pas le savoir.

Il prit ses distances. Évita l'appartement d'Albers, refusa gentiment ses invitations. Il continua à se rendre aux cours mais s'installa ailleurs dans l'amphithéâtre, et s'il s'absorba de plus belle dans ses études c'était à présent pour se consacrer aux aspects les plus pragmatiques qui puissent se trouver, les matériaux, les coûts, la vaste question de la rentabilité qui sous-tend celle du bâti. Il laissa de côté la philosophie, les idéaux et même les idées. Déserta les musées. Ne retourna jamais à l'hôtel, accepta des missions de surveillance. C'est tout ce qu'il y a à faire désormais, pensait-il parfois : surveiller. Surveiller des choses, des gens, des lieux. Parfois en uniforme, parfois avec un chien ou une matraque, dans des entrepôts où dorment des marchandises de valeur, dans d'immenses garages souterrains, dans des entreprises désertes qui le jour produisent une valeur intangible, difficile à comprendre ; des métiers solitaires, nocturnes, pour de jeunes hommes en bonne santé, et redistribués en fonction de leur force physique mais aussi, en réalité, de leur couleur de peau, dans des espaces plus ou moins sombres, plus ou moins risqués, qu'ils arpentent dans l'écho de leurs propres pas, dans le souffle discret de leur molosse, réduits à une étrange expression de leur utilité : un homme dans un lieu vide. Il rentra plus souvent voir son père, cet homme qui ne parlait ni du pays qu'il avait quitté ni de celui où il vivait, cet homme qui ne parlait ni du présent, ni du passé, cet homme qui ne parlait pas. Quelquefois il l'accompagna sur des chantiers, cassa des murs, les cheveux et les sourcils blanchis de poussière ; mais dès qu'il alla mieux (dès qu'il se mit à haïr Amélia Dehr, dont il ne prononcerait le nom devant son père que des années plus tard, sur un bateau voguant dans le Pacifique), l'homme auquel il devait la vie refusa sa compagnie, et Paul comprit qu'il n'aimait pas travailler avec lui, qu'il tolérait sa présence en raison des circonstances, tues mais exceptionnelles : au fond il était pudique, et il lui déplaisait de faire ce qu'il faisait devant son fils. Il n'avait pas besoin de témoin, pas besoin de public pour être qui il était. Paul retourna à l'université. Il fit l'amour (il ne dirait jamais *baiser*, le mot ayant été banni à jamais de sa bouche par l'usage qu'elle en avait fait) autant que possible, mécaniquement, méchamment, par égoïsme et par hygiène, pour mettre le plus de corps possibles entre lui et elle, entre lui et celui qu'il avait été auprès d'elle. Il finit ses études, son intelligence était froide, mercenaire, il devint qui l'on sait – l'homme des fenêtres – il gagna de l'argent, encore et encore, le temps passa, encore et encore, et ce temps passé, et ses défenses, et ses réserves, s'évanouirent instantanément lorsqu'il entendit Albers déclarer qu'Amélia était rentrée. Et qu'elle dormait.

Bien entendu, ils se revirent. Il espérait la trouver laide, fut soulagé, pourtant, de la reconnaître – de reconnaître ce qu'il avait aimé d'elle, même si elle avait changé, indéniablement, ils étaient à l'âge où un homme est encore jeune et une femme, jeune *mais*. Elle se tenait moins droite, sa nuque et ses hanches s'inclinaient à des angles qu'il ne connaissait pas, plus sinueux, presque interrogatifs ; même son nez lui sembla moins rectiligne que dans son souvenir, sa ligne à peine déviée. Elle portait un jean d'homme, coupé au-dessus de la cheville ; un débardeur blanc ; pas de bijoux sinon, au-dessus du coude, un fin bracelet doré ; plusieurs tours, enroulés sur son biceps, s'achevant en une tête serpentine où brillaient, en guise d'yeux, deux pierres blanches. Des sandales plates, trois lanières de cuir pâle qui tenaient miraculeusement au pied. Des cheveux ni longs ni courts, ou plutôt longs et courts à la fois, des mèches soyeuses, presque sans poids, qui semblaient tenir elles aussi miraculeusement sur sa tête, souples, une coupe à la fois masculine et féminine, ou plutôt masculine d'abord et, à la réflexion, féminine au-delà des mots, incendiaire. Pas de maquillage. Pas de soutien-gorge. Au cou – l'endroit réel où se lit l'âge, où se lit l'avenir, les lignes d'une vie qui se fait et se défait – deux rides nouvelles, l'une plus profonde que l'autre, qu'elle ne faisait rien pour cacher. Trop maigre, probablement. Elle avait l'éclat douteux des carences, une inquiétude qui lui rongeait les os et qui parfois remontait à la surface sans qu'elle réussisse à la dissimuler. Elle devait gagner en photogénie ce qu'elle perdait en fer, en vitamines, ses pieds frémissaient, ses mains frémissaient, elle ne s'en rendait pas compte. Ses phalanges étaient rougies, comme si elle avait eu trop froid, trop longtemps. Son sourire était sincère, mais sincèrement triste, et Paul se rendrait compte que sincérité et tristesse ne faisaient plus qu'un chez elle. Elle n'avait plus rien, en apparence, de la passionaria de vingt ans qu'il avait embrassée un nombre incalculable de fois, sans être capable désormais de s'en rappeler aucune. Elle avait oublié la ville, hésitait aux carrefours, c'est lui qui la guidait.

Elle n'avait plus rien de sa dureté, de son assurance d'avant.
Paul, c'était l'inverse. C'était nouveau pour lui, il s'était préparé
à tout sauf à cela, cette fragilité, la précarité qu'il sentait chez
elle en toute chose, comme si le moindre pas, le moindre mot
lui coûtaient une énergie infinie. Il hésita à la faire souffrir.
S'en savait capable mais ne put s'y résigner. Il lui semblait que
quelque chose, en elle, vacillait, ne demandait qu'à s'effriter.
Malgré lui il ajustait son pas au sien, s'alignait sur ses silences,
avec une sollicitude qu'il n'avait jamais éprouvée auparavant.
Elle paie dans son corps de m'avoir abandonné, se dit-il, ce qui
le réconforta, même si au fond il savait bien qu'il s'accordait
trop d'importance, qu'il ne s'agissait pas de cela, qu'il s'agissait
de tout sauf de cela, même ; et il redoutait de l'entendre, de
peur d'être nié, pour la seconde fois, par Amélia.

Elle était partie. C'était un fait. Sans le lui dire – c'en était
un autre. Elle n'avait pas su comment faire, le langage lui avait
fait défaut, si elle lui en avait parlé, dit-elle, son projet se serait
dissous, sa volonté se serait dissoute. Elle qui jouait avec les
mots, qui s'exprimait avec une telle aisance, n'avait rien trouvé
qui puisse expliquer sa décision. Je pensais que tu comprendrais, dit-elle. Puis : Je pensais que ce ne serait pas si grave
que ça. Puis : Je ne pouvais pas m'attacher, je ne voulais pas
m'attacher, ça me semblait au-dessous de moi. J'avais autre
chose à faire que d'être amoureuse. Être amoureuse c'est une
façon de ne pas vivre.

Paul se taisait. Dix ans plus tard il n'en souffrait plus, il avait
construit des causes, des conséquences, des paysages hypo-
thétiques entiers, qui s'étaient déployés à l'échelle du monde

qu'il avait arpenté depuis, et qui avaient fini par se réduire, se résorber, ne tenant plus qu'en un constat, Elle était partie car elle était partie. La tautologie annulait tout, révélait l'absurdité des liens, l'absurdité de ce rêve qu'on avait parfois de connaître autrui parfaitement, une fusion, une transparence. Cela fait longtemps que je ne cherche plus à comprendre, dit-il, et tu ne me dois rien. Si tu me devais quelque chose il y aurait encore quelque chose entre nous et pour autant que je sache il n'y a rien. Rien du tout, Amélia, je ne suis plus celui que j'étais et je ne peux rien pour toi. Je ne veux rien pouvoir pour toi. Bizarrement cela la fit rire. J'ai essayé de m'excuser, ajouta-t-elle, tu te souviens ? Il se souvenait de tout mais dit que non. Cela lui paraissait plus simple ainsi.

C'est sur ce mensonge qu'ils refirent connaissance, celui d'un oubli, d'un dénouement. D'une certaine façon c'était vrai, il n'y avait rien entre eux, mais d'une autre c'était faux, une fois qu'était passé tout ce qui passe avec le temps il restait quelque chose d'inamovible, quelque chose d'impersonnel qui circulait entre eux, sans eux – il rêvait de fenêtres brisées et elle, elle brisait des fenêtres. Cela pouvait tout et rien dire : Paul essaya de n'y voir rien. Il l'emmena une nuit dans une soirée privée, un hôtel qui venait d'ouvrir, un ancien bordel à la moquette aux imprimés obscènes, des chambres éclairées aux néons rouges, bleus, ou plongées dans la pénombre ; des jeunes gens prenant des douches en public, seuls, à plusieurs, des douches interminables et impudiques pour lesquelles ils étaient, devaient être, payés ; de jeunes chanteuses, de jeunes actrices titubant, verres en main ; des baignoires pleines de bouteilles de champagne, sauf celle-ci où nagent deux anguilles, deux longues anguilles musclées, Amélia assise sur le rebord les regarde, laisse glisser trois doigts à la surface, les poissons sont obscènes, leur destin également, qui est d'être saisis à mains nues par un chef ou son commis, décapités d'un coup sec devant témoins, et débités pour être sautés, flambés sur un réchaud de fortune par un cuisinier à la réputation montante. Qu'il est étrange d'ingérer un être que l'on a vu vivant, qui continue, peut-être, à vivre un peu en soi, par d'autres moyens, à penser ses pensées sans langage, sans résignation, incapable de capituler, d'accepter, de comprendre – victorieux en cela dans sa mort même. Je suis fatiguée, Paul, dit Amélia, et il lui tend la main. Elle la contemple, absente, comme si les informations avaient du mal à circuler de son nerf optique à son cerveau, à son cœur, à ses doigts toujours rougis – elle la regarde comme elle regardait, dix minutes plus tôt, l'anguille qui à présent poursuit son existence obscure dans l'estomac de Paul, dans l'estomac d'inconnus qui déjà s'éparpillent, disséminant la créature morte dans les chambres, dans les étages, dans la ville ; et si cela ajoute à son obscure puissance ou la délaie, il ne saurait le dire. Enfin elle prend sa main.

*

Il fit des erreurs, attendit trois jours pour la rappeler, respecta le calendrier tacite. Respecta les lois de la désirabilité, les rituels de séduction des grands primates du siècle. Elle s'en moquait éperdument, ne semblait avoir aucune conscience du temps qui passe, des conventions, pouvait passer une heure au téléphone à lui décrire ce qu'elle voyait par la fenêtre de sa chambre, pouvait ne pas répondre durant une semaine ou l'appeler plusieurs fois de suite pour lui demander comment commander un véhicule, un repas, des plantes ; elle disait oui à tout, d'une façon douce et distraite qu'il trouvait pire que si elle avait dit non à tout, il avait envie de l'attraper par les épaules, de la secouer, elle ne semblait jamais bien réveillée et lui donnait l'impression, à lui, de vivre dans l'un de ces rêves dont on échoue à émerger. Bref : elle était partie. Elle voulait retrouver sa mère. Elle s'ennuyait. Elle détestait l'amour, elle détestait ce que l'amour faisait d'elle, une fille de vingt ans mangeant des chips devant des films pornographiques, en attendant un homme qui soignait son avenir. Tu te fous de moi, sale orgueilleuse, ça a duré une semaine, deux tout au plus. Tu avais tout et moi, rien, pensa Paul, mais il ne dit mot. Elle non plus, après tout, n'était plus celle qu'elle avait été. Après la guerre en ex-Yougoslavie comme après tous les génocides ou tentatives de génocide, la recherche des disparus était devenue un secteur d'activité à part entière, à la fois une branche de l'économie blanche et une part du marché noir, et Amélia avait décidé de tenter sa chance elle aussi dans ce nouveau Far West qu'étaient les Balkans à peine pacifiés.

4.

Il fallut prendre deux avions pour arriver dans ce qui avait été la ville assiégée. De l'un à l'autre Amélia lut, du début à la fin, le hors-série d'une revue de vulgarisation scientifique – le genre qu'appréciait Paul. Elle la lut avec application, page à page, comme si elle accomplissait une sorte de rite. Le numéro était consacré à la mémoire. Il en ressortait que nos souvenirs ne sont pas stables. Contrairement à ce qu'on a longtemps pensé, ils évoluent. Nous les reconstruisons à chaque évocation et chaque évocation plutôt que de les consolider les fragilise. D'autre part un souvenir n'est jamais aussi fragile que lorsqu'il vient d'être évoqué. C'est même le meilleur moment pour le modifier ou l'effacer. À l'électricité, par exemple. Aux électrochocs. Mais s'il se produit un événement extérieur inattendu, perturbateur, disons une explosion, un attentat ou peut-être simplement une coupure de courant, une sonnerie de téléphone intempestive, le souvenir peut se brouiller ou s'éroder de lui-même. La fois suivante, on ne s'en rend pas compte, il a bougé. En fait, l'oubli est le processus permanent du cerveau. L'oubli n'est pas une défaite mais une enzyme. Chaque remémoration est un effort contraire.

En conclusion : nos vies sont inventées. Plus le temps passe, plus nos vies sont inventées.

Voilà qui est de mauvais augure pour mon investigation, se dit Amélia, lucide. Elle pensait à sa mère. Et à l'enquête dans laquelle elle se lançait, qu'elle imaginait comme une aventure mais qui sans doute ne serait rien d'autre qu'un exercice de deuil particulièrement élaboré, un rituel barbare qu'elle allait rejouer sans le savoir. Elle ferma la revue. Elle ferma les yeux. Ce ne serait pas vain pour autant, car au bout de ce genre de rites, s'ils sont menés à bien, il n'est pas rare que l'initié trouve une présence. La paix, ou une présence. Peut-être cela revient-il au même. Il n'est pas rare non plus que l'initié meure durant le rite, se dit-elle les yeux toujours fermés, car ces cérémonies sont incompréhensibles et souvent violentes.

Je ne dessinerai rien à la craie sur le sol, pensa encore Amélia. Je ne boirai aucun brouet fétide, je n'allumerai aucune bougie, je n'immolerai pas de petits animaux.

Elle hésita à laisser son journal à bord de l'avion, dans le sens inverse sans doute y aurait-il d'autres francophones, mais pour finir le jeta, car sa science lui semblait maligne, elle ne voulait pas contaminer autrui avec cette histoire de souvenirs inventés, qui heurtait son sens de la justice et du fair-play. On ne peut pas revenir sur tout, tout le temps, on ne peut pas renégocier les règles du jeu une fois que la partie a commencé, sans quoi on est assuré de perdre.

Quoi qu'il en soit on est assuré de perdre, pensa très claire-ment Amélia. L'ensemble de son cerveau conspira pour noyer cette pensée dans l'eau qui le composait à plus de soixante-dix pour cent et elle l'oublia avant même de l'avoir mise en mots, il ne lui en resta rien, sinon un vague serrement de cœur qu'elle attribua aux manœuvres d'atterrissage. Elle regarda un peu le ciel. Ensuite elle arriva.

Bien entendu elle prit une chambre à l'Elisse. Il faisait nuit à son arrivée, elle attendit à la réception un instant, imagina que celui qui se présenterait serait celui qu'elle avait quitté, et qu'ainsi tout serait pardonné ou qu'elle aurait la preuve, la preuve ultime, de vivre en enfer. Mais ce n'était pas lui, ce n'était pas Paul.

Elle dormit mal.

*

Quand la chaîne Elisse s'était implantée à Sarajevo à l'occasion des jeux olympiques d'hiver de 1984, l'hôtel devint sur-le-champ le symbole de l'ouverture du pays, de sa prospérité sinon présente du moins à venir : l'horizon national était radieux et le cube de verre doré flambait à l'aube d'une ère nouvelle. Dix ans plus tard, pendant le siège de la ville, sous l'embargo international qui frappait ce qui avait été un seul et même pays et ne voulait ou ne pouvait plus l'être, le bunker jaunâtre servit de quartier général à la presse internationale, ce qui dans une certaine mesure – et une certaine mesure seulement – le protégea des tirs. Les étages supérieurs furent néanmoins détruits en large partie. Sur les rares photos qui en témoignent – souvent les photos étaient prises de là, justement – on découvre quelque chose qui ressemble à une ruine futuriste, une espèce de pyramide à degrés de verre et d'acier, fumant parfois car les départs d'incendies dans les décombres des hauts paliers étaient fréquents. Après la guerre, l'intégrité du cube fut restaurée. Comme le reste, il fut reconstruit à l'identique. Mais *à l'identique* ne veut pas dire grand-chose car si l'hôtel Elisse n'avait pas changé, on ne pouvait pas en dire autant de l'époque et des mœurs. Ce qui était à la dernière mode dans les années 1980, une promesse d'avenir, était désormais à la fois désuet et prétentieux, donc assez ridicule, un spécimen encombrant de futur antérieur, comme tant de lieux et plus encore d'objets (minitels, fax) que l'on ne peut revoir sans un léger ébahissement. La chaîne Elisse appartenait à la même dimension que certains films de science-fiction fin de siècle : une direction possible, mais abandonnée. Une impasse temporelle, un cul-de-sac de l'évolution, une avant-garde devenue kitch. Palais olympique, bunker ostentatoire, mémorial tout confort – toutes les périodes se superposent et sont contenues derrière les grandes vitres teintées que rien ne marque (en apparence), de grandes vitres parfaitement carrées, comme passées à l'or puis assombries, ce devait être quelque chose d'assister à la fin d'un monde au filtre de leur tain. Ici comme ailleurs elles s'enflammaient au coucher du soleil, faisant chaque soir, durant quelques minutes, de ce lieu sans âme (en apparence) un cube d'or étincelant, dont les arêtes disparaissaient dans un halo de lumière. Durant la guerre c'était le spectacle préféré de toute la ville. Et – mais Amélia ne le savait pas encore – le seul moment pour aérer : l'air conditionné ne marchant plus depuis la deuxième semaine du siège, on profitait des reflets, qui soustrayaient les silhouettes aux tireurs de précision. C'est l'une des ironies favorites des connaisseurs que, par souci de luxe démocratisé, toutes les chambres de l'hôtel Elisse, dont les étages étaient construits en mezzanine, disposaient d'une vue : ainsi, toutes étaient, également ou presque, offertes au feu ennemi. Souvent on dormait dans les couloirs. Au fil du siège les vitres avaient pour la plupart été brisées, fissurées ou fracassées. De l'étage supérieur ne restaient que des bribes, malgré tout au coucher du soleil le cube d'or persistait à se rappeler à notre bon souvenir, sous sa forme résistante qui n'était pas sans évoquer certains temples aztèques. Filigrané, rongé, mais toujours debout.

*

Au bout d'un jour ou deux, honteuse de sa propre peur, Amélia sortit. Il était difficile de trouver des informations fiables, solides, et elle ne put que constater ce qui persisterait à la tourmenter par la suite — tout en répondant, d'une façon obscure, à une vision des choses, incertaine et trouble, qui était déjà la sienne depuis longtemps, depuis l'enfance, et dans laquelle ses contemporains étaient prompts à voir l'indice d'une maladie mentale plutôt qu'une connaissance approfondie du monde. Voici ce qu'elle constata : une multiplication, une vaporisation de Nadia Dehr, qui semblait s'être trouvée en plusieurs états au même moment. Et cela ne concernait pas qu'elle ; c'était quelque chose que la guerre, semblait-il, faisait aux gens, aux identités. Ce n'était pas vrai que de Nadia Dehr, c'était important de le souligner car elle n'avait rien fait d'exceptionnel, au contraire elle avait pourrait-on dire adopté les us et coutumes de la ville en guerre, s'était fondue dans le décor pourrait-on dire, si parfaitement que la ville en guerre avait fini par l'avaler, elle avait disparu sans laisser de traces ou plutôt en laissant des traces contradictoires qui s'effaçaient comme le vent efface des dessins sur le sable. Pour que l'histoire tâche plus tard de rétablir les faits – plus tard ; quand il n'y aurait plus de vies à sauver. Mais qui rendrait compte de la confusion ? De ce qui semblait être la confusion mais était un ordre, temporaire certes, et pourtant réel – qui pour s'en souvenir, de ces états multiples et mouvants que permettait le chaos, que permettaient les cieux nouveaux d'obus et de roquettes ? Ainsi les grands bandits, ces petites frappes devenus héros de guerre, répondaient au même régime d'être infernal : ils étaient partout à la fois. Les lois communes ne s'appliquaient plus ; *ici* et *maintenant* changeaient de sens et pouvaient être à la fois décisivement *ici* et *maintenant* (le moment où l'on prend une balle dans la jambe en allant faire ses courses, par exemple ; en dépit du bouclier de fortune derrière lequel on s'abrite, un couvercle de poubelle en métal, par exemple, ou la portière d'une voiture incendiée) et pas du tout *ici* et *maintenant*, l'inverse d'*ici* et *maintenant* qui serait donc quelque chose comme *partout, tout le temps*, et ainsi on pouvait être à plusieurs endroits à la fois, dans plusieurs fonctions à la fois, poétesse et contrebandière, et même dans plusieurs états à la fois : indemne ou blessée, saine d'esprit ou folle et, dans les cas extrêmes, à la fois vivante et morte. La ville assiégée était une expérience à l'échelle 1:1. Dès que l'on s'y penchait, les choses changeaient, du simple fait que l'on s'y soit penché : et ainsi n'y avait-il pas, contrairement aux apparences, de témoins. Tout le monde était acteur. Tout le monde faisait la guerre. Voir des images à la télévision, à des centaines ou des milliers de kilomètres de là, dans un autre fuseau horaire, en découpant des légumes, ou en décorant un sapin, ou en parlant au téléphone : cela aussi, dit Amélia, c'était faire la guerre.

En parlant d'acteurs : Sarajevo était alors une forme de scène, les caméras internationales étaient braquées sur la ville, les journalistes s'y ruaient, les intellectuels engagés passaient y faire un tour, passaient dans le champ des objectifs plutôt que celui des snipers, c'était l'un des paradoxes de la ville assiégée, tout le monde s'y pressait et tout le monde voulait aussi en sortir. La porosité des frontières, pour ceux qui disposaient des viatiques appropriés, avait quelque chose de théâtral et d'obscène, d'obscène et de sinistre, et plus d'une fois Amélia, au cours de ses recherches, avait entendu parler de ces Occidentaux qui venaient faire du tourisme de guerre, voire de ceux qui moyennant le prix fort venaient dans les montagnes et sur les toits vivre *l'expérience sniper*, participer à des chasses à l'homme, abattre des civils dans leurs propres rues voire à leurs propres fenêtres – et Paul, frissonnant, y vit un indice de maladie mentale, mais si c'était la maladie d'Amélia ou celle du monde, il n'était pas en mesure de le dire ; cela lui paraissait une légende, noire et cruelle comme le sont les légendes, mais peut-être sa tête et son corps, son organisme entier, refusaient-ils simplement pareil scandale, à la contagion duquel Amélia n'avait pas su, ou pas pu, ou pas voulu résister.

En parlant de théâtre : le futur mari d'Amélia lui raconta avoir participé, enfant, durant la guerre, à une mise en scène de quelqu'un dont il pensait que c'était Nadia Dehr, même si elle n'utilisait plus ce nom-là à l'époque, ou même si elle n'utilisait plus *aucun* nom à l'époque. Une pièce dont il ne restait aucune trace, aucune documentation, sinon les souvenirs d'enfants devenus adultes, et perturbés, se souvenant vaguement d'avoir joué des arbres, les arbres descendent sur nous, c'était l'une des phrases dont il se souvenait (le mari), et sans savoir réellement si c'était, dans la pièce que Nadia avait montée avec des enfants (des enfants-arbres), une menace, ou une promesse ; enfin voilà ; il avait été cet enfant en camouflage qui marchait parmi d'autres vers la scène, vers le centre de la scène (qui n'était pas une scène mais la salle de réunion, au sous-sol de l'hôtel Elisse, et il se souvenait mieux des parties de football qu'il y avait jouées que de ces répétitions qui avaient lieu chaotiquement, et seulement croyait-il se rappeler lors des coupures d'électricité – qui étaient peut-être simplement une façon de vivre ces dernières, de vivre dans le noir – ils avaient des bougies, croyait-il se rappeler ; mais pas toujours). Mais peut-être se souvenait-il mal, car c'était précisément ce qu'il faisait de toute façon, enfant, durant la guerre : il regardait les montagnes alentour en se demandant si elles descendaient sur la ville. Si les chalets, les arbres, la neige descendaient la ville, ou l'armée ennemie, ou les tirs de l'armée ennemie. Voilà de quoi cet homme devenu adulte, appelons-le Paul, se souvenait relativement à Nadia Dehr. Relativement étant le mot-clé. Avant d'essayer de retrouver ma mère et d'échouer, dit Amélia, je n'avais pas compris à quel point tout est relatif. À quel point on peut être à la fois vivante et morte.

Donc : l'armée nationale serbe pilonnait la ville, qui résistait. Comment ? Avec quoi ? La capitale de l'impuissance internationale, le centre mondial du marché noir. Comme une grande scène, mais les spectateurs qui se croyaient spectateurs étaient aussi acteurs, sans le savoir ; car la passivité est un choix, s'abstenir est une action, laisser faire est un crime, et ainsi tout le monde était-il coupable. Ceux qui complotaient, de comploter ; ceux qui survivaient, de survivre ; ceux qui regardaient, de regarder ; ceux qui savaient, de savoir ; ceux qui ne savaient pas, de ne pas savoir. Les crimes de masse les plus graves et les plus réussis avaient lieu, eux, sans témoins, à l'extérieur de la ville. Épuration ethnique, torture, ces choses à propos de quoi Nadia Dehr avait écrit, dont elle avait rempli une boîte. Les avait-elle vues ? Il y avait des moyens d'entrer et de sortir de la ville assiégée, une porosité qui répondait à des lois secrètes. Des avions qui n'étaient indiqués sur aucun écran. Un tunnel dans la montagne.

Et puis elle a disparu, on perd sa trace, dit Amélia, on perd sa trace comme on a perdu celle de ce profiteur de guerre dont on raconte, et je n'ai pas de raisons d'en douter, qu'il tenait salon à l'hôtel Elisse, au bar de l'hôtel Elisse, et spéculait sur les cigarettes et sur les médicaments, et qui un jour a disparu ; et dont on raconte (mais peut-être est-ce simplement ma mère qui l'a écrit) qu'il s'est réveillé la bouche sèche, le crâne endolori, hors de la ville, dans la forêt, au front ; qu'il s'est réveillé parmi les grouillots, la chair à canon, les gamins de seize ou dix-huit ans engagés pour défendre la ville et qui tombaient morts, et qu'il a à peine eu le temps de comprendre ce qui lui arrivait avant de se prendre une balle. La ville assiégée peut être la capitale du marché noir mais il ne faudrait pas croire que n'y règne pas le sens d'une certaine justice – une justice pour temps de guerre.

La science progresse, dit Amélia. Il y a mille façons de détruire une ville, mille façons de faire la guerre, elles évoluent. Elles progressent, elles aussi ; d'aucuns disent même qu'elles *sont* la science. Son expression la plus directe. Tandis que les façons de résister, c'est-à-dire de vivre, de vivre dans une ville assiégée, sont toujours les mêmes. En se cachant. En priant. En condamnant les fenêtres. En s'éclairant peu ou mal, ou à la bougie, ou aux lampes de fortune. En portant plusieurs épaisseurs de chaussettes, ou tous ses habits sur soi. En brûlant ses livres pour se chauffer, du moins aimé au plus aimé, du moins nécessaire au plus nécessaire (et ce qui fait l'utilité d'un livre en temps de guerre n'est sans doute pas ce qui fait son charme en temps de paix). En regardant (dans les témoignages, cela revient) les queues brillantes des projectiles dans le ciel, en se demandant qui pourrait bien déchiffrer le thème astral de cette nouvelle vie que l'on mène et où tous les destins sont rebattus, fugaces, renégociés au jour le jour, à la nuit la nuit. En se coulant dans l'obscurité comme des chats ; en faisant la fête sans raison ; en montant des groupes de musique ; le rock aide à vivre, voilà la vérité, il n'y a jamais eu autant de rockers ni de groupes de rock à Sarajevo que durant la guerre. En disant ou en pensant ou en chantant ou en affirmant d'un certain port de tête en descendant la rue : tuez-moi, tuez-moi si vous voulez, je n'en existerai pas moins, et peut-être même plus. Un régime, une intensité d'existence inconnus, étrangers aux temps de paix. En jouant dans des pièces de théâtre montées par des étrangères idéalistes à demi folles ; une enfance parmi les arbres, une enfance d'arbre ; et après, on oublie tout, on fait semblant de tout oublier, ce qui compte c'est ce qui revient, c'est ce qui ne passe pas, et dont on ne parle plus jamais ; ou à grand-peine.

Je redécouvre la parole, ajouta Amélia après un temps. Ce n'est pas qu'une question de langue. À toi je peux dire des choses que je ne dis pas. Par exemple j'ai donné mon sang. Pour l'identification ADN, les banques de données – pour les charniers, qui encore à ce jour continuent d'apparaître, à la faveur d'un témoignage ou d'une grande pluie, d'un glissement de terrain. Parce que rien ne distingue en apparence le fémur ou l'humérus de Nadia Dehr du fémur ou de l'humérus d'une autre femme. Et cela aussi est un marché, cela aussi est un racket, si tu savais. Les pots-de-vin. Les faux espoirs. Les faux espoirs étaient une occupation à part entière durant les années que j'ai passées dans cette ville après-guerre. Les faux espoirs étaient une économie nationale. Mais si elle y est, ma mère, dans l'une de ces tombes anonymes et communes, ce serait alors l'apogée de la poésie documentaire, son triomphe, la preuve que l'on peut non seulement souffrir de la souffrance de l'autre, mais aussi mourir de la mort de l'autre.

*

La reconstruction était d'une rapidité incroyable, du jour au lendemain pour ainsi dire les traces d'obus disparaissaient des murs, les impacts de balles étaient replâtrés, repeints, et la ville tout entière sentait la peinture fraîche, le goudron chaud, comme un immense décor de cinéma. Du centre, des parties historiques qui étaient aussi les parties commerciales, vers la périphérie, et Amélia qui cherchait sa mère se rendit compte qu'elle était arrivée trop tard, que ce grand mouvement de vie qui effaçait les traces du siège effacerait aussi le souvenir de celle-ci, qui était inscrit dans les surfaces défoncées, meurtries, et n'existait pas ailleurs. Plus la ville redevenait ce qu'elle avait été – et davantage encore – moins les gens qu'elle rencontrait semblaient se rappeler Nadia Dehr, qui perdait en crédibilité, en consistance, s'évanouissait dans la nature. Devenait un mythe, un fantôme, le souvenir confus non d'une personne, d'un être de chair et de sang, mais d'une légende, plus ou moins bien racontée. Amélia se retrouva à fuir la reconstruction, à s'exiler toujours vers les lisières, dans les quartiers où la ville portait encore les stigmates du conflit ; mais c'était comme de fuir une vague immense ou le temps lui-même : voué à l'échec. Pourtant elle n'était pas seule, d'autres avaient eux aussi leurs raisons de ne pas vouloir que la guerre disparaisse de la ville. Ils l'avaient vécue, ils y avaient grandi. La ville était leur mère. La guerre était leur mère. C'est ainsi qu'elle le rencontra, son nom n'a pas d'importance, appelons-le Paul, si tu veux, dit-elle à Paul qui ne voulait pas, pas du tout, mais ne dit rien. Il était jeune, mais pas plus jeune qu'elle. Il avait grandi dans la ville assiégée, il connaissait les histoires, les rumeurs, leur architecture absurde, impossible ; au début elle se servit de lui, il était un guide, un interprète, une machine à remonter le temps ; puis elle apprit à le connaître, apprit à connaître ses obsessions, par exemple il se demandait si les balles des snipers restaient dans les murs, sous les couches d'enduit et de plâtre et de peinture, si elles restaient là comme un corps étranger, comme une perle, un fossile ; et vers quels cœurs, quelles têtes ils continuaient à se diriger, ces projectiles que l'on pensait figés là parce que leur temps n'était plus humain mais géologique – géologiquement parlant, toutefois, il était certain qu'ils continuaient leur course mortelle. Imperceptible mais mortelle. La nuit il versait de la résine dans les béances laissées par les obus sur les trottoirs, sur les routes, une résine rouge, vive, qui se figeait en flaques de sang, toujours fraîches d'apparence mais dures comme de la glace, comme de l'ambre. C'était une autre idée de la mémoire. Une autre idée de l'art. Il se sentait insulté personnellement, dépossédé, par ce retour programmé, désiré, à quelque chose qu'on nommait la normale et qui lui restait désespérément étranger. Qui pour lui n'existait plus, qui s'était perdu dans les matins sans eau, les tirs de mortier, les nuits de black-out. Il se sentait expulsé ou emmuré vivant, comme l'une de ces balles qui restaient dans les murs. Sa ville à lui était la ville en guerre.

Elle fit des erreurs. Tout l'amour dont elle avait pensé se défaire en quittant Paul se plaça sur celui-là, elle crut voir en lui, en son corps sain d'apparence (et quel torse, quels yeux), une âme sœur, le report, en autrui, de ses hantises à elle – ils parlaient une langue universelle qu'elle avait apprise chez Albers et lui, à la télévision, et à chaque fois qu'ils croyaient se comprendre, dit-elle, en réalité ils ne se comprenaient pas. Mais elle rêvait d'entente, elle rêvait de l'entente qu'elle avait refusée à Paul, à laquelle elle s'était refusée avec Paul. Amélia s'enfonçait dans ses labyrinthes, et Paul ne comprit pas (pas tout de suite) que c'est de lui qu'elle parlait cette fois. Elle fit des erreurs : elle essaya de le sauver de lui-même, elle ne voyait pas que c'était elle qui se noyait. Il buvait, il était violent, violent envers elle, elle était si perdue qu'elle crut y voir de ces preuves d'amour dont on parle tant. Il lui démit l'épaule, il lui cassa le nez. Elle resta. Le cœur de Paul se serra, il ne pouvait nier que cela, c'était bien l'unique chose qu'il n'aurait pu lui donner. Jamais il n'aurait levé la main sur elle. Il lui racontait les jours, les années de guerre, et elle était rongée de culpabilité, elle aurait voulu se dissoudre dans son expérience à lui. Il se vengeait sur elle de la paix qui avait régné ailleurs, il se vengeait sur elle de toutes les pensées que les enfants de l'Occident avaient pensées et qui n'avaient aucun rapport avec la guerre. Elle était heureuse et malheureuse à la fois. Elle tomba enceinte, une fois, puis une deuxième, ça ne prenait pas, la vie qu'elle voulait sentir en elle échouait à remuer, restait là, pourtant, une minuscule balle inerte, un corps étranger. Quel enfer, dit Paul. Je me sentais chez moi, dit Amélia, c'est dur à expliquer. Plus mon corps me trahissait, plus je me sentais chez moi.

Elle est folle, pensa Paul.

Elle resta avec lui longtemps, plusieurs années, ils vécurent à deux le temps qu'avait duré la guerre. Son mari (oui, confirma Amélia) broda autour de ces actions qu'il menait de nuit, en cachette (la résine, le déplâtrage), un discours qui en réalité était son discours à elle. Il devint sa marionnette, le corps qui avait souffert la guerre et au travers duquel elle exprima ce qu'elle n'aurait eu sinon, croyait-elle, aucune légitimité à exprimer. L'obscénité de la reconstruction ; l'effacement comme crime, comme continuation de la guerre par d'autres moyens. Ou, peut-être, la rage mélancolique d'un esprit qui cherche, dans le monde, un paysage à la hauteur de sa propre dévastation. Elle voulait un monde en cendres pour ranimer les braises instables de son cœur. Elle fit de lui un artiste. Il devint célèbre. Il teignait de rouge l'eau des fontaines du vieux monde et du nouveau. Il tirait à l'arme automatique dans les plafonds d'institutions renommées, et appelait ça de l'art. Elle, elle n'était rien et tout à la fois, elle était sa femme. Cela m'allait,

NI SEUL, NI ACCOMPAGNÉ

dit Amélia, et Paul sut avant elle qu'elle mentait. Il voyagea. Il sillonna le monde en semant son message, ce plaidoyer pour une autre mémoire, devenue espace, devenue expérience, délivrée des lieux restreints auxquels on la confinait. Une plaque, un monument, si grands fussent-ils, sont une concentration de faux souvenirs, une synthèse artificielle qui vise à nous délivrer de ce qu'ils prétendent commémorer. Ce sont des instruments de l'oubli. Il voyageait ainsi, vivait de cette invective contre les villes devenues musées et les guerres devenues musées et les paix devenues musées, si cela continue ainsi, disait-il (et c'est elle qui parlait par sa bouche), il n'y aura bientôt plus en Occident que des survivants et des touristes. On le considérait avec intérêt, comme une exception, une anomalie. Le temps passa. Amélia ne l'accompagnait jamais. Elle restait là, chez elle, chez eux, disait-elle, même si les mots sonnaient faux. Elle ne trouva pas sa mère, elle n'eut pas d'enfant. La ville fut reconstruite, puis agrandie. Un jour elle rentra à la maison et elle le trouva assis à la table de la salle à manger. Ils se regardèrent un instant, puis il porta le canon d'un pistolet à sa tête et se fit sauter la cervelle.

Tu vois, tu l'as échappé belle, dit-elle à Paul avant de partir d'un rire creux, sans vie, qui ressemblait plutôt à une toux et qui d'ailleurs en devint une. Ils retournèrent au musée. Tu te souviens de ce que disait Albers ? Sur une histoire *peureuse* de l'art ? J'en doutais à l'époque mais moins aujourd'hui : Albers a toujours raison. Il faut simplement lui laisser le temps. Je t'assure, dit-elle en passant le bras dans celui de Paul devant un vaste spécimen d'un peintre américain, un expressionniste abstrait à la cote divine, hors de prix, ridicule, et dont plusieurs personnes qui ne se connaissaient pas entre elles avaient raconté à Paul avoir vu un tableau posé sans cérémonie dans la baignoire du père d'Amélia Dehr, lui aussi un homme à la cote divine, hors de prix et ridicule ; tableaux qui avaient pour forme et fond de la peinture jetée sans façon sur une toile sans apprêt, Je t'assure qu'on ne voit plus certaines choses de la même façon quand on a vu un mur éclaboussé de tête.

Elle avait des passe-temps étranges. Elle marchait dans les rues et comptait ses pas. Elle marchait dans les rues et comptait les bancs publics, ou les caméras de surveillance, ou les matelas décatis au sol, ou les bouteilles brisées, ou les tessons de ces bouteilles. Ils se virent davantage. Ils voulaient parler d'art ; seuls des crimes arrivaient. Ils regardaient des images de chaos, des scènes de violence dans lesquelles ils ne reconnaissaient ni leur ville ni leur pays. Des meurtres de masse ou des tentatives de meurtres de masse ; on les comptait sur les doigts d'une main, mais ils en vinrent à absorber toute l'expérience urbaine. La première fois il l'appela pour savoir où elle était. La deuxième fois ce fut elle qui lui téléphona. La troisième, ils étaient ensemble et durent se demander qui appeler. Une ville peut-elle mourir de peur ? se demanda Paul. Cela lui évoqua quelque chose de sa jeunesse sans qu'il se rappelle quoi. Qu'est-ce qui meurt dans une ville qui meurt de peur ? Il faillit le demander à Amélia, s'abstint. Un jour elle lui dit, Imagine que l'on soit victime d'une attaque. Là, maintenant. Elle avait désigné les galeries du musée presque désertes. Imagine. Qu'est-ce que tu sauverais ? Paul avait réfléchi. Il faudrait quelque chose de précieux, bien sûr, mais de léger, se dit-il. Ou peut-être quelque chose qui soit susceptible d'arrêter une balle. Imagine, dit Amélia, la fumée, les explosions, les tirs. Le sol qui tremble. Les cris. Qu'est-ce que tu sauverais du 20ᵉ siècle ?

Paul finit par hausser les épaules. Ma peau, dit-il. Elle avait ri, de ce rire creux qu'elle avait désormais. Tu es le meilleur, avait-elle dit, je l'ai toujours su. Tu nous enterreras tous.

Plus l'heure paraissait sombre plus Amélia revenait à elle, reprenait vie. Si j'avais su – ce que je suis partie chercher là-bas, je me serais contentée de l'attendre ici, dit-elle un soir, dans l'un de ces restaurants inestimables où Paul l'emmenait, sans doute pour se prouver quelque chose à lui-même davantage qu'à elle, à qui tout paraissait égal, sauf peut-être le danger.

Elle essaya de vivre. Elle essaya vraiment, il la connaissait et la vit faire. Elle faisait des listes sur des feuilles jaune pâle, choisies pour la lumière qui semblait en émaner, un soleil hivernal qui devait manquer à sa perception des jours. Des listes de courses. Des choses désirables, des choses à désirer, écrire leurs noms lui suffisait. Un jour il vit en haut d'une page, en petites majuscules, comme un titre, LE MEILLEUR DES MONDES POSSIBLES, et rien dessous. Elle acheta des rouges à lèvres et les rangea par nuance, puis par texture. Ils firent l'amour. La première fois fut hésitante, maladroite, sublime. Ils étaient à contretemps, gauches, émus. La deuxième fois déjà, ils étaient réaccordés, efficaces, un bal mécanique que rien, pas même le cœur, ne pouvait plus dérégler. Paul se sentit triste et exploité. Amélia se sentit exploitée et triste.

Prends un appartement, lui dit Paul, tu ne vas pas vivre comme ça, dans ta valise. (Il voyageait tellement qu'il confondait les langues, ou plutôt traduisait tout depuis cet anglais déterritorialisé qui était devenu une manie, le flou dans lequel tout baignait.) Elle suivit son conseil à demi, ne vivait plus à l'hôtel mais chez des particuliers, dans des locations à la semaine, au mois, elle arrivait et s'installait dans une fiction domestique, des appartements témoins d'autres vies que la sienne. Elle rangeait ses rouges à lèvres dans la salle de bain, jouait à être chez elle, Paul s'inquiétait un peu. Paul ne pouvait pas s'empêcher de s'inquiéter. Elle acheta un manteau clair, d'un blanc cassé, larges manches, large col, ceinture – un vêtement à courants d'air, qui devait laisser entrer le vent aux articulations, précisément aux endroits par où l'on attrape la mort – les poignets, la gorge –, un manteau pâle dans lequel elle déambulait, qu'elle brossait tous les soirs, l'examinant comme on examinerait une scène de crime, relevant d'imperceptibles poussières, des fibres de couleurs vives, parfois des cheveux qui ne lui appartenaient pas : la preuve qu'elle avait été dans la ville, dans le monde, que sa rencontre avec l'une et l'autre avait bien eu lieu. Elle portait des pantalons qui dévoilaient la cheville, flottaient élégamment, toujours des longueurs intermédiaires, sa garde-robe ressemblait à ses gestes inachevés, qui retombaient avant de toucher au but – avant le point d'impact, savait Paul, qui la connaissait, qui savait qu'un geste accompli d'Amélia n'était pas tant un geste qu'un coup. Elle essaya de vivre mais tout était compliqué, Parfois, lui confia-t-elle, je me regarde dans un miroir et je ne me reconnais pas. Un jour elle l'appela pour lui demander où elle était. Je ne sais pas, Amélia, dit Paul, pris de court. Il crut d'abord qu'elle s'était perdue. Qu'est-ce que tu vois ? La tour Eiffel, dit Amélia après un temps. Prends un taxi, dit Paul. Prends un Uber. Un blanc. Paul, dit Amélia, si je vois la tour Eiffel, ça veut dire que je suis dessus ? Un froid l'avait saisi, qui n'avait rien à voir avec le climat. Non, Amélia, si tu la vois ça veut dire que tu n'es pas dessus.

Elle dessinait des plans à main levée, les cartons abandonnés et les hommes qui vivaient dans ces cartons, les matelas abandonnés et les familles qui vivaient sur ces matelas. Tous les jours, tous les deux jours, c'était à refaire. La ville qui paraissait immuable devenait mobile, flottante, les repères les plus modestes finissaient par faire défaut. Elle donna de l'argent. Elle donna son manteau, sa montre, son adresse. Dormit sur le canapé de Paul. Ensuite elle ne dormit plus, Je ne sais pas, j'ai peur, Mais peur de quoi, demanda Paul.

Elle avait peur de disparaître, ou qu'une partie cruciale d'elle disparaisse (disons : mon sentiment d'être moi), ou qu'un crime arrive, dont elle ou une partie cruciale d'elle serait victime (disons : ma santé mentale) et une autre, coupable (disons : cette partie de moi-même que je ne reconnais pas), Tu veux que je te prenne rendez-vous chez un médecin ? demanda Paul, et Amélia leva les yeux au ciel. Il allait la voir en sortant du travail. Il la regardait s'endormir. Elle ne se suffisait plus à elle-même, elle avait besoin de se sentir exister sous ses yeux à lui. Ça aurait probablement pu être un autre, se disait Paul, mais il se trouvait que c'était lui qui était là, dans l'appartement d'un inconnu suffisamment désargenté ou cupide ou pervers pour ouvrir son intimité à d'autres inconnus – une idée qui ne lui serait jamais venue, à lui. Amélia n'étant ni désargentée ni cupide, il s'inquiétait de son choix de vie qui était un choix, pensait-il, de pas-tout-à-fait-vie. Il arriva plus d'une fois qu'il s'endorme sur le lit à côté d'elle, ou par terre, ou dans le fauteuil où il était installé. Un matin, dans une cuisine, où ils burent en silence un café, saisis dans un rayon de soleil – la composition de la scène rappelant à la fois un tableau d'Edward Hopper et plusieurs publicités – lui, mal rasé, d'un attrait ambigu dans ses habits de la veille, elle dans un kimono rose pâle qui lui rendait presque l'éclat de ses vingt ans – elle dit, d'une voix joueuse qui fut comme le retour soudain de celle qui n'existait plus, de l'Amélia d'avant : Est-ce que ce ne serait pas drôle, de cacher des choses dans ces appartements ? Sous un plancher ? Dans un mur ? Personne ne s'en rendrait compte. Et un jour, six semaines, six mois plus tard, alors qu'on n'est peut-être même plus en ville, ni dans ce pays, ni (elle ne finit pas ce fragment de phrase) – boum. Tout saute.

Paul avait été interrompu dans le mouvement de porter sa tasse à ses lèvres, surpris au point d'être incapable d'achever son geste – ce qui avait sauté, c'était un maillon du quotidien, la banalité de l'instant. Ce qui avait sauté, c'était l'impression que cette matinée aurait pu et avait été non seulement vécue mais également jouée par d'autres qu'eux ; la sérénité de savoir qu'ils auraient pu être d'autres gens, n'importe qui de leur époque et de leur âge. Et Amélia, après les avoir remis en eux-mêmes par l'évocation de la catastrophe, éclata de rire. Privé du confort de ne pas avoir à être soi, Paul un instant ne sut comment réagir. Ils firent l'amour debout dans le soleil, mais décidèrent de ne jamais en parler, de ne jamais y penser, et bientôt ce fut comme si cela n'avait jamais eu lieu.

*

Bien entendu il se renseigna. Dès qu'elle eut le dos tourné,
il s'informa, mit tous ses écrans à profit, l'art, la guerre, le
revolver, il rassembla les faits en quelques secondes, jusqu'au
modèle de l'arme qui lui avait servi à mettre fin à ses jours.
Appelons-le Paul, si tu veux : ce n'était pas son nom, naturellement, mais cela ne le ralentit pas, ou à peine. L'identité
de chacun était devenue un filet de mots qui se resserrait sur
un corps absent, le pressait jusqu'à ce qu'en jaillisse l'inverse
des mots : une image. La photographie d'un homme massif et
triste, barbu, bras croisés, des bagues à l'annulaire et au petit
doigt. Des bagues, mais pas d'alliance. Index, pouce et majeur
qui servent à tout, y compris tirer une balle, libres de toutes
ces fantaisies. Appelons-le Paul, si tu veux – mais pourquoi
donc ? Paul ne voulait pas. Il rassembla tous les faits mais ne
sut jamais comment c'était, d'entrer dans une pièce que l'on
appelle chez soi, et d'assister à cela, une arme à feu, une bouche
(un menton ? une tempe ? tant de choses au bout du compte
se dérobaient), il ne sut jamais comment était la lumière, comment était la dissociation étrange qui s'installe entre celle qui
voit tout sans rien éprouver et celle qui éprouve tout sans rien
faire, sans rien pouvoir faire, et qui sont une seule et même
personne. Amélia, peut-être un sac de courses à bout de bras,
peut-être suffisamment lourd pour que les veines bleues saillent
sur ses poignets et ses mains, on peut dater une femme à cela
également, ses mains au repos et dans l'effort. Tant de choses
qu'on ignorerait, se dit Paul ; et si l'art est la contamination
d'une expérience, l'inoculation d'une expérience non vécue
et pourtant éprouvée, il restait encore à trouver la forme qui
permettrait cela, de tout connaître, la lumière, le sentiment
étrange d'être clouée là sans sentiment, la détonation, l'odeur,

les odeurs, un vague parfum d'os, de poudre, de cervelle frite et de sang frais. Bien sûr, si cette forme existait il n'y aurait plus aucune façon de la distinguer de la vie, et en cela elle s'apparenterait à une forme de torture.

En parlant d'art, la carrière de l'autre avait été brève, moins notable que ce qu'Amélia lui avait laissé croire – moins notable et, peut-être, plus intéressante. Il avait lâché, un jour, un loup dans un parc de centre-ville, à Berlin qui est l'unique capitale européenne à soutenir l'art à ce point ou *cet* art à ce point ; un loup qui avait terrorisé la population, un loup que l'on avait vu et croisé, pris en photographie dans les fourrés, *là*, un loup qui en était peut-être deux, une meute de loups qui sont des animaux intelligents, des animaux sociaux et dont l'organisation interne ne souffre pas d'abandonner un membre, même vieux, même blessé – la meute est là et le soutient – mais qui jouissent d'une triste réputation. Un loup contre lequel on manifesta, nuit et jour, devant le parc, à l'abri des grilles, sur le trottoir. Un loup traqué, qui ressuscitait des peurs anciennes et que l'on croyait disparues, qui ressuscita l'art désuet de la battue dont le principe n'a pas changé et ne changera jamais – qui en cela réveille une continuité, un fil ténu dans l'expérience humaine, des hommes armés foulant l'herbe à l'aube. Un loup que l'on abattit un jour, et un autre, mais ce n'étaient que des chiens, et la psychose lupine atteignit un point de non-retour jusqu'à ce qu'il apparaisse que de loup, il n'y avait pas, il n'y avait jamais eu. Malgré le démenti officiel on continua de le voir, ce loup, il hante encore certaines ornières près du lac.

Amélia, oh, Amélia, pensa Paul.

*

La vidéo d'une conférence, dans l'auditorium d'un musée. L'homme commence à parler, un anglais fortement accentué qu'il ne maîtrise pas, il semble ivre, ou tout simplement inapte, profondément inadapté à ce cadre, et une gêne s'installe qui est aussi une jouissance, la joie mauvaise de voir un individu se couvrir de ridicule, sans avoir à lui porter secours. Sans même avoir à se poser la question du secours, en vérité, puisque le ridicule a eu lieu ailleurs, avant, et continuera à jamais, que l'on soit là ou pas pour y assister. (C'est un point de vue.) Il essaie de s'expliquer, le loup, le parc, les mots se dérobent, il s'enferre et s'enfonce dans ce langage comme dans une nasse, et puis d'épuisement finit par se taire. Il se tait comme un animal qui ne sait pas renoncer à la vie renonce malgré tout à la vie. Il se tait et lorsque le silence devient insoutenable quelque chose s'allume dans son œil, il lui vient comme une idée, il se baisse un instant et la caméra le suit, mais ses mouvements sont trop lents pour ceux de l'homme et il y a un délai, qui est celui de la machine, du poids de la machine. Une boîte est posée près de son pied, un carton qu'il a ouvert avant d'être rattrapé par l'objectif, d'où sort ou est sorti ou continue de sortir quelque chose qu'on ne voit pas ou plusieurs choses qu'on ne voit pas et qui filent sous les tables, dans le public, et les expressions qui sont saisies à ce moment-là par une caméra tragiquement en retard sur tout sont de dégoût, de terreur pure. Jamais on ne voit ce qui en est sorti, une ombre noire qui glisse parfois ; indéniablement c'est vivant. Une femme monte sur sa chaise, une autre sur la table. Très lentement, à reculons, ceux du dernier rang essaient de gagner la sortie. Les autres n'osent pas bouger, sauf leurs visages qui se reconfigurent sans eux en un masque collectif que Paul ne croit pas avoir jamais porté, mais qu'il reconnaît pourtant tout de suite. Voilà le genre d'art qu'Amélia exerçait par procuration. Le prolongement de la poésie documentaire par d'autres moyens.

Sur quelques photos du grand homme, de l'artiste, on croit apercevoir au second plan une présence, quelqu'un qui pourrait être Amélia mais ne l'est pas. Amélia est à l'intérieur de ce crâne, se dit Paul en étudiant les portraits de son rival malheureux, Amélia est l'éclat un peu fou de ce regard, est-ce Amélia qu'il a tenté de chasser de sa tête par ce coup de revolver ?

5.

Mais si elle veut un enfant, se disait Paul, je lui en ferai
un, pourquoi pas. À aucun moment il n'eut de doute sur sa
capacité, ou leur capacité, à se reproduire. Cependant elle ne
semblait plus en souhaiter ; ou pas de lui. Pas de lui qui aurait
pu sans problème lui en donner un, un homme sent ce genre de
choses, pensait, à tort ou à raison, Paul. Elle se plaignait d'avoir
été toute sa vie ballottée de-ci, de-là, et si cela avait été vrai dans
son enfance, l'était-ce encore de celle qu'elle était aujourd'hui,
une femme adulte, qui s'avérait incapable de faire une chose
aussi simple que de louer un appartement, de mettre, ou pas,
son nom sur la porte, de jouer le jeu des murs ; de l'intérieur,
de l'extérieur ; du public et du privé. Ça ne tient qu'à toi, disait
Paul, dont la mission secrète était pour le moment de la faire
manger, de la regarder dormir, il découvrait en lui un puits de
mots qu'il n'avait jamais prononcés, *remplumer, requinquer,* il
les pensait sans les dire mais cela suffisait à le faire grimacer. Au
fond de son amour pour elle – un amour de plus en plus désin-
carné, il n'était plus question de sexe, plus vraiment – au fond
de la compassion qu'il éprouvait à la voir lutter ainsi contre
elle-même ou une partie d'elle-même, il y avait un lit de colère,
de rage même : comme si elle était au-dessus de tout cela, trop
bien pour lui, pour eux, pour le jeu qu'ils jouaient tous. Ce
que tout le monde, Paul y compris, s'escrimait à construire, un

foyer, une vie, elle, elle l'éparpillait, et qu'il s'agisse d'un choix ou d'une fatalité, d'une obligation interne à laquelle elle ne pouvait que se soumettre, son refus de tout cela, du travail, de la famille, jetait une ombre sur l'existence des autres. Parfois Paul la détestait, surtout le matin, tôt, quand il partait à l'Agence. Il la détestait parce qu'elle, elle pouvait se permettre la folie, se disait-il, elle pouvait se permettre la lente dislocation de sa santé, de son esprit : les factures seraient payées. Mais il choisit d'ignorer soigneusement ces émotions-là, injustes, inélégantes. Paul n'avait (croyait-il) que ce qu'il avait gagné lui-même. Il ne se rendait pas compte qu'en cela, au soin qu'il mettait à éviter vis-à-vis de cette femme tout jugement, toute pensée négative, il était bien le fils de son père. Il mit de côté ces sentiments et essaya. Il essaya vraiment. Il changea d'appartement, il n'avait jamais aimé les meubles, les objets, mais l'espace, oui, une certaine hauteur de plafond, une certaine clarté de murs, bien sûr tous les blancs ne se valent pas, il mit à choisir une nuance poudrée le même soin que d'autres à leur électroménager, à leur sommier ; c'est la lumière qui lui importait. Pour cette ville-là, pour Paul qui n'avait aucun patrimoine, c'était un lieu superbe, il imaginait Amélia le traverser pieds nus, une chemise à lui sur le dos, et lorsqu'elle le traversa pieds nus, une chemise à lui sur le dos, il eut un aperçu de ce que serait un rêve devenu réalité, un fantasme dont il ne savait pas s'il était le sien propre ou celui de la ville, de l'époque, en lui : l'aisance, le sentiment de propriété et d'appartenance, la sécurité. Ou ce que l'on prend pour telle. Il se sentit rarement aussi fier, rengorgé, d'avoir été capable d'offrir cela à Amélia, un instant dans un lieu. Bien entendu c'est à lui-même qu'il l'avait offert, ce trajet de quelques secondes qui lui avait coûté du temps, de l'argent, ses économies, un crédit, non seulement les décennies passées mais celles qui suivaient aussi, des années vouées à rembourser les intérêts accumulés sur cet instant, un mercredi en fin de journée, lumière chaude et rasante, chemise pâle, cheveux roux, courts, embrasés. Elle, elle ne remarqua rien, elle ne se souviendrait ni de l'instant ni du lieu, pour elle tout cela était banal, ordinaire, indigne de son attention. Il ne lui en voulut pas. Il ne lui en voulut jamais de ne pas désirer ce qui était désirable. Tout cela, l'appartement, les chemises, il le faisait pour lui, pas pour elle. Il avait peur de ce à quoi elle aspirait, au fond il savait qu'il n'avait pas beaucoup de temps, qu'il lui fallait se hâter de vivre avec elle le simulacre de ce qu'ils auraient pu avoir et qui ne l'intéressait pas, elle ; pas du tout. Il craignait les regrets.

Il l'emmena au restaurant, il l'emmena à Londres, à Cabourg, dans tous les musées d'histoire naturelle qu'il put trouver, dans des maisons de détectives imaginaires dont on pouvait pourtant admirer le salon, la bibliothèque ; dont on pouvait essayer la casquette ; elle seyait mieux à Amélia. Sur un lit ils avaient leurs habitudes, dans un train, les gestes accordés, secs, économes, qui leur donnaient l'air d'un vieux couple (d'un couple plus vieux que chacun de ses membres) mais qu'ils avaient déjà à dix-huit ans, à la faculté. Elle lui apprit certaines choses, qui remontaient à la surface et qu'elle prononçait, pensive, comme si elle se demandait pourquoi elle savait ce qu'elle savait – par exemple que l'on aime dormir accompagné parce que le corps est bercé par le cœur de l'autre, par ses battements, quand bien même on ne les entend pas. Je n'ai jamais connu quelqu'un dont le cœur battait aussi fort que le tien, lui dit-elle, jamais, un cœur très fort, de nageur, puissant, et en même temps assez fort justement pour qu'on se rende compte très vite que ce n'est qu'un muscle. Au fond, ce n'est qu'un muscle.

Bien entendu, dit Paul.

Cette décennie-là il eut l'air d'un homme distant, d'un homme froid.

Il lui présenta son père. Ils prirent le train express régional, il n'avait plus rien à perdre, voulait vivre avec elle ces moments qui, dans sa première jeunesse, lui étaient impensables, le terrifiaient ; il voulait la provoquer, entrechoquer le monde d'où il venait à celui d'où elle était, lui montrer ce dont elle ignorait l'existence (mais c'était pire que cela : elle savait et s'en moquait). La pauvreté, l'étroitesse, au mieux la fierté pragmatique – une fierté sans issue, rien, aucune alternative, pas le moindre ailleurs. Il avait le cœur battant lorsqu'ils entrèrent chez le père, son cœur de nageur, l'organe de l'injustice, entre ces murs qu'en dépit des offres répétées l'homme n'avait jamais voulu quitter et qui lui, Paul, l'effaraient, l'effrayaient. L'endroit le plus petit et le plus propre du monde, et toujours, lui semblait-il, plus petit et plus propre, il ne comprenait pas qu'ils y tiennent tous les trois, Amélia, le père et lui ; ou tous les quatre, Amélia, le père, lui et la photographie de sa mère morte au mur, que le père présenta comme il aurait présenté une femme vivante, bien en chair et en os, *mon épouse, Majda*, et un désarroi sincère passa sur les traits d'Amélia, parce que ce jour-là elle avait oublié tout ce qu'ils avaient en commun, Paul et elle, la perte, le manque, les souvenirs dont on ignore s'ils sont réels ou inventés, rapiécés à partir d'anecdotes, de photographies,

NI SEUL, NI ACCOMPAGNÉ

de vœux secrets. La solitude. Mais le cadre déparait, où étaient les mythes familiaux, les grands récits, la conviction politique ? Où était l'argent ? Une mère morte vaut-elle une mère morte, quand l'une est une aventurière et l'autre, une femme au foyer, aux joies simples – non par simplicité naturelle mais par amour-propre, par discipline, car elle est déterminée à aimer ce qu'elle a, comme d'autres le sont à conquérir ce qu'elles n'ont pas ; car elle s'ampute, impitoyable, des rêves d'ailleurs auxquels d'autres cèdent, dans lesquels elles plongent avec une volupté sombre. Les moyens mis à disposition des femmes pour s'amoindrir, se mutiler, au bout du compte se détruire sont sans limites. Là, un égoïsme, une grandiloquence ; ici, un calvaire de renoncement chaque jour répété. Un sentiment de responsabilité tranquille et de dignité ; le cœur sur la main – et quand ce cœur s'arrête de battre, qui aurait l'outrecuidance de n'y voir qu'un muscle ? Un simple muscle ?

S'il fut surpris, le père, bien sûr, le tut, il prépara du thé, Paul voyait au mur les traces de l'éponge avec laquelle il avait été lessivé, Paul voyait le grillage à la fenêtre et au-delà la pauvre pelouse décatie et au-delà encore un deux-roues désossé, et il eut la joie secrète d'entendre son père dire à Amélia, Je crois que mon fils m'a parlé de vous, un jour, il y a longtemps, sur quoi il se tourna vers Paul, interrogatif et presque inquiet à l'idée d'en avoir trop dit, et un instant ils le regardèrent tous les deux, dans les vapeurs du thé, dans le salon minuscule. Il ne sut pas ce que pensait son père mais il sut, sans l'ombre d'un doute, ce que pensa Amélia : qu'elle ne s'était jamais demandé si Paul parlait d'elle ou pas. Elle supposait que oui. Elle s'apercevait qu'elle avait tort.

Il y a longtemps, oui, mon père a une excellente mémoire, dit Paul.

*

Ils voyagèrent. Paul, d'un naturel inquiet, avait tendance à vouloir trop faire, trop bien, Amélia qui n'était pas d'un tempérament impressionnable – pas si facilement – se moquait un peu de lui, de ce qu'elle appelait ses pulsions. Ses pulsions de nouveau riche. Elle refusa l'Inde et les palais, elle refusa la Malaisie et les plages, il prit son manteau et sortit. Ils partirent en Italie, tout simplement, elle loua pour eux une chambre presque nue à Ischia, l'île des jardins et des sources, il dut admettre qu'elle avait eu raison.

Le temps était étrange pour eux à cette époque, un présent interminable qui était constitué au moins autant du passé, de leurs vingt ans, et dans lequel pourtant l'avenir poussait déjà, pressait. Ischia était une île très verte, très fleurie, au large de Naples, réputée pour ses thermes où soldats et civils venaient se soigner. Encore aujourd'hui l'on y voit – ou Paul y vit – des corps blessés, en convalescence : ces corps que l'époque contemporaine avait tendance à cacher, à considérer comme obscènes, à Ischia, timidement, ils se révélaient. Ce qui était à la fois un choc et une sorte de soulagement. La peau rose des brûlures. L'eczéma. Les moignons. La confirmation que le monde nous entame. Et, parmi les cicatrices, les démarches incertaines, les prothèses : Amélia. Éclatante. Le front rougi légèrement, les épaules davantage. En apparence intacte.

Ils déambulèrent de bassins suspendus en bassins suspendus, d'eau brûlante ou glacée, finirent sur une plage privée, en toute illégalité, s'y glissant au nez et à la barbe du maître nageur qui sans doute avait d'autres chats à fouetter. Payer pour une baignade, on n'y pensait pas. La transgression rendait l'instant plus précieux, le cadre était exceptionnel du simple fait de ne pas s'y sentir à sa place. Évidemment, je ne me sens jamais à ma place nulle part, se dit Paul, ainsi le monde est un émerveillement toujours renouvelé. Amélia s'avança dans la mer avec l'assurance feinte ou réelle, comment savoir, de celle qui serait dans son bon droit. Je nageais en pensant que cette eau verte et transparente, ce sable fin, comme le soleil et le ciel – que tout cela était le résultat d'une fraude, et n'en était, je l'avoue, que meilleur.

Quand je suis sortie de l'eau, poursuivit-elle, que j'ai regagné mon transat et le ridicule parasol en paille – parasols dont la répétition créait une ligne qui, vue de l'eau, était très plaisante – je suis restée debout un instant au soleil. Je regardais Paul et je trouvais que depuis tout ce temps il n'avait pas changé, bien sûr ses traits s'étaient un peu creusés, sa mâchoire s'était élargie comme cela arrive chez certains hommes, mais enfin c'était toujours lui, c'était toujours Paul. Intact en apparence. Comme si le temps n'avait aucune prise sur lui. C'est alors qu'un drone a survolé la plage. Je me souviens qu'il ne faisait presque aucun bruit, ce qui était surprenant vu sa taille considérable. Le drone a ralenti, tourné, il est descendu à hauteur d'homme. Puis à hauteur de femme de moyenne stature. Puis le drone s'est arrêté devant moi, presque à hauteur de mon visage, et nous nous sommes regardés, le drone et moi.

D'abord j'ai replié les bras sur ma poitrine. Je me sentais nue, ce que j'étais plus ou moins, mais je me sentais davantage nue devant la machine que, mettons, devant Paul. Mon cœur battait. Elle ne ment pas, se dit Paul, pensif, et qui pensivement jouait avec la mie du pain qu'il avait acheté, à la demande d'Albers, avant de les retrouver pour le dîner. Dehors il pleuvait, Albers avait fait du feu dans la cheminée. Il se souvenait de cette journée. Amélia poursuivit. J'ai esquissé un sourire gêné, j'ai haussé les épaules, comme si le drone était quelqu'un, et susceptible, qui plus est, d'être vaguement apaisé ou touché par une mine contrite. Puis j'ai eu honte de moi. Je me suis demandé ce que le drone pouvait bien penser. J'ai fait un pas de côté et le drone m'a suivie. Il n'avait pas l'air de trouver absurde l'idée de payer pour une baignade en mer.

Le lendemain je suis revenue et j'ai attendu, mais en vain.

Au début, quand ils voyaient un drone, Paul et Amélia pensaient encore immédiatement à la guerre. C'était la première chose qui leur venait à l'esprit et ce jour-là, sur la plage, son corps à elle avait réagi comme devant une arme. La machine leur avait paru obscène, et c'est cette obscénité qu'ils s'attachèrent à éradiquer de leur perception, Amélia surtout, comme s'il fallait à tout prix se plier à ce présent qu'ils prenaient encore pour l'avenir. Oui, ça avait le goût, la forme du futur, pensa Paul, mais c'était le présent. Peut-être vieillissait-il. Après quoi ces engins commencèrent à se glisser ici et là dans leur vie quotidienne, jusque dans la chambre à coucher. Ils regardaient sur l'ordinateur d'Amélia un planisphère interactif où l'on pouvait voir les images diffusées par des drones de particuliers. C'était étrangement addictif, même s'il ne se passait jamais rien. Ça me rappelle l'hôtel Elisse, dit Paul, à ceci près qu'à la place des couloirs et des ascenseurs en noir et blancs ils regardaient à présent des vues aériennes de champs, de zones industrielles, des espaces intermédiaires, au statut incertain, ni public, ni privé. En couleurs, cependant.

*

Il se passa des choses, qui n'avaient l'air de rien. Ils choisirent avec soin des meubles qu'ils n'achetèrent jamais. Il rencontra enfin le père, cette présence immense, flottante, qu'Amélia n'évoquait que du bout des lèvres et qu'Albers ne mentionnait jamais, mais dont il était entendu qu'il jouait un rôle crucial, moteur, dans tout ce qu'il était advenu de ces femmes, des Dehr. Une présence relative, en surplomb absolu : c'était encore cela, être un homme, au siècle dernier. Un homme blanc, riche, puissant. Les autres s'étaient toujours efforcés d'apprendre à penser comme lui ; lui ne s'était jamais demandé comment pensaient les autres ; l'effort qu'ils fournissaient par nécessité, par besoin pur et simple, pour survivre auprès de lui, lui donnait l'illusion d'être universel. Son rapport au monde était celui d'un écrasement.

Paul se souvenait de la seule fois où il l'avait croisé, l'homme n'avait pas daigné lui serrer la main, il l'avait regardé comme s'il appartenait à l'hôtel Elisse ou à la mondialisation qui avait permis aux Elisse, comme une lèpre, d'essaimer, Ton père m'a regardé et ce qu'il a vu – c'est un métèque, dit-il à Amélia, mais pas exactement. Il n'y a pas de mots pour dire ce qu'il a vu, pas de mots que je puisse employer moi. Tu te trompes, dit Amélia, et je n'ai pas souvenir que mon père soit jamais venu à l'Elisse, ni donc que tu l'aies jamais croisé. Mets une cravate. Non, dit Paul. Amélia avait ri.

Ce n'était pas du tout ce qu'il escomptait, lui imaginait une immense solitude, un entombement, il convient de préciser aussi qu'Amélia n'avait jamais rien dit du remariage, des autres enfants, de l'épouse à peine plus âgée qu'elle. Amélia n'avait jamais dit à Paul que la femme qu'il jugeait la plus désirable au monde n'avait pas été une enfant désirée, que l'amour épique pour Nadia Dehr avait été en somme un encanaillement, qu'à l'époque il était du reste déjà marié, quoique pas à celle-ci. Celle-ci qui avait émoussé de ses traits, de son nez trop étroit, de ses pommettes trop hautes, la moindre trace d'identité, la moindre possibilité généalogique, sinon celle d'une appartenance verticale, d'un conformisme. Elle s'était construit un visage qui devait lui paraître objectivement, universellement réussi, et qui dans quelques années se révélerait être un code, une relativité de plus ; qui aurait déjà, de toute façon, commencé à glisser.

Et le père qui faisait patriarche, et ses fils pâles, conçus, sans doute, par vanité, des adolescents sans vie, sans conversation, comme s'il leur avait volé toute la lumière nécessaire à leur juste croissance, quelle famille glaçante, pensa Paul. Quel homme horrible, mais lorsque ce dernier, semblant soudain s'éveiller à son existence, le fit entrer dans son espace propre, dans cette zone du corps qui est celle de la complicité, de l'amitié – il sentit jusqu'à la chaleur que dégageait son cou épais – il fut flatté ; il ne put s'empêcher d'être étrangement séduit.

Il était à la tête d'un empire, jouait à s'être construit tout seul ; ce n'était ni vrai ni faux. Son père lui avait donné quelques milliers de francs, un demi-siècle plus tôt ; il avait acheté un camion ; puis trente ; puis ces camions avaient transporté des biens, des marchandises, mais réellement l'argent était venu du sable, et cela aussi, Paul l'ignorait. Pour les immeubles, pour les pavillons et les hôtels, je ne vous apprends rien, bien sûr. Le sable pour le béton. Amélia se taisait étrangement et Paul se demanda si Nadia elle aussi s'était tue de la même façon, combien de temps, pourquoi. Quand elle regardait ses demi-frères, elle n'avait pas l'air de les voir, et eux semblaient éviter de lever les yeux dans sa direction, quand elle passait dans l'angle de leur champ de vision ils baissaient la tête, comme s'il fallait résolument refuser de croire aux fantômes. Ils paraissaient vivre dans une terreur molle, sans objet, et cela leur était presque un soulagement, semblait-il, de craindre Amélia. Au moins pouvaient-ils mettre un nom dessus.

Et le père parlait, le patriarche, l'homme universel, universellement envié et, sans doute, haï – son succès, l'histoire de son succès, séduisait Paul qui n'escomptait pas, ne voulait pas être séduit, et lui qui était venu sans cravate, prêt à faire front avec Amélia, se sentit malgré lui attiré dans l'orbite de cet homme, c'était comme un enchantement, il n'y pouvait rien, il sentit qu'il se détournait d'elle un instant, la femme qu'il aimait, parce que celui-ci réchauffait autre chose dans son sang, une envie de réussite, un individualisme qui, en d'autres circonstances, aurait peut-être même pu être sain. Car il y avait quelque chose de mauvais dans sa relation avec Amélia, il le savait, dans la façon dont les limites entre eux se brouillaient, mais il refusait de l'admettre. Comme en rêve il suivit après le repas l'homme dans ce qu'il appelait sa tanière, son bureau, il voulait entendre parler de ce projet que Paul avait, de ce désir de se mettre à son compte et des raisons de ce désir, il voulait voir si ce type-là avait ce qu'il fallait, *s'il en avait*, il était toujours curieux d'une bonne affaire, sincèrement disposé à entendre l'idée d'autrui, dans son immense égocentrisme il avait l'humilité d'admettre que d'autres, peut-être, plus jeunes, autrement formés, flairaient mieux l'époque. Sans doute était-ce cela, cette curiosité intellectuelle sincère, quoique intéressée, qui l'avait poussé vers Nadia Dehr quarante ans plus tôt ; mais ce que Nadia Dehr sentait de l'époque n'était guère monétisable, et ne pouvait l'intéresser longtemps.

Paul le suivit et Amélia les laissa partir, elle jouait avec son verre, le pied de son verre, le tournait et la lumière des bougies se prenait dans le cristal et envoyait à Paul comme des signaux dans un langage qu'il ne savait pas lire, il la trouva si seule, soudain, en s'éloignant ainsi d'une dizaine de mètres – il n'avait pas l'habitude de la voir à cette distance : elle lui parut étrange, étrangère, et d'une tristesse à fendre pierre – quelques minutes, se promit-il, quelques minutes, être aimable envers le père d'Amélia c'est, après tout, une façon d'être aimable envers Amélia elle-même, naturellement il se mentait. Il balbutia en somnambule quelques idées, convaincu que l'homme ne l'écoutait que par une politesse dont il était en réalité incapable. Il lui posa quelques questions, sur sa formation, sur sa carrière, qui le prirent au dépourvu car il était arrivé sur la défensive et prêt à répondre de son origine, à lui jeter cette dernière au visage, mais de cela l'oligarque, sincèrement, n'avait cure. Il ne voyait pas une personne devant lui mais, peut-être, une opportunité.

Et Paul parlait et par la porte restée entrouverte voyait Amélia tourner le pied de son verre entre deux doigts, tourner une mèche de ses cheveux entre deux doigts, elle n'était pas allée chez le coiffeur depuis plusieurs semaines et peut-être avait-elle décidé de les laisser pousser, des longueurs adoucissaient son visage triangulaire, trop tôt sorti de l'enfance. L'homme suivit son regard et se méprit, Sa mère aussi avait de belles jambes, de longues jambes fines et musclées, interminables, elle a failli avoir raison de moi, je ne supporte pas ce qu'il y a d'elle dans sa fille et qui est un terrorisme, dit-il, et Paul sursauta un peu, fronça les sourcils, On fait rarement un enfant tout seul, cependant, et le patriarche sourit, car c'était bien cela qu'au fond il aurait voulu, d'autres lui-même par génération spontanée, l'opiniâtre Nadia Dehr lui avait fait celle-ci dans le dos qui était indomptable, il avait réessayé avec la suivante, plus douce, plus docile et conciliante, et c'était un échec aussi, ses fils étaient des chiffes, Que fallait-il donc faire en ce bas monde pour avoir une progéniture digne de ce nom ? Et Paul avait ri et dit, On a sans doute celle qu'on mérite, le patriarche avait d'une certaine façon apprécié, oui, *il en avait*, ce type étrange qui avait l'air à l'aise partout parce qu'il n'était chez lui nulle part. Il en avait connu des pareils, se dit-il, et toujours dans des endroits et à des époques au bord de l'implosion. Appelle-moi au bureau lundi, dit-il, on parlera de ton idée, elle m'intéresse, et Paul avait pensé : Voilà comment il me congédie. Il ne supportait pas qu'on le tutoie. Il n'avait rien compris.

*

175

Elle vint vivre avec lui. Il l'en convainquit comme on amadoue un animal effrayé, blessé, qui a trouvé refuge dans l'espace le plus petit possible, sous une marche, entre deux murs, et qu'on cherche à faire sortir en espérant ne pas en provoquer l'attaque. Ils ne prévinrent personne sauf Albers, qui vint dîner dans l'immense appartement poudré. Elle arriva les bras chargés de présents, des livres si lourds que leur forme d'art, dit Amélia, devait être les déviations de la colonne vertébrale qu'ils avaient dû lui causer sur le trajet. Des bouteilles de champagne immenses, des bougies de luxe, promettant chacune quarante heures de combustion, quarante heures d'exception immatérielle (cancérigène, dit Amélia une fois seuls), des foulards de soie qu'elle dévidait de son sac à main comme ces magiciens ratés que l'on croise encore parfois mais rarement – un embrasement, Albers, voyons, finit par dire Paul, mais cela ne semblait jamais devoir finir, cette joie sincère, et quelque chose de feint cependant, de faux, que tous ces objets voulaient cacher mais révélaient au contraire. Des fleurs auraient suffi, dit-il. Albers sourit, comme s'il plaisantait. Elle brandit une boîte immense, qui paraissait plus grande que le sac qui la contenait, emballée dans du papier brillant. Seigneur, pensa Paul, c'est la boîte de Nadia Dehr, ce sont les fragments de Nadia Dehr, elle ne peut pas me faire ça, pas maintenant. Il se souvint de l'homme auquel on avait mis un pigeon dans la bouche, un pigeon vivant, et qui serrait les dents sous la torture. Il fut sur le point de cracher des plumes. Pas de ça chez moi, se dit-il, parce que cet endroit serait toujours chez lui, et non chez eux, non *chez nous*, ils savaient déjà que leur cohabitation ne serait que temporaire, un exercice de deuil. Amélia arracha avec impatience le papier bleu métallisé dans lequel elle croisa, ou pas, son propre reflet pâli, déformé. Ils furent sincèrement surpris, pour la première fois, et Albers éclata de rire. C'était un petit drone. Elle se souvenait, dit-elle, de leurs dernières vacances.

On en trouvait partout en magasin mais pour eux c'était encore l'avenir, ils regardaient la machine comme des péquenauds, Sylvia qui était plus jeune se moquerait de lui ; Amélia le fit voler, et c'était l'avenir qui vrombissait dans le salon immense, mais enfin (dirait Sylvia), qu'est-ce qui t'a pris, cet endroit est beaucoup trop grand, beaucoup trop vide – écoute : ça résonne, tu as acheté une grotte, tu as acheté un canyon, des jeux d'échos : c'est quand même un scandale – et le petit appareil une ou deux fois faillit s'encastrer dans un mur, ou le plafond, avant qu'Amélia n'apprenne à le maîtriser pleinement. Albers nous offre un peu de temps, comprit soudain Paul, Albers nous offre un futur, et il eut envie de l'étreindre. Le drone était encore l'avenir, alors même que c'était le présent des guerres qui commençaient, ils n'en ignoraient pas les usages mais n'arrivaient plus à les sentir ; ces armes nouvelles étaient désormais pour eux des mots, des idées, une abstraction, et ils trouvaient le cadeau moins choquant que si Albers, par exemple, leur avait offert un pistolet en plastique. Le père de Paul viendrait la semaine suivante, se promènerait dans l'appartement sans rien voir de la hauteur sous plafond, du parquet ancien, tout à des considérations d'un autre genre : y avait-il assez de prises électriques, de radiateurs ; où étaient les compteurs, le tableau de fusibles ; quel ratio gaz/électricité ; son fils s'était-il fait avoir. Consentant enfin à s'asseoir, il jouerait à faire décoller et atterrir le jouet, rien de plus. Le faire décoller, le faire atterrir, en le couvant du regard impénétrable qu'il avait posé, des années plus tôt, sur les surfeurs qui s'échouaient dans les vagues. Paul le ramena en voiture et ils ne parlèrent pas, jusqu'au moment de sortir du véhicule quand le père boutonna sa polaire et dit, de façon comme impromptue (mais Paul savait que c'était au contraire le fruit d'une longue délibération) : Je ne m'inquiète pas. Il le dit comme s'il soupesait sa décision, n'excluant pas encore la possibilité d'avoir tort.

*

Elle ne se laissa pas faire. Elle ne se laissa pas aimer. Pas comme Paul l'aurait voulu. Il y eut quelques scènes, épiques, où il réclama de savoir où elle était, et avec qui ; une aube ou deux passées à appeler les uns et les autres, il ne connaissait aucune de ses nouvelles fréquentations, à supposer qu'elle en eût ; pour soulager l'inquiétude et la terreur et la colère en lui, il finit par appeler les hôpitaux, parce qu'il lui fallait faire quelque chose, et il perdit lui-même un peu la tête, s'entendit parler dans des combinés au bout desquels il n'y avait personne d'intéressé, ou personne tout court. Il était cet homme dont la femme n'était pas vraiment sa femme, et qui n'était pas rentrée de la nuit. Il fermait les yeux et il la décrivait, d'abord ses cheveux, le teint de sa peau, ses cils qui n'étaient pas clairs mais qui n'étaient pas foncés, il parlait, les yeux fermés, racontait leur rencontre, racontait ses espoirs à lui, qu'elle s'était attachée systématique-ment à détruire, puis il racontait ce qu'il voyait, les blessures qu'elle devait avoir subies ou aurait pu subir ou (finit-il par comprendre) qu'elle aurait *dû* subir pour lui infliger des nuits pareilles, des matinées pareilles. À l'autre bout du téléphone il n'y avait plus personne depuis longtemps, si longtemps qu'il n'y avait même plus de tonalité, et Paul décrivait les accidents terribles qu'il redoutait et à force – il la voyait les os perçant à travers la peau, ou incarcérée dans un véhicule en flammes, ou le flanc lacéré – à force, il finit par comprendre que ce qu'il redoutait ainsi, peut-être le désirait-il tout autant. Il restait là, endeuillé non seulement d'elle mais d'une idée de lui-même. Elle s'absentait jusqu'à l'obliger, lui, Paul, fou d'inquiétude et de colère, à se regarder un bref instant en face. À voir qui il était vraiment. À prendre la pleine mesure de ses désirs sombres et obscurs, ceux qu'il mettait un point d'honneur à ignorer. Mais crève, disait-il enfin à l'Amélia dans sa tête, crève enfin, qu'on en finisse, et alors il était forcé de le constater : Quel salopard je suis, et il restait là, brisé, dans cet immense appartement dont elle n'avait cure. Alors elle rentrait – mais pas avant. Il l'entendait poser ses clés sur une console, enlever ses chaussures, elle était indemne, il était soulagé, déçu, furieux. Il faisait semblant de dormir. Un autre homme, à un autre moment de sa vie, l'aurait peut-être suivie, ou aurait embauché un professionnel, un expert en filature qui lui aurait présenté un rapport documentaire sur la vie secrète d'Amélia Dehr ; pas Paul. Un autre encore, ou le même, se serait mis à boire, l'aurait sans doute frappée ; pas Paul. Mais l'unique chose qui le retenait, savait-il, n'avait rien à voir avec l'idée foncièrement vide et inepte qu'il se faisait de lui-même comme d'un homme bon, et tout avec son orgueil, avec son amour-propre qui était, pensait-il de plus en plus souvent, la seule forme d'amour à régner dans ce foyer qu'il avait voulu construire et où, face à l'absence d'Amélia, ou à sa présence sournoise qui tenait de l'anguille, il n'y avait qu'une multitude de Paul, de possibilités dégradées de sa personne, Paul face à tout son potentiel, alcoolique, violent, égoïste, cruel, autant de versions avilies de qui il était. Rester lui-même, rester celui avec lequel il pouvait vivre, devenait une épreuve, un supplice.

Quel salopard je suis, se disait-il. Et c'est en salopard qu'il finit par se conduire. Personne n'aurait dit cela, bien sûr, au contraire les gens louèrent quelque chose qu'ils avaient du mal à définir et qui était – ils ne le savaient pas – son instinct de survie. Mais Paul savait que c'était plus compliqué que cela. D'une certaine façon ils avaient raison, mais d'une autre, survivre à Amélia, c'était précisément cela, la saloperie, la charogne avec laquelle il lui faudrait désormais tenter de vivre. La grande trahison à laquelle il fallut s'entraîner. En vérité cela se fit tout naturellement. Un jour, quelque chose cassa en lui et il cessa de résister. Il revit le père d'Amélia. Il se fendit de tous les gestes de connivence, qui étaient des gestes d'allégeance, l'alcool ambré, les cigares, quelques plaisanteries graveleuses ou du moins à double entente. Au 21ᵉ siècle, nous serons tous en sécurité, dit-il en guise d'« affaire conclue », de poignée de main, la phrase lui parut ironique, il se rappela plus tard qu'elle était un contresens, une erreur de traduction, une sentence mal comprise d'Albers. Qu'à cela ne tienne, se dit-il. Il accepta l'argent. Quitta l'Agence. Monta cette entreprise dont il parlait. Plus il gagnait en assurance, en détachement, plus Amélia perdait de sa superbe et peut-être même de sa personne. Comme si elle rapetissait, se dit-il. Il avait l'impression d'être là en simple spectateur et c'est bien sûr cela, ce détachement qu'il éprouvait, qui faisait de lui son bourreau. Ses gestes perdaient en précision, elle titubait, elle levait les yeux pour le regarder, parlait d'une voix mal assurée. Elle rapetissa jusqu'à devenir cette enfant qu'elle avait été, une enfant mal aimée, dont personne ne voulait. Une enfant qui s'invente des amis imaginaires. Elle ne comprenait pas ce qui arrivait, elle était là, devant lui, à vif, et il lui ferma son cœur, lui refusa toute compassion, parce qu'au stade où ils en étaient, pensait Paul, c'était lui ou elle. Tout le monde trouva qu'il avait été correct avec elle, plus que correct, qu'il avait voulu tout lui donner mais qu'elle n'en avait rien voulu. Même son père à lui, dont il redoutait plus que tout la clairvoyance et le jugement, n'y vit que du feu. La vérité, savait Paul, c'est qu'il se comporta en vrai salopard. La vérité, c'est qu'elle avait besoin d'aide, besoin d'amour, qu'elle était malade et que refuser l'amour était pour elle une façon de l'accepter, d'en réclamer davantage, mais il n'en pouvait plus. Il en avait assez, tout simplement.

Ce n'est pas possible, de continuer ainsi, dit Paul, toi-même tu le sais, Amélia, je suis fatigué, je n'en peux plus, je mérite mieux que ça. Elle baissait les yeux. À un moment donné elle souleva très légèrement les jambes et glissa les mains sous ses cuisses, comme une gamine. Elle pleura un peu, en silence. Mais tu m'aimes, dit-elle, tu m'aimes vraiment. C'est trop tard, Amélia, ça ne marche pas. En réalité ça n'a jamais marché.

C'était vrai d'une façon qu'elle ne pouvait nier, mais c'était faux aussi. Elle n'avait pas les mots pour le dire. Ça marchait très bien, entre eux. Et si Paul n'aimait pas ce qui marchait entre eux, c'était son problème, il ne fallait pas le lui reprocher à elle. Je me sens, dit Amélia, déchirée. Je me sens comme si, des doigts de la main gauche, je cassais ceux de la main droite.

Leurs regards se croisèrent un instant, et puis voilà, Paul appartenait désormais à cette catégorie d'hommes qui ont du pouvoir et qui s'en servent, pour leur bon vouloir, aux dépens de celles qui les ont faits. Je t'appelle une voiture, dit-il. Attends, l'interrompit Amélia, mais il ne voulut rien entendre. Il lui parlait en entrepreneur, déterminé à refuser les sentiments et la faillite ; à refuser des sentiments devenus faillite ; et comme c'était la langue dominante de l'époque on n'en voyait pas bien la violence, il faudrait attendre un peu. À un autre siècle il aurait été de ces gentilshommes de province qui répudient leur première épouse, ou l'enferment à l'asile, ou l'emmurent dans le grenier ou la cave ou tout autre recoin obscur ; qui séduisent ensuite une jeune fille inexpérimentée, lumineuse, et l'installent dans leur lit ; et si quelque chose s'élève malgré tout derrière les pierres épaisses, une plainte, disons, ils n'entendent rien ou font semblant de ne rien entendre ou disent C'est le vent, qui souffle dans la lande.

Je suis enceinte, dit Amélia.

l'avancée de la nuit

1.

Et vous, que faites-vous pour votre sécurité ? Une porte blindée, peut-être ; un système d'alarme ; ou simplement l'une de ces serrures dites à trois points, solides, fiables. Quelques règles simples, attention à l'obscurité, attention aux inconnus ; une maison dite connectée qui sait si vous y êtes, ou pas ; et qui sait ou saura bientôt si votre cœur, ce soir, y bat trop vite, si votre cœur y bat ou non comme un cœur en sûreté.

Plus on est riche, plus on est paranoïaque, cela Paul le sait mais ne le dit bien entendu pas. Ce qu'il dit : la peur ne protège pas du danger. Ce qu'il dit : le temps d'intervention moyen des secours, en cas d'invasion de domicile, est de x minutes dans votre quartier. Ce qu'il vous faut, au minimum, c'est de pouvoir tenir ce temps. Environ une demi-heure : il met à jour ses statistiques régulièrement, avec soin, quartier par quartier, situation par situation. Tous les chiffres qu'il donne sont fiables ; plus fiables que leur somme, le tableau qu'ils composent, et qui est une fiction – une fiction infernale, déjà en eux, ses clients potentiels, n'attendant que de se déployer. Un mètre cube d'oxygène par personne permet de tenir cinq heures en autarcie totale, en cas d'attaque biologique ou d'accident nucléaire. Réfléchissez bien, car la réponse à cette question vous sauvera la vie : de quoi avez-vous besoin ? Appelez-moi dans trois jours. Et ils appelaient. Et la réponse n'était jamais la bonne, cela, Paul le savait mais ne le disait pas.

La réalité de certains dangers d'un côté ; de l'autre, l'irréalité propre aux fantasmes. Aux constructions de l'esprit. Aux hantises personnelles et collectives. Cette tension, le champ de force qu'elle crée ainsi, à force de tirer dans deux sens – vers l'intérieur, vers l'extérieur – voilà l'espace qui a permis à Paul de s'implanter, de croître et de prospérer. Au 21ᵉ siècle, il est dans la sécurité. Il crée des systèmes de surveillance élaborés, des alarmes qu'un souffle et peut-être une pensée déclenche, il vend des blindages, des capteurs qui perçoivent la présence d'autrui, au cœur même des immeubles, au travers de plusieurs épaisseurs de mur. Ironiquement, il vend en même temps des chambres fortes qui, insoupçonnables dans un appartement, dans une maison, permettent de vivre en toute discrétion, en autonomie, et d'échapper à tous les appareils sus-cités. Lui-même en a une, chez lui, dans laquelle il ne va jamais, qui est une espèce de monument secret ou de tombeau. L'endroit de l'art, ou peut-être l'endroit des crimes.

*

Elle l'aima même lorsque lui ne l'aimait plus, en silence, obstinément, parce qu'elle avait renié une fois son cœur et qu'en était-il sorti de bon ? Rien. De l'art. Des crimes. Du temps perdu. Elle l'aima durant neuf mois, aima l'enfant qu'elle portait car il était de lui, et elle qui était si éloquente, si éduquée, ne trouva jamais les mots pour le lui dire, ne trouva jamais les mots pour le convaincre qu'elle était là, désormais, qu'elle était prête. Peine perdue, de toute façon quelque chose en elle conspirait à s'éloigner, aspirait à la dérive et à l'oubli.

Il s'occupa d'elle durant la grossesse. Il fut irréprochable, ce qui était envers elle, peut-être, le pire reproche. Leur relation désormais semblait transactionnelle. Elle n'allait pas assez bien, n'avait pas suffisamment confiance en elle, pour savoir alors ce qu'elle finirait par comprendre, plus tard, bien trop tard : Paul l'avait aimée et il n'avait aimé qu'elle, et même lorsqu'il disait ne pas l'aimer, lorsqu'il ne voulait pas l'aimer, il l'aimait encore. Elle était le cœur qui battait dans sa poitrine, ce cœur puissant, en apparence infatigable, quand elle, Amélia, était si fatiguée. L'accouchement fut difficile, elle faillit mourir, le bébé faillit mourir, il y eut une césarienne et elle, sous anesthésie, croyait se souvenir de choses qu'elle avait subies plutôt que vécues, croyait se souvenir de l'enfant que l'on extirpait de son ventre, bleue, une anguille sanglante de cordon nouée solidement autour du cou, comme si rien de ce qui venait d'elle n'était, ne pouvait être viable. À peine née et déjà bleue. Bien sûr de cela elle ne vit rien, Paul le lui raconta ensuite. Avait-il toujours été déjà trop tard pour eux ? Lorsqu'elle ouvrit les yeux, elle était dans un lit d'hôpital, un bel homme était assis auprès d'elle, un bébé minuscule dans les bras, et elle ne les reconnut pas. Dans les brumes chimiques de sa torpeur elle s'était tournée vers l'infirmière, inquiète, et, comme si elles étaient devant un tableau et non dans la scène, non dans cette vie-ci, dite vie V, elle lui avait demandé en un souffle : Vous êtes sûre que ce sont les miens ? Et cela non plus, Paul ne le lui avait pas pardonné. Elle n'avait jamais su lui dire combien un espoir féroce l'avait saisie alors, de les trouver là, si beaux, si vivants, étaient-ce les siens ? Elle ne les méritait pas. Elle ne pouvait pas les mériter, pas elle, pas Amélia Dehr, fille de Nadia Dehr et d'un homme qui ne l'avait jamais aimée. Fille de Nadia Dehr et du sable. Mais cela, elle n'avait jamais trouvé les mots pour le dire.

Une grammaire de gestes, de réflexes qu'elle n'avait pas, qui ne passaient pas du cœur au cerveau ni du cerveau aux mains, lorsque le bébé pleurait c'est Paul qui se levait, Paul qui dormait au sol, le long du berceau, qui posait le corps minuscule sur le sien, qui du fin fond de son sommeil la protégeait. Il essaya, pourtant. Il tenta par tous les moyens d'en faire une mère. Il la laissa un jour avec le bébé, sans prévenir, pour la contraindre au soin, à l'amour. De retour quelques heures plus tard il trouva Amélia et la petite dans un fauteuil, sous une lampe, l'enfant dormait à demi, dodelinait, sa tête lourde de pensées lourdes, d'images sans langage ou même de l'absence d'images, car ses yeux étaient fermés, presque fermés, un mince croissant blanc apparaissait entre les cils ; les pupilles, elles, bien à l'abri de la paupière ; et Paul savait que sa fille dormait parfois ainsi, les yeux pas tout à fait clos, mais il éprouva néanmoins un coup au cœur, un petit choc, car on l'aurait dite évanouie. Amélia, l'enfant sur ses genoux, étudiait son visage, sa tête, non comme une tête mais comme un objet. Ses doigts, ses mains fines que Paul connaissait bien et qui connaissaient bien Paul, glissaient sur le petit front, sur le petit crâne comme, pensa-t-il, sur une pierre. Il s'approcha comme un animal ou comme on s'approche d'un animal, dangereux peut-être, fit plus de bruit qu'il n'aurait souhaité, et demanda à voix basse si tout allait bien.

Amélia leva les yeux sur lui, elle paraissait absente, ou contrariée. Écoute, dit-elle, à voix basse également, pour ne pas réveiller l'enfant ou pour ne pas réveiller autre chose ou les deux ; je crois que tout va bien, mais viens voir, quand même. Paul se pencha sur la petite tête endormie, les tempes bleutées, la rumeur du sang qui circulait derrière et qu'il aurait parfois juré entendre comme s'il se fût agi de son sang à lui, de son pouls à lui. Ce n'est rien, sans doute, dit Amélia, mais elle ne parvint pas à dissimuler une tension ou une inquiétude de sa gorge, un phénomène strictement physique, Enfin je ne sais pas, regarde – il m'a semblé, un instant, je voudrais savoir ce que tu en penses, il m'a semblé qu'elle était un peu, qu'elle était rousse.

Après cela, Paul n'essaya plus. Il s'occupa de sa fille, et mena de son côté une vie solitaire, entièrement contenue dans quelques instants volés ici et là – un jour Amélia le vit dans la rue avec une femme, dont elle pensa d'abord que c'était elle. Mais si je suis en face, dans les bras de Paul, sous les baisers de Paul – si je suis là-bas, alors, où suis-je, *moi* ? La question eut raison d'elle. Elle acquiesça à tout. Elle prit des médicaments qui lui gonflaient le visage, les poignets, et la laissaient bête, le cheveu terne. Elle alla à l'hôpital. L'électricité qui éclairait la ville, celle qui chauffait les foyers, le lait pour l'enfant, la veilleuse qui habillait sa chambre de couleurs tendres, de vert, de bleu, de rose – cette électricité passa entre ses tempes pour mettre dans son cerveau la lumière et la chaleur qui lui manquaient. Voilà ce qu'elle se dit, même si elle savait bien, au fond, que c'était une torture. Rien de plus. Rien de moins. Que la nuit de sa tête était le seul endroit où elle aurait encore pu être en sûreté, et qu'on la dissipait de force. Elle serrait les dents. Elle ne voulait pas, mais elle serrait les dents.

Elle alla mieux, et lorsqu'elle alla mieux, Amélia fit s'asseoir Paul et lui dit qu'il avait raison. Que ça ne marchait pas. De la vie était passée par elle. Elle avait fait de son mieux, c'était le mieux qu'elle puisse faire, et à présent elle allait partir, parce qu'elle ne pouvait pas être cette femme trompée et cette mère froide qu'elle était, cette femme qui regarde l'homme qu'elle aime avec d'autres, qui regarde le visage de sa fille unique comme un galet dans le grain duquel on cherche un signe, une vague ressemblance avec quelque chose de connu et d'aimé. C'est mieux si je pars maintenant car je sais ce que cela veut dire d'avoir connu sa mère et de la perdre.

Paul la regarda sans rien dire. Il me regarde comme s'il allait me tuer, pensa Amélia. Comme s'il allait sortir de sa poche un couteau et me tuer. Un couteau qui n'y était pas jusqu'à ce que je dise ce que j'avais à dire, une lame que mes mots ont fait apparaître dans la pénombre, contre la chaleur de son corps. Est-ce ainsi que sa mère est morte ? Je ne l'ai jamais su. Je me demande si lui le sait, pensa Amélia. Le mal qu'elle voyait partout, était-il dans le monde ou dans son œil ? C'était la forme de sa folie, cette question. Sa forme et son fond, à jamais sans réponse.

Et Paul la regardait sans rien dire. Il me regarde comme s'il allait me saisir par les cheveux et me traîner dans cette pièce secrète qu'il a fait construire entre deux murs, pensa Amélia. Cette pièce insonorisée qui résiste à tout, peut-être même à la fin du monde, peut-être même à la fin de nous. Comme s'il allait m'y jeter et la refermer derrière moi et ne plus jamais l'ouvrir. Oui, c'est comme si j'y étais déjà, pensa-t-elle, c'est là que je vais passer le reste de ma vie, entre les murs. À cogner. À crier. Sans que personne m'entende. Ma fille grandira sans savoir que sa mère est là, à quelques mètres. Dans le noir. À jamais.

Et Paul la regardait.

2.

Que restait-il, dans le monde, d'Amélia ? Rien, en apparence. Rien ou si peu. Paul serrait les dents. Il ne voulait pas, mais il serrait les dents. Il faudrait parler d'elle à sa fille, se disait-il ; tournait et retournait dans son esprit ce qu'il dirait, ce qui était dicible – mais le reste ? Ce qui comptait vraiment ? Son art à lui, ses crimes à lui – ses souvenirs ? Que faire, se demandait-il, de tout ce que je n'ai pas les mots pour dire ? Et ainsi il se tut. Au début, comme par inadvertance. Et ainsi, ce contre quoi Amélia elle-même l'avait maintes fois mis en garde – la leçon des astronautes soviétiques expurgés, la leçon de Sarajevo d'où avait disparu peu à peu toute trace des conflits, il l'appliqua. Il l'appliqua à Amélia elle-même, à la femme qu'il avait aimée, qu'il aimait, dont il élevait la fille. *Afin que vif et mort ton corps ne soit que*, et durant ses nuits d'insomnie il complétait cette phrase, ce vers qu'elle avait prononcé, le seul qui ne soit pas de Nadia Dehr. *Afin que vif et mort ton corps ne soit que roses*, ne soit que rues et quartiers, ne soit que la ville dans laquelle je vis et qui m'accable et m'empoisonne. Ne soit que toutes les villes, tous les poisons. Toutes les nuits. Essayons de ne pas y penser, se disait-il. Mais le passé ne se laissait pas oublier, la guerre ne se laissait pas oublier. Tous deux couvaient, s'infiltraient, comment est-ce possible ? On ferme les yeux un instant à peine, croirait-on, et déjà elle est là. Son odeur. Son pouls.

Il ne croirait pas aux fantômes. Il l'avait décidé dès le départ. Ils l'avaient décidé ensemble. Ils ne croyaient pas aux fantômes. Ils croyaient à l'amour et à la parole, et au désamour et au silence, mais à rien d'autre. À rien qui murmure à l'oreille. À rien qui traverse les murs. Il mit tout ce qui restait dans une boîte, qu'il referma. Cette absence, claire, aux formes pures, au volume net, c'était la forme qu'il avait entrepris de donner à l'avenir.

Bien entendu, l'avenir ne se laissait pas faire.

*

Il s'efforçait d'être un bon père et sans doute l'était-il, car dans le monde tel qu'il était – en dépit de ce qu'il était – la première rencontre de Louise avec la mort fut celle de sa perruche, jaune et verte, qui sautillait sur place depuis quelques mois, stoïque, l'œil indifférent ou peut-être désolé, dans une cage en forme de pavillon japonais ; sauvée de sa vocation décorative par l'amour que Louise lui portait sans savoir vraiment l'exprimer. Une vie, une autre vie, plus petite que la sienne, et jaune, et verte – Louise l'adorait. Elle n'avait peur de rien, ni du bec, ni des serres ; ni d'ailleurs du noir, ni des gros chiens au cou desquels elle sautait parfois sans prévenir, et Paul tétanisé fermait les yeux, sûr, certain du pire ; mais rien n'arrivait, Louise lui revenait, il serrait sa petite main, se jurait qu'on ne l'y reprendrait plus. D'abord la cage lui sembla vide – à elle qui était trop petite pour en voir l'intérieur en plongée, cela parut une énigme, un ravissement : cage fermée – pas d'oiseau. Un mystère, la promesse d'une charade. Mais le petit cadavre n'avait pas échappé à Paul, et l'envie lui était venue d'inventer quelque chose, un prétexte, de le faire disparaître, afin que, jamais, on n'en parle. Jamais ou pas encore. Louise est trop petite, se dit-il, ce qui était absurde, le poisson est-il jamais trop petit pour l'eau ? Est-on jamais trop petit pour le réel ? Il ne fit donc rien, la laissa s'approcher, se hisser sur la pointe des pieds, voir l'oiselet gisant, Qu'est-ce qu'elle a, Papa, et il avait attendu qu'elle la prenne dans sa main, qu'elle sente du bout des doigts l'absence de vie dans le plumage, le corps que l'on pouvait désormais presser dans sa paume, sentir l'air quitter non l'intérieur, les organes, mais l'espace entre chaque plume, découvrir qu'en vérité il y a là un animal bien plus petit et plus fragile qu'on ne le pensait – davantage rien, que quelque chose. Et pourtant, une vie, qui n'était plus.

Louise avait paru triste, un peu ; pour d'étranges raisons ; parce que son père semblait s'attendre à ce qu'elle le soit. Elle avait chuchoté à même l'oiseau mort, comme si elle essayait, par son souffle à elle, d'en regonfler les plumes.

Il dut insister un peu, très légèrement, pour qu'elle accepte de rouvrir les mains.

*

Il s'efforçait d'être un bon père et doutait de l'être. Il ne savait pas quoi faire, il découvrait tout au moment où cela arrivait, se sentait en permanence perdu, débordé, acculé. Comme, en somme, tout jeune parent. Il se donnait du mal. Vivait hanté par ses propres trahisons. Il essayait de penser contre lui-même, quand il aurait mieux fait, peut-être, de penser contre l'époque. Mais non. Pas lui. Pas Paul. Il était, se dit-il en regardant sa fille dormir, un être entièrement compromis. Par ses progrès, par la réinvention constante de lui-même dont, par ambition, il s'était rendu capable. Par l'ignorance, par la négation de lui-même, de son origine. La seule certitude qu'il avait quant à lui-même, à présent qu'il s'était rendu souple et flexible et mouvant comme de l'eau, était son amour pour Louise. Il voulait la protéger, la protéger de tout, du monde qui finissait et de celui qui commençait. Mais ce n'était pas tout de la protéger ; il aurait fallu la préparer. La préparer – mais à quoi ?

Amélia lui manquait.

*

Il lui apprit à nager. Il lui apprit à courir. Elle avait le même goût de l'effort que lui, le même cœur en apparence infatigable. Ils étaient bons camarades. Ils faisaient le tour de Paris par ses piscines. Le dimanche soir ils dormaient, le père et la fillette, à l'hôtel. Jamais le même, Louise adorait les banquettes de velours, les lampes étranges, les tableaux ou les fresques, les escaliers dans lesquels se perdre, les ascenseurs qui s'arrêtaient à divers étages, les menus du room service dans lesquels elle apprenait à lire. Le lundi il la déposait à l'école, la tête encore pleine de leur aventure. Il était séduit par sa fille et sa fille était séduite par lui. Je ne l'élève pas pour en faire ma femme, pensa-t-il un jour, et l'étrangeté, l'obscénité de cette phrase lui fit honte, d'où venait-elle, cette idée qu'il chassa sur-le-champ. Il ne suffit pas de la divertir, pourtant, reprit-il. Non.

Il convient de la préparer. Mais à quoi ? À Amélia il aurait pu se confier, mais à personne d'autre. Il aurait voulu que sa fille, sa fille unique, qui grandissait et s'allongeait, sa fille au cœur puissant et à l'esprit vif – il aurait voulu, au fond, que sa fille fût capable de tuer un homme à mains nues. Alors il se serait trouvé à la hauteur, et pas avant. Quand elle n'aurait plus eu besoin de lui. Pour le moment elle avait quatre, huit, dix ans. De longs cils, des boucles sombres. Elle lui ressemblait. Il en était fier et inquiet, car il pensait avant tout à la sécurité de Louise et aurait été davantage rassuré qu'elle n'eût rien de lui. De plus en plus il comprenait son propre père, son obstination à l'effacement. On changeait de nom, de langue, on se reniait, on appelait son fils Paul, on vivait pour ne pas se faire remarquer. Tout cela, pour se sentir en sécurité. Pour se fondre dans le décor. Une grande opération de camouflage. Une violence inouïe, privée, de soi à soi.

Comme si, des doigts de la main gauche, on cassait ceux de la main droite.

*

Le grand-père sur ses vieux jours se mit aux oiseaux. Il installa une volière contre une petite fenêtre et c'était la chose la plus jolie et la plus triste à voir, ces mignons en captivité. Des jaunes, des verts. Des bleus. Nous les relâcherons un jour, n'est-ce pas Louise, disait le grand-père, et Louise hochait la tête, sagace, patiente dans sa petite robe, et comme elle ne touchait pas le sol ses pieds dans leurs petits souliers opinaient également. Nous les lâcherons quand ils seront prêts,

196

dit Louise en couvant du regard ces précieux, ces trésors qui le cœur affolé tenaient dans sa main, et Paul savait que la volière avait pour but de consoler l'enfant de quelque chose qu'elle avait peut-être déjà oublié, dont elle ne parlait plus, la Première Mort. Et aussi, simplement, d'appâter le fils riche et la petite-fille adorée ici, dans cet appartement, le plus petit et le plus propre et le plus triste qui fût, que le grand-père, dit Papou, refusait de quitter. S'obstinait à ne pas vouloir quitter. Papa, c'est idiot, tu passes des jours et des jours chez nous, laisse cet appartement, disait Paul. Mais son père faisait mine de ne pas comprendre, de ne pas entendre, une expression de désarroi comique sur les traits. Louise riait. Il n'y avait rien de plus joyeux ni de plus passager que le rire de Louise. Paul le lui redit, Papa enfin, c'est idiot, viens vivre avec nous, il y a toute la place qu'il faut – *nous* étant Paul et Louise et, découvrirait-il bientôt, le chat des voisins, dont on ignorait le vrai nom et qu'en raison de sa belle queue panachée on appelait Chat-Plume, et lorsque les voisins ouvraient pour laisser ledit Chat-Plume se promener, errer, vivre sa vie féline et secrète et nocturne sur les toits et les terrasses et les jardins suspendus hors de vue et de portée – en réalité il était chez les voisins, chez Louise qui le câlinait jusqu'à ce que ses yeux rougissent et gonflent. Une captation animale, un rapt chaque soir renouvelé, et l'enfant allergique, dont les poumons éna-mourés de Plume sifflaient, n'en pouvait plus de sa passion, et Paul plus d'une fois constata le réseau de veinules rouges sur le blanc si blanc de son œil avant, honteux, de mettre la bête dehors, comme s'il était pris en flagrant défaut d'autorité, et Louise pleurait, réclamait Chat-Plume entre ses éternuements, et Paul pour la consoler de la réalité des choses, des chats et de la nuit, s'allongeait par terre le long du petit lit, et le père et la fille fermaient les yeux, et il lui racontait l'errance de l'animal sur les toits et les terrasses et les jardins suspendus hors de vue et de portée, et le tapotement presque inaudible des coussinets sur le zinc ; des ombres — des ombres qui se coulaient là où l'on n'imaginait pas de passage possible ; la ville, immense et endormie, ou que Louise croyait immense et endormie, comme prolongement spatial du chat.

Voilà comment je devrais lui parler de sa mère, se disait Paul, mais au moment où il le pensait ils dormaient déjà tous les deux, elle profondément, lui à demi.

Mon père voit que c'est une petite fille riche, une petite fille qui n'a rien en commun avec lui, les oiseaux sont une ruse, pensait Paul. Mais il se trompait. Et sur son père, et sur sa fille. Obstinément l'un et l'autre refusaient d'être qui il les croyait être ou qui il voulait qu'ils soient. Dans ce mystère était leur identité. Dans cette résistance.

*

Il se demandait quoi dire, et comment, et le temps passait. Il n'imaginait pas, il ne pouvait imaginer, que ce qu'il taisait avait une vie propre. Il n'imaginait pas, par cette action qui était une inaction, devenir quelqu'un qu'il n'avait pas envie, qu'il n'avait pas choisi d'être. Amélia l'avait dit, pourtant : on peut être contaminé par ce qu'on sait, mais aussi par ce qu'on ne sait pas. Le silence est un organisme. Il est vivant et il s'infiltre. Mais Paul ne le concevait pas, pas encore, il aurait fallu être soustrait à la scène, en dehors d'elle, en marge ou en surplomb, pour y voir clairement ; et lui, avec sa propre histoire, sa propre ignorance, c'est le langage qui l'inquiétait d'abord.

Un jour il entendit un babil incompréhensible s'élever de la chambre de sa fille. Il n'y prêta guère attention, elle était à l'âge des langues imaginaires et des amis imaginaires et il vaqua à ses occupations de père célibataire et de chef d'entreprise, ouvrit une bière et quelques lettres, et nota, amusé, que Louise dans sa langue secrète semblait intarissable, elle qui s'exprimait d'ordinaire avec moins de largesse, soupesant les mots avec une sorte de méfiance, comme on ferait d'une monnaie étrangère ; et il continua de faire ce qu'il faisait, bercé par le pépiement de sa fille, jusqu'au moment où son cerveau paternel, reptilien, celui qui ne pensait qu'au danger, celui qui était enfoui dans son crâne comme une chambre forte dans un mur, entende une réponse. Une réponse tout aussi incompréhensible et longue, une réponse dans une voix grave, adulte, qu'il ne reconnut pas et qui lui hérissa le poil. Il se rua dans la chambre de Louise, le cœur battant – et trouva la petite en grande conversation avec son père, son père à lui, en chemise très propre et impeccablement repassée et élimée, en pantalon très propre et impeccablement repassé et élimé, et ils s'interrompirent et le regardèrent, avec des yeux ronds, courtois, innocents et reclus sur leur secret, attendant poliment qu'il veuille bien donner un sens à cette interruption. Mais enfin, que faites-vous ? demanda Paul, et Louise haussa les épaules et dit, sur le ton docte qu'elle prenait parfois, Enfin Papa, tu vois bien que nous parlons, comme s'il ne comprenait rien à rien, comme s'il était l'enfant et elle, cinq ans, l'adulte. Et ils lui sourirent, mais ils ne dirent plus rien, et il battit en retraite. Ensuite il les entendit de nouveau. Cette fois ils chuchotaient.

La langue des oiseaux, se dit-il sottement, ils parlent la langue des oiseaux. Mais bien sûr c'était faux. Ils parlaient la langue du père, celle du pays que le père avait quitté et dont il avait si peu parlé à Paul, qu'il avait appelé Paul et qui avait grandi avec l'impression d'avoir été posé là, dans un désastre urbain, dans une jungle urbaine. Comme sur l'eau.

Ça ne te dérange pas, avait précautionneusement demandé le père plus tard, une fois Louise endormie, bouche ouverte, regard tourné vers l'intérieur, vers des paysages qui n'appartenaient qu'à elle, comme les toits appartenaient à Chat-Plume, et les nuits à Amélia.

Pas du tout, dit Paul, pas du tout.

Un silence.

Mais à moi tu n'as rien dit. Rien appris.

Le père finissait de vider le lave-vaisselle. Il était pensif, mesuré, et les couverts s'entrechoquant légèrement faisaient à peine de bruit.

C'est différent, maintenant. Louise, elle, est en sécurité, dit-il avec un geste involontaire (mais son père avait-il des gestes involontaires ? Paul en doutait) vers les murs, le parquet, les hauts plafonds, la vue sur le ciel et la vue sur la Seine, la chambre forte insoupçonnable entre les murs, et toutes les chambres fortes de la ville, peut-être, insoupçonnables entre les murs.

*

Paul, lui, trouvait que le danger était partout. Partout. Il en parlait parfois avec ses maîtresses, leur donnait même rendez-vous pour en parler, et lorsqu'ils avaient épuisé plus tôt que prévu le catalogue de leurs angoisses ou que celles-ci leur avaient échauffé les sangs, alors ils couchaient ensemble. Sans son père et Albers il n'y serait, disait-il, pas arrivé. À Albers il avait trouvé un appartement non loin, miroir du sien, non par générosité ni par bonté d'âme mais parce que cela soulageait quelque chose d'obscur et d'apeuré en lui de pouvoir imaginer Louise exactement comme elle était, les soirs où elle n'était pas chez lui. Dans les moindres détails, il savait : à telle heure elle dînait, à telle heure prenait son bain, moussant, à la pomme ; et être en mesure de se la représenter précisément le libérait et lui permettait de vaquer à ses occupations, quelles qu'elles fussent, de célibataire et de prédateur.

Il y avait les peurs quotidiennes, diurnes : la peur des chutes et des microbes, la peur des fous et de l'avenir, la peur des armes nouvelles. La peur des robots et de la pollution. La peur des attentats, des explosifs. Des couteaux, des marteaux. La peur des voitures sans chauffeur mais aussi la peur des voitures avec chauffeur, la peur des chauffeurs, la peur des chauffards. La peur des épidémies qui se propagent des oiseaux aux hommes ou des oiseaux aux chats ou des chats aux enfants ; la peur de la maladie, la peur de la maladie mentale, la peur de l'échec scolaire ; la peur, quoi qu'il en dise, de la différence ; et certaines de ces peurs, Albers, dans son appartement miroir, les partageait. Les décisions cependant étaient les siennes ; voilà pourquoi la pédiatre, une manière de pistolet en main, du type à air comprimé, s'apprêtait à injecter sous la peau tendre de Louise une puce minuscule, grâce à laquelle on pourrait suivre à distance la porteuse. De plus en plus de parents y avaient recours ; d'autres non, d'autres disaient que leur petit n'était pas un chat, Paul aussi le disait, mais ce rempart n'était rien face à son anxiété de père dans le monde tel qu'il était. S'il arrivait quelque chose, il ne se le pardonnerait pas. Il eut tôt fait de peser le pour et le contre. Le pour, c'était le monde et Amélia. Car il y avait ce danger constant, informe, que Louise soit, finisse par être, la fille de sa mère. Un risque inconsidéré, jugeait Paul. Ou peut-être (mais il en frémissait) un horizon. Le contre, une forme de décence ou de respect d'autrui, de celle qu'elle était et de celle qu'elle deviendrait, mais en ces temps nouveaux cela lui paraissait un enfantillage, un luxe qui lui était refusé, à lui qui avait pourtant accès à tout. Cependant une douceur, aussi ; quelque chose qui suscitait la nostalgie, et qu'il chassa. Le pour et le contre. Tout était désormais affaire comptable, affaire statistique, ai-je fait fausse route ? Ai-je entièrement fait fausse route ? se demanda Paul ou demanda une voix en Paul, qu'il étouffa pour rassurer Louise qui n'avait guère besoin d'être rassurée, Ça ne va pas faire mal, chaton, à peine un peu piquer.

Elle eut un hématome durant quelques jours, de cette jolie nuance bleue qui est celle de la douleur d'autrui et qui lui fit honte ; mais lorsqu'il se connecta pour la première fois pour voir où était sa fille, et qu'il lut le plan de telle sorte à confirmer qu'elle – ce point lumineux, là, brillant et bleu – était chez Albers, exactement où il l'attendait, dans la salle à manger qui était le reflet exact de la sienne, de la leur, une paix descendit sur lui qu'il n'avait pas connue depuis longtemps. Comme tous les parents de son siècle et de son milieu, il essayait de la prémunir contre les dangers auxquels il pouvait penser. Mais le problème, disait une voix compatissante et moqueuse en Paul, ce sont les dangers auxquels tu ne penses pas, ceux auxquels tu ne peux pas penser. L'imprévisible est la forme absolue du danger, et pour le prédire il te faudrait autre chose que tes petites amies toujours plus jeunes, toujours plus belles, qui n'ont d'imagination que dans la jouissance ; autre chose que tes pédiatres et tes écrans et tes frayeurs pitoyables, domestiquées.

Quand elle aura seize ans, je lui dirai tout. Je lui dirai tout ce qu'elle doit savoir, décida-t-il. Si c'était une menace ou une promesse, il l'ignorait.

*

Une fois par mois Louise dormait chez son grand-père, dans cette ville si peu sûre et si peu agréable et si peu salubre. De Paul ou d'Albers, l'un ou l'autre passait alors une mauvaise nuit. Mais le rituel était important. L'enfant y tenait. C'était le soir où on lavait les oiseaux, expliqua-t-elle à son père mystifié. Le soir où on les prenait l'un après l'autre dans la cage, entre deux mains attentives qui devaient penser à ce qu'elles faisaient comme si elles possédaient une intelligence propre. Ensuite, très tendrement et doucement, on plongeait le volatile frémissant dans la bassine d'eau tiède, une bassine en métal au fond de laquelle tremblait une rose émaillée. On lavait les petits, on les laissait voleter de-ci de-là, s'ébrouer dans la fontaine de fortune, Papou faisait parfois ruisseler un mince filet d'eau à la théière et c'était ce que Louise aimait le plus au monde. Une cérémonie fragile et vivante dans une langue tenue secrète.

*

Jusqu'ici tout va bien, se disait Paul. Jusqu'ici tout va bien, mais il dormait mal. Il se réveillait parfois sans raison, ou sans raison mémorable, la gorge serrée, le cœur battant. Il entendait sa fille pleurer quand elle ne pleurait pas, il entendait des fenêtres s'ouvrir quand elles ne s'ouvraient pas, il était épuisé et son épuisement prenait des formes étranges, des lumières qui le blessaient même en pleine nuit, même dans le noir, il avait beau fermer les yeux, enfouir le visage dans l'oreiller, quelque chose rayonnait qui l'empêchait de trouver le repos. Laisse-moi tranquille, disait-il parfois dans son sommeil. À son réveil il ne s'en souvenait pas.

Il ne croyait toujours pas aux fantômes.

Oui, jusqu'ici tout va bien, se disait Paul, ce qui n'empêchait pas les choses – le monde – d'empirer. Il y avait, semblait-il, trop de tout. Mais pas assez de paix. Et pas assez d'eau. Louise regardait celle qui coulait du robinet, pensive. Elle l'ouvrait, le fermait. L'observait s'écouler en petites hélices dans l'évier.

Bien entendu, elle ne le savait pas, la chère âme, que le désert progressait sur le globe et dans les cœurs. L'amour pour nos enfants est un cheval de Troie, déclara Albers sur un plateau télévisé. Louise la regardait, bouche bée, elle qui passait d'ordinaire, indifférente, devant ces images qui glissaient sans cesse, de meurtre et d'enquête, ou de ruine et de guerre, ou de villes immenses qui n'étaient pas des villes mais des tentes, des rangées de tentes dans le désert, où vivaient ceux qui de ville, justement, n'avaient plus. Louise toucha la surface de l'écran, qui était et n'était pas Albers.

Un cheval de Troie. L'amour pour nos enfants est la façon dont un monde indéfendable paraît défendable et est, pour finir, défendu. Accueilli. Les mensonges. La surveillance globale. La militarisation insidieuse. Qui ne voudrait pas savoir ses enfants en sécurité ? Qui n'accepterait de payer le prix fort pour cela ? C'est par amour que nous équipons nos villes, nos rues et nos maisons. Mais c'est le mal qui s'infiltre. C'est le mal et toutes nos erreurs reviendront nous hanter. Elles viendront nous ronger le sommeil et les os. Nous vivons dans un monde qui a entièrement cédé à la brutalité et à l'injustice. Chacun pour soi. Chacun pour soi et ses propres enfants. Son propre petit matériel génétique. Et pendant ce temps, le principe directeur du monde est devenu l'expulsion. Des familles à la rue. Des villes rasées, des pays entiers contraints de prendre la route. Je regarde autour de moi et ce que je vois, c'est l'irruption de l'irréel dans le réel. Le fantastique est devenu la condition de nos existences, martela Albers, obstinée, et tout ce que Paul vit, ce fut une vieille femme, butée sous sa frange blanche.

Elle se répétait. Le fantastique est devenu la condition de nos existences, Paul, lui susurra-t-elle au téléphone. Une impossibilité soudain possible. Je sais, Albers, je vous ai vue à la télévision, mais j'aimerais que vous pensiez un peu à vous. Le monde a changé.

Elle fut assignée à résidence. Pour sa propre sécurité, lui dit-on. Croire que les choses auraient pu être différentes était devenu un risque. Un garde armé fut placé au bas de l'immeuble et au fond on ne savait pas bien si c'était pour empêcher le mal d'entrer ou Albers de sortir.

*

Paul connaissait le moindre pleur de sa fille comme un langage ; ce n'était pas inné, loin de là, au contraire il avait passé ses jours et ses nuits, dans les premières semaines, les premiers mois, à l'écouter, à discerner dans les vagissements une cause possible, un stimulus, une émotion ; Albers disait qu'il était une mère pour le bébé, elle maintenait qu'il était une pythie, une devineresse, elle souriait mais il soupçonnait chez elle une sorte de rancœur un peu secrète ; et son père à lui ne disait rien, Vous ne le trouvez pas remarquable, votre fils, demanda la vieille dame qui ne comprenait pas que l'on se taise à ce point, que l'on ne loue ni ne relève rien, que l'on ne commente ni ne flatte ni ne critique – mais ce n'était pas son genre ; quoique ainsi pris à parti il réfléchit un peu, puis dit : C'est un père, et rien ne fit davantage plaisir à Paul.

Il connaissait les cris et les larmes ; la façon dont tout se conjuguait parfois, la fatigue, la frustration, la faim, les mauvais rêves ; le lit mouillé, le froid ; l'espace de la chambre et du couloir qui soudain se dilate et on est seule, seule au monde, sur un petit matelas humide qui flotte dans l'inconnu comme une île dans l'obscurité ; jusqu'à ce que les pas connus du père se fassent entendre et que tout ce vide autour de soi se reconfigure en ce qu'il est : quelques secondes d'attente avant la proximité, la chaleur, les mots doux que l'on comprend sans les comprendre. Plus tard, il sut quand elle avait honte, ou qu'elle s'ennuyait ; il n'aurait su dire comment, il le savait, c'est tout. Le prix de cette connaissance était un sommeil léger, fragile, d'homme redevenu une bête prête à bondir. Et bondir, c'est ce qu'il fit une nuit, Louise avait alors sept ans, peut-être, et la nuit de Paul fut déchirée par un cri dans lequel il reconnut la voix de Louise mais qui ne ressemblait pourtant à rien qu'il eût déjà entendu, qui ne correspondait à aucun besoin du corps ou de l'âme auparavant manifesté, Qu'est-ce que c'est que ça, pensa-t-il, hérissé littéralement, un appel strident, si aigu qu'une frange, peut-être, en basculait dans l'inaudible, les ultrasons, quelque chose qui n'était pas fait pour l'oreille humaine (mais pour l'oreille de qui, alors) et il s'était rué dans la chambre d'enfant, Louise assise dans son lit étreignait ses genoux, une expression sur son petit visage comme il ne lui en avait jamais vu, elle fixait un coin de la pièce, le fauteuil où si souvent Paul s'asseyait un instant le soir après l'histoire, avant de sortir, une étape imposée dans la séparation de la nuit ; Louise serrait ses genoux et se berçait d'avant en arrière et la fenêtre était ouverte.

Paul l'étreignit, embrassa la tête bien-aimée, était-elle éveillée ou encore endormie, Qu'est-ce que c'est, mon cœur, qu'y a-t-il ? Et Louise ne dit rien, il crut que peut-être elle rêvait encore, les yeux ouverts en apparence mais tournés vers le dedans, et il la berça contre lui, la réchauffant de son grand corps au travers de la petite couette plutôt que de se lever pour fermer la fenêtre, et au moment où il la sentit enfin se détendre, au moment où lui se mettait à dodeliner, Louise chuchota à son oreille :

La dame, et il se dit que c'était lui, cette fois, qui rêvait, quelle dame, mon trésor ? La dame aux cheveux flamme, dit Louise, et Paul la serra contre lui, Il n'y a personne, ma chérie, il n'y a que toi et moi et nous n'avons besoin de personne d'autre, chuchota-t-il, mais la vérité c'est qu'il n'osa pas se tourner vers le fauteuil, il ferma les yeux et fit ce qu'il ne savait pas faire car on ne le lui avait jamais appris, il pria un peu, sans savoir que c'était cela qu'il faisait, On dirait un cauchemar, se dit-il.

*

Il ne parlait toujours pas d'Amélia. Il en disait le moins possible, il espérait que cela suffirait. Il regardait Louise, il l'observait, elle ne lui paraissait manquer de rien. Mais un enfant n'est pas un oiseau. Un enfant n'est pas un chat. Ils jouaient dans le beau salon vide et Paul avait des visions terribles, une grande rousse qui traversait les murs et se ruait par la fenêtre, à la rencontre du trottoir en contrebas. Oui, une grande rousse, prise dans les murs telle une balle tirée il y a plusieurs décennies, et qui imperceptiblement continue sa course, son temps n'est pas le nôtre mais qui pourrait dire, pour autant, qu'elle ne fera pas irruption un jour ? D'abord les poings et les genoux, puis le nez, le front, le reste. Tout le reste. Et la dernière ligne droite, le saut par la fenêtre qui n'est même pas ouverte, sa chute une pluie de verre, d'éclats dans lesquels le ciel se reflète un bref instant. Ce ciel qu'elle n'a pas su aimer. Il ravalait ses obsessions, avançait un petit cheval ou un pion ou toute autre figurine supposée le représenter, lui, dans le cadre de la partie. Louise s'amusait et il était incrédule et reconnaissant au-delà des mots de l'innocence de sa fille. Jusqu'au jour où il la surprit, une cuiller en main, en train de tapoter les murs. Bonjour, disait-elle. Bonjour. Et faisait mine de tendre l'oreille. Qu'est-ce que tu fais, ma chérie, demanda Paul, un sentiment croissant d'irréalité dans la poitrine, de l'horreur pure et simple. Je cherche maman, dit Louise.

C'est pire si tu ne dis rien. Si tu ne dis rien, le mal circule et s'infiltre et touche le cœur de toute chose. Même ainsi il peinait à parler ; qu'aurait-il pu confier à Louise qu'elle comprenne ? Que lorsque les plantes, dans la salle de bain, frémissaient – ces plantes qu'il avait achetées parce que sa fille, sa fille unique, lui avait réclamé une jungle, dans laquelle être une bête – ces *monstera deliciosa* et ces *monstera obliqua*, tremblant parfois dans un courant d'air qu'il ne percevait pas – cela lui semblait l'effet d'un souffle que depuis des années il n'avait pas senti sur son visage, sur son corps ? C'est pire si tu ne dis rien. Mais que dire à sa fille d'une femme qui, à la maternité, ne les avait pas reconnus ? D'une femme qui ne les avait pas aimés ? Et que lui dire de ses amantes, qu'il faisait venir certaines nuits où elle dormait, qu'il enlaçait parfois dans la baignoire ou contre le lavabo, ni le corps de Paul ni celui de ces femmes n'y lais-saient de trace, les surfaces n'en gardaient aucune mémoire, le stupre glissait sur elles, sur les carreaux vert pâle, sur les feuilles sombres et brillantes – et de ce que certaines de ces femmes, des inconnues, avaient senti ou disaient avoir senti – une hostilité, une présence ?

Il lui montra quelques photos. Sur celle qu'il préférait Amélia portait l'une de ses chemises et Louise demanda si elle pouvait l'avoir. On peut la faire encadrer, si tu veux ? proposa-t-il, se demandant comment ce serait, d'entrer dans la chambre de sa fille et de voir à chaque fois, au mur ou près du lit, la somme de ses échecs. Pas la photo, Papa, la chemise, dit Louise. C'était certes étrange, cette enfant qui s'intéressait si peu aux images. Du visible, seul le vivant semblait compter. Ce qu'on pouvait toucher, suivre, capturer. Au musée elle se collait au sol et dans les coins, soufflait sur les moutons de poussière, les cheveux égarés, tout ce qui était passible de s'animer d'un mouvement, propre ou impropre. Louise enfin, regarde – la dame. La montagne. Regarde le ciel. Mais Louise disait : Ce n'est pas une dame, ce n'est pas une montagne. Les ciels la fâchaient le plus, elle en prenait ombrage, plissait le nez, s'esquivait en glissades, ruait. Le moindre insecte était accueilli comme une délivrance. Tu es vraiment un petit animal, disait-il. Au fond il était conquis.

La chemise, donc – Paul lui en céda une qui faisait illusion et durant quelques jours, quelques semaines, Louise la porta pour dormir. Ensuite elle regagna un cintre, dans l'armoire, où parmi les bleus et les verts de l'enfance elle flottait, un peu à part, blanche et vide.

*

Un jour froid de printemps il roula jusqu'à la ville où il avait grandi pour aller chercher Louise chez son père et il les trouva, tous les deux, dans une pièce qui lui parut plus grande que d'habitude, plus fraîche aussi, jusqu'à ce qu'il s'aperçoive de ce qui manquait : les oiseaux. La volière était vide et sa fille et son père dégageaient quelque chose, un air électrique, une lumière étrange (était-ce cela qui l'avait rendu malade ? Il refusait de le croire), silencieux et galvanisés ils le dévisageaient d'étrange manière, Louise avait dix ans et son visage commençait à changer, à glisser vers celui d'une inconnue, le nez, la bouche allaient vers leur forme définitive ; mais pour devenir qui ? Il l'ignorait encore – il voyait simplement ce qu'il voyait, son père, sa fille, un silence inédit entre eux, une volière vide, ils resplendissaient. Vous les avez lâchés ? demanda Paul, idiot ; ils opinèrent en même temps, et lui en fut surpris, il pensait que tout ce temps quand ils disaient cela, Nous les lâcherons quand ils seront prêts, cela devait vouloir dire Nous les lâcherons quand *nous* serons prêts, et il imaginait, lui, que ce ne serait jamais. Qu'on n'est jamais prêt à laisser sortir la beauté de sa vie, si malheureuse qu'elle y fût. Et il trouvait qu'il faisait encore froid, encore trop froid pour de petits oiseaux colorés dans une ville terne, et une image lui vint – de celles, étrangères, qui semblaient produites ailleurs qu'en lui : une pluie d'oiseaux exotiques s'abattant sur les voies, jaunes, bleus et verts, inaptes à la survie en milieu urbain, tragiquement déplacés.

Et lui qui était la voix de la raison, l'homme de la famille, chassa l'image ou la vision ou la peur ou le désir de voir des volatiles décoratifs tomber morts sur les pare-brise, sur les parapluies et les balcons, embrassa sa fille, puis son père, et dit :

Il fait un peu froid, vous auriez sans doute pu attendre encore, vous donner le temps, et eux ne dirent rien, ne se regardèrent pas, mais quelque chose changea, quelque chose d'imperceptible. Alors seulement il comprit. Non, ils n'auraient pas pu attendre, ni se donner le temps, et ils le regardèrent, sa fille et son père, sans rien dire, mais il sut qu'ils savaient, qu'ils ne lui diraient rien mais qu'ils savaient, et moins d'une semaine plus tard, sans prévenir, ou en apparence sans prévenir, son père était mort.

*

Alors seulement il découvrit la solitude absolue ; un isolement abject. Il s'enfermait dans ses chambres fortes, chez ses clients, il se roulait en boule sur une couchette, redevenait cet étudiant perdu qui n'osait quitter sa chambre car il ne comprenait pas, n'était pas sûr de comprendre, comment il fallait parler, se mouvoir. Il n'était pas sûr de savoir vivre. Louise lui aurait été une consolation mais une fille ne doit jamais être un refuge pour son propre père, croyait-il, et il ne voulait pas la contaminer de sa tristesse qui était davantage que de la tristesse. Il se tint à l'écart. Il passa des heures et des heures seul, sans bouger, sans penser à rien, vide. Il pleurait, mais toujours dans son sommeil, et s'il pleurait sur lui-même ou sur son père cela n'était pas sûr, ou plutôt cela revenait désormais au même. Soigne-toi, lui intima Albers, si tu veux revoir ta fille. Il vit une thérapeute, une femme compétente qui œuvra à le remettre d'aplomb, à en refaire un homme parmi les hommes, un chef d'entreprise, et il l'écouta docilement, mais tout le temps qu'elle parlait et qu'il répondait, avec difficulté, comme un enfant qui choisit ses mots, comme Louise en français – tout ce temps une partie de lui était en train de lui fracasser, à cette femme, le visage au marteau.

Il finit par prendre une chambre dans un hôtel Elisse, leur hôtel Elisse, la chambre 313 réclama-t-il avec une autorité qu'il n'éprouvait pas. Dans l'ascenseur tout lui revint, et dans le couloir, et devant cette porte où des choses se brisaient, des voix, des meubles, des os peut-être ; et certainement, son cœur. Il se laissa tomber sur le lit qui ne devait plus être le même, se glissa entre les draps qui ne devaient plus être les mêmes, et cette nuit-là, enfin, il eut contre le sien un corps qui le consolait de tout, le seul capable de le sauver de lui-même. Ainsi survécut-il, par la folie, à la folie.

Plus tard, il se demanda si c'était cette nuit-là, sous le couvre-lit imprégné, ou pas, de retardateur de flamme, dans la lumière des veilleuses, dans son délire de retrouvailles, qu'il était tombé malade.

*

Comme la plupart des pères, il essaya de défendre sa fille, et comme la plupart des pères, en fin de compte il échoua. Il ne put la protéger de tout. Du froid, oui ; et de la faim ; et de la maladie ; de certaines injustices et de certaines violences, oui. De certaines images. De certaines idées. Mais en fin de compte, cela ne suffit pas. Restait, comme toujours, l'imprévisible. Restait l'art. Restaient les crimes. Quand elle aura seize ans, se répétait-il, alors elle sera prête. Ce qui devait vouloir dire qu'il serait prêt, lui. Le monde, pourtant, n'attendait pas. Il y eut un moment déplaisant, à la sortie des classes, où il ne vit Louise nulle part et s'entendit dire, d'un ton enjoué, que sa mère était venue la chercher ; et Paul avait, de fureur et d'inquiétude, renversé une table, d'une main, comme si de rien n'était. Vous avez peur de moi et vous avez raison, dit-il, vous ne savez pas de quoi je suis capable. Il apparut qu'il s'agissait d'un malentendu et que Louise – la sienne – attendait à l'étude.

Il l'inscrivit dans une école hors de prix, une école privée où les élèves portaient des uniformes, et la première fois qu'il alla la chercher à la sortie des cours, devant cette déferlante de jupes plissées, de blazers, une angoisse sourde le saisit, Je ne saurai pas la reconnaître, je ne saurai pas laquelle elle est ; pourtant dans un groupe compact d'enfants il la repéra, elle qui l'avait déjà vu, depuis longtemps sans doute ; leurs yeux se croisèrent et il eut l'impression d'avoir surmonté une épreuve capitale, un obstacle à nul autre pareil, comme si, sans le savoir, tout, absolument tout ce qu'il connaissait de l'amour avait été mis en jeu. Et puis elle lui sourit, de loin, et s'avança vers lui, à pas mesurés pour ne pas, devant ses amies qui étaient à la fois moins et plus que des amies, paraître courir vers son père. Mais lui voyait bien ses genoux frémir d'impatience, d'amour, tandis qu'elle s'avançait vers lui. Enfin la bande parvint à sa hauteur, de futures femmes qui l'étudièrent en silence, à bien y penser c'était terrifiant, et Louise se tourna vers elles, d'une voix dont elle parvint de justesse, quand il posa une main sur son épaule, à contenir le tremblement : Voici mon père, dit-elle, car l'instant requérait toute la solennité dont elle était capable, elle, la nouvelle, celle qui devait faire ses preuves, se faire aimer, admirer, apprécier, et Paul détesta ces filles qui jugeaient la sienne, sans lui arriver en rien à la cheville. Quelle comédie. Mais il déclara, avec tout le sérieux possible pour l'amour de Louise, Mesdemoiselles, enchanté. Appelez-moi Paul, si vous voulez, et un frisson électrique parcourut le petit groupe – il ne sut jamais de quoi il en retournait, mais les fillettes regardèrent Louise avec approbation, et il la vit réprimer un sourire de triomphe, un simple sursaut de la commissure, il ne comprenait rien à ces créatures mais il comprit que le rapport de force avait changé ; et Louise lui tendit son cartable, et tournant soudain le dos à ces filles qui ne lui étaient rien et qui lui étaient tout, dit : Viens, Paul, rentrons vite, je n'en peux plus d'ici.

*

Elle posait des questions sur sa mère et la réponse était toujours la même : il l'avait connue à l'université, aux cours d'Albers (Albers était toujours Albers) ; ils s'étaient aimés ; elle était morte. Mais comment était-elle ? insistait l'enfant. J'aurais mieux fait de ne rien dire, pensa Paul. Une aventurière, disait-il. Ou : Une exploratrice. Ou : Du moins, une voyageuse. À chaque fois, Louise scrutait son visage, et plus d'une fois il lui sembla qu'elle n'écoutait pas du tout ses mots, mais cherchait sur son visage des indices, des preuves de mensonge, quelque chose qui vienne confirmer un doute, un soupçon.

*

Et puis elle eut douze ans et il lui sembla voir la bretelle myosotis d'un soutien-gorge disparaître précipitamment dans un tiroir ; soudain, elle fermait ses cahiers quand il arrivait, détournait l'écran de son téléphone quand il s'approchait, un garçon vint un jour, un être pâle, plus petit qu'elle d'une demi-tête, qu'elle contemplait de biais, entre ses cils, avec adoration – Quoi ! Cet avorton, cette créature délavée qui n'a pas l'air d'avoir jamais vu la lumière du jour, pensa Paul, mais enfin, ses oreilles sont translucides, s'indigna-t-il, et ses cheveux – du duvet ! Et ses tempes ! Si fines qu'elles semblent molles, et bleues, comme si d'une simple pression on pouvait lui enfoncer le crâne – du papier mâché – c'est lui, c'est *ça*, que ma fille, ma fille unique, au cœur puissant, infatigable, n'ose regarder en face ! et il les observa, impuissant, s'enfermer non pas dans sa chambre, cela il ne l'aurait pas permis, mais dans la pièce où il pensait que son père s'installerait, et qui s'appelait la pièce commune, qui pourtant n'avait plus rien de commun, puisque Louise ferma la porte en évitant de croiser son regard, une boucle brune en travers du visage – stratégiquement placée, Paul aurait pu en jurer, lui qui, soudain étranger chez lui, se trouva à rôder dans le couloir, dans son bureau attenant, On dirait un cauchemar, se dit-il. Je ne vais tout de même pas écouter aux portes, je ne vais tout de même pas écouter aux murs, il s'imagina ausculter la paroi armé d'un stéthoscope, pire, d'un vulgaire verre à eau auquel coller l'oreille pour amplifier les sons. Ce délavé ! Je suis sûr qu'il est asthmatique, pensa-t-il, il est incapable de quoi que ce soit, il mourrait défait par l'effort de sa propre érection. L'amour était un instrument d'optique, à moins que ce ne fût l'inquiétude, la peur, quoi qu'il en soit les visions les plus étranges en jaillissaient, jamais Paul ne s'était cru autant d'imagination. Jaloux d'un enfant blond, d'un garçon-net – un prématuré, j'en suis sûr, pensa-t-il, et ceci sans cesser de rôder, oui, rôder, c'était le mot, il n'y en avait pas d'autre. Il se découvrait des archaïsmes grotesques, Je ne vais tout de même pas être l'un de ces hommes obsédés par la virginité de leur fille, il envisagea d'appeler Albers, se demanda plutôt ce qu'elle ferait à sa place, fit irruption dans la pièce commune qui soudain ne l'était plus, assiette de biscuits dans la main gauche, la droite prête à arracher violemment le fluet du corps idéal de sa fille – et deux petites têtes se tournèrent aveuglé-ment vers lui, dodelinant sous le poids de leurs casques vidéo, assis sur le canapé à un mètre d'intervalle – trop loin pour que leurs mains se touchent – ces machines avaient toujours terrifié Paul pour l'air handicapé qu'elles donnaient au porteur, une excroissance mécanique, une sorte d'étau, bien sûr il savait que ce n'était qu'une impression, car à l'intérieur de cette coque en apparence inerte se nichait un autre monde, plus vaste que tout ce que l'on pouvait rêver. Lui-même jouait parfois, à des jeux violents qu'il cachait à Louise, des jeux où il cassait des cous à main nue, des jeux où il ne faisait pas de quartier à l'ennemi et où l'ennemi ne lui faisait pas de quartier et où le sang coulant d'une blessure à la tête teintait tout d'un voile rouge nauséeux ; et quand il s'imaginait, seul sur un canapé, en pleine nuit, arme inexistante au poing, couteau inexistant entre les dents, sursautant de surprise et d'excitation, il avait honte – mais pas autant qu'à cet instant précis, une main sous l'assiette de biscuits et l'autre prête à frapper, face à deux préadolescents jouant à un mètre d'écart, les yeux masqués, dodelinant sous le poids de leurs visions artificielles, et qui le regardaient sans le voir – à moins bien entendu que les machines n'aient, de lui, une perception autonome. Qui sait si les circuits n'étaient pas parcourus de pensées propres, à l'insu des enfants lovés dessous. Qui sait, en réalité, qui joue avec qui.

Oh pardon, dit Paul.

Il battit en retraite, se réfugia dans la cuisine, penaud – et se remit à tourner en rond. Il tenait trop, au fond, à sa peur, ou sa peur tenait trop à lui, et bientôt cela reprit – la petite hélice cauchemardesque, Mais qui sait ce qui se passe là-dessous ? Qui sait ce qui se passe là-dedans, dans cet espace dont on ne peut pas dire qu'il existe, mais dont on ne peut pas non plus dire qu'il n'existe pas ? Et si elle y était nue dans une baignoire et lui, nu pareillement, comme un ver ; et titanesque ; et dressé à hauteur de sa bouche ? Et si c'était ainsi que l'on fait l'amour aujourd'hui ?

Et, effrayé : Et si là-dedans elle était rousse ?

*

Elle eut quatorze ans et fit une fugue, qui n'était pas vraiment une fugue mais un malentendu, et contre toute attente Paul la retrouva dans la ville du grand-père, Mais enfin, Louise, ça ne va pas de ne pas prévenir ? Louise, bras nus, assise à un arrêt de bus, mangeait un triangle de pizza qui paraissait plus large que son visage et qui sans doute l'était, au moins avait-elle un livre à la main, ce qui arrivait rarement, Oh ça va, dit-elle la bouche pleine, de bonne, d'excellente humeur. Je suis venue voir si par hasard je croisais nos perruches. Mais je crois qu'elles se cachent, et Paul se demanda si, dans les deux ans qui le séparaient de la promesse qu'il s'était faite, elle comprendrait suffisamment de choses sur le monde, sur le possible et l'impossible, c'est-à-dire sur la violence et sur la cruauté. Sur le moment il se tut. Comme d'habitude, il se tut. Il lui donna son pardessus et elle fourra le mince volume dans sa poche à lui, où il le retrouva plus tard. C'était *La Vie V* de Nadia Dehr. Il le relut, le cœur battant, en cherchant l'arme du crime, le poème en raison duquel, croyait-il, Amélia l'avait quitté, la première fois, des années auparavant. En raison duquel elle lui avait brisé le cœur. Si la littérature pouvait changer le monde, cela se saurait, avait dit Nadia Dehr pour justifier son renoncement. Au bout du compte, elle s'était trompée, la littérature en était capable, puisqu'elle avait brisé le cœur de Paul, c'est-à-dire le monde de Paul, et qu'elle avait fait de lui l'homme qu'il était désormais. L'homme assis dans sa cuisine, qui relisait des vers plus vieux que lui, écrits par une femme morte depuis longtemps. L'échec de sa vie à lui, Paul, était le succès de son art à elle, Nadia Dehr. L'arme du crime, pensa-t-il obstinément, qu'il se souvenait avoir découverte dans une autre cuisine, celle d'Albers, tant d'années plus tôt. *Ce garçon est parfait, si seulement* – et comme il avait cru en mourir.

Ceci d'étrange cependant arriva qu'il eut beau lire et relire le mince volume, et le feuilleter, et même le secouer au-dessus de la table comme si l'art et le crime pouvaient en tomber comme une fleur mise à sécher, il ne retrouva pas, il ne retrouva jamais le poème en question.

*

Elle eut quinze ans et découcha et à trois, quatre heures du matin, il la chercha sur le GPS, chercha le point brillant qu'était sa fille sur le plan, qui la situait dans une zone de la ville où il n'avait pas mis les pieds depuis longtemps, dans un club qu'il ne connaissait pas et n'avait aucune raison de connaître. Il roula jusque-là en voiture, l'œil fébrile, posé, au risque d'un accident, sur le point bleu qui représentait Louise et qui semblait statique, mais plus il s'approchait et plus l'échelle changeait, comme s'il fondait sur elle depuis les hauteurs, et plus il s'approchait plus le point se précisait, et peu avant d'arriver il lui apparut qu'il bougeait en vérité, ce voyant, qu'il se balançait ou plutôt tournait sur lui-même, dessinant une sorte de huit ininterrompu qui est, pensa-t-il, le mouvement que font les pieds d'une toute jeune fille qui, bras tendus, fait l'avion sur la plage, ou le mouvement que fait le bassin d'une toute jeune fille amoureuse au lit, ou même le mouvement que fait la tête d'une toute jeune fille violentée dans un parking, et il était entré dans la boîte – Paul n'était pas de ces hommes auxquels on refuse l'accès – et l'avait cherchée des yeux, sous les néons, le cœur battant, et puis l'avait trouvée, au bar, une paille fluorescente à la main, esquissant dans le vide des motifs incompréhensibles à l'attention du jeune homme sur les genoux duquel elle était assise, et qui d'un talon pensif faisait tourner, sans doute sans s'en rendre compte, le tabouret qui les supportait tous deux. Un peu comme moi, se dit Paul, à la réception de l'hôtel Elisse, et il se sentit très vieux ; et sa fille pivotait elle aussi, parfois il voyait son visage, et parfois pas ; mais quand il le voyait, elle avait l'air heureuse. Un bonheur d'enfant irradiant de l'enfant qu'elle n'était pourtant plus – c'était beau à voir, ces deux moments superposés, la partie de sa vie qui finissait et la partie de sa vie qui commençait, aussi la regarda-t-il encore un peu puis, sans faire d'histoire, se contenta de remonter. Il attendit dans la voiture qu'elle ressorte à l'air libre, il la vit embrasser ce garçon, à moins qu'il ne se fût déjà agi d'un autre, car sous les néons et dans la rue ils ne se ressemblaient pas, n'avaient rien en commun ; il la vit, le visage éclairé par en dessous, commander sur son téléphone une voiture qui arriva deux minutes plus tard et, quand elle monta à bord, il la suivit. Un véhicule sans chauffeur, une toute jeune fille sur la banquette arrière ; derrière, à quelques dizaines de mètres, un véhicule avec chauffeur, personne sur la banquette arrière. En apparence, personne. Il entra dans l'appartement quelques minutes après elle mais déjà elle était dans sa chambre, déjà les pièces vides donnaient l'impression d'un sommeil prolongé, et il se demanda combien de choses, au juste, il ignorait d'elle. Plus qu'hier, se dit-il, et moins que demain. Il fit ce qu'il n'avait pas fait depuis longtemps, il alla la border. Quand il l'embrassa sur le front, ses lèvres sentaient la menthe mais ses cheveux sentaient la nuit, une allégresse et une ardeur à laquelle lui, son père, ne pouvait prendre part, dont il était désormais réduit à renifler les signes sur sa peau, sur ses manteaux et le rebord des tasses où depuis peu elle laissait, de temps à autre, les traces d'un rouge à lèvres qu'il ne devinait jamais sur son visage.

*

Je hume ses écharpes, je hume son cou, l'autre jour je me suis surpris à renifler sa brosse à dents. Parfois j'ai l'impression d'être un chien, dit-il à Amélia. C'était ridicule, après tout ce temps il ne pouvait s'empêcher de lui parler. Si elle avait été là ils auraient ri, et chacun aurait été soulagé du désarroi de l'autre. Parfois, de façon plus surprenante, Amélia répondait. Il y a toutes sortes de transports, dit-elle, d'un point A à un point B. De l'intérieur à l'extérieur, ou de l'extérieur à l'intérieur, ou du cœur à la tête, ou de la tête au cœur, et enfin dans les mains. Il faut que ça circule, Paul, fiche-lui un peu la paix – et quand elle intervenait de la sorte il l'imaginait telle qu'il l'avait aimée, telle qu'elle était lorsqu'il avait construit sa vie entière, celle qu'il vivait à présent dans son absence, pour la voir passer, simplement passer, dans le soleil et l'une de ses chemises, pieds nus sur le parquet. Un instant, un mercredi en fin d'après-midi, lumière rasante, cheveux embrasés. Quelque chose qu'elle n'avait pas su ou pu ou voulu reconnaître pour ce que c'était : un engagement, une douceur, la possibilité d'une existence parmi les siens.

Le danger ne viendra pas de là où tu crois, se disait Paul. En même temps, le danger viendra exactement, *exactement* de là où tu crois.

*

Les filles disparaissaient. Il sévissait une hémorragie, non, une évaporation d'adolescentes, un soir elles se couchaient dans leur lit et le lendemain n'y étaient plus ; elles s'effaçaient. Parfois, on retrouvait une fenêtre ouverte. La pluie entrait alors dans les chambres roses et blanches, c'est la première chose que l'on remarquait, que remarquaient les pères, cette confusion entre l'intérieur et l'extérieur, mortelle et pourtant belle, pourtant séduisante – la pluie sur la moquette. Comme si elles s'étaient changées en eau. Et la pluie par ailleurs effaçait toutes les traces. Un couvre-feu fut instauré, sans grand impact sur la vie que menait Louise. Des filles disparaissaient, une épidémie de fugues ou peut-être d'enlèvements – mais plus probablement de fugues. Il était rare pourtant que manquassent des effets personnels, sinon un manteau. Elles partaient sans rien mais presque jamais sans manteau.

Je voudrais que tu rentres directement, dit Paul à sa fille, je n'aime pas ça, je n'aime pas ça du tout. Elle leva les yeux au ciel, parfois elle ressemblait tant à Amélia que c'était insupportable, mais jamais autant que lorsqu'elle s'éloignait. Papa, arrête. Une rumeur, ce n'est pas un crime.

Ce n'est pas non plus un art, faillit-il lui répondre, se ravisa. Dans les lycées, on ne parlait que de cela, frénétiquement, jusqu'à l'hallucination. Paul s'en enquit auprès de Louise et Louise le soupesa du regard, comme si elle se demandait de quelle étoffe il était vraiment fait et ce qu'il était capable d'entendre. Oui, admit-elle enfin. Une femme, parfois à l'extérieur, parfois à l'intérieur – comment elle entre, on l'ignore – elle est là, elle ne fait rien, elle te regarde dormir jusqu'à ce que, à les en croire, tu disparaisses.

Toi, tu l'as déjà vue ? demanda-t-il.

Louise le toisa, longuement, sans répondre.

Allons, Papa, finit-elle par lâcher. Ne fais pas l'enfant.

*

On se croit prémuni, extérieur à tout rapport de force dont on n'a pas soi-même conscience. Pourtant, il y a fort à parier que l'on en bénéficie. C'est-à-dire que cette force, dans l'inconscience de laquelle on évolue, il est possible, il est probable qu'en vérité on l'exerce. Voilà ce que Paul comprit un matin, parce qu'il n'avait jamais peur pour lui-même mais toujours pour Louise, Louise et ses amis, Louise et son amoureux de cellophane, qui n'étant pas son amoureux avait fini par conquérir la sympathie réticente de Paul, toujours horrifié de sa fragilité, réelle ou fictive – un être si vulnérable d'apparence qu'il semblait inflammable ; transparent et inflammable ; comme une plante qui a poussé au fond d'une cave. Comment ses parents l'autorisaient-ils à sortir, comment l'autorisaient-ils ne serait-ce qu'à se rendre d'un point A à un point B – sans parler des manifestations auxquelles ils allaient, ces enfants qui n'en étaient plus réellement, de grandes, d'immenses houles humaines qui terrifiaient Paul ; bien entendu, il était difficile, impossible de le leur interdire, pourtant Paul essaya. Ça dégénère trop facilement, Louise, c'est le chaos ; et Louise qui lui arrivait à l'épaule le regarda de haut, de très haut, d'un point de vue qui semblait plongeant et solaire et impitoyable ; le regarda avec amusement et pitié, oui, une sorte de pitié cruelle, qu'il trouva injuste, imméritée, il ne comprit que plus tard, trop tard : le chaos, c'était elle.

*

Il la reconnut sur l'une de ces vidéos amateurs où l'on pense d'abord qu'on ne verra rien ou que tout ce qu'il y a à voir, c'est le tremblement de qui tient la machine. Albers, je vais avoir le mal de mer, se plaignit-il. On ne voyait rien d'elle si ce n'est un bonnet, un foulard au travers du visage ; rien, en apparence, à quoi la reconnaître ; un long bras, fin et fort et ganté, et au bout de ce bras un projectile, qui fut jeté avec soin et pourrait-on dire avec art, car si lancer une balle est un sport, et jeter une bouteille de champagne contre un miroir, un passe-temps, que penser de ces cocktails dits molotov qui percutent un véhicule et seulement alors, comme par l'effet de la pensée, explosent et s'enflamment ? Bien entendu il ne dit rien à personne. Bien entendu il lui en parla à elle, seulement, Mais enfin Louise, ça ne va pas ? Tu as complètement perdu la tête ? Elle haussa les épaules. Je te trouve bien hypocrite, répliqua Louise ; bien donneur de leçons, pour un type qui a défoncé un palace. Ne nie pas, je t'ai vu. Et en autrement plus mauvaise posture, qui est-ce d'ailleurs, cette pétasse que tu baises ? C'est ta mère, répondit Paul, sans émoi apparent. Louise partit en claquant la porte. Dès qu'il le put il chercha ces images, la preuve que ce qui avait eu lieu avait eu lieu. Il ne reconnut rien. Leur jeunesse, c'était tout ce qu'on voyait, tout ce qui crevait les yeux. Une jeunesse insensée, aveuglante, folle, qu'il ne s'imaginait pas avoir vécue. Pourtant son corps se souvenait. Son corps se souvenait de tout.

*

Paul faisait comme si de rien n'était. Mais prospérait. Il embaucha une personne, puis cinq, puis dix. Sur les écrans, petits et grands, le monde flambait, le monde se fragmentait et se divisait et un jour Louise le regarda d'un air insolent et dit, Mais qu'est-ce que c'est, à la fin, cette balkanisation dont tout le monde parle ?

Louise et son ami David grandirent dans une ville terrifiée, paralysée par son propre reflet, morcelée sur une multitude d'écrans de surveillance, dont aucun pourtant ne sut prévenir les attaques foudroyantes, un camion lancé dans la foule, un homme flambé à l'essence dans une salle de cinéma. Une explosion en pleine ville – peut-être un engin placé là des jours, des semaines plus tôt, à la faveur d'une location saisonnière. En toute chose ces jeunes gens apprirent à voir, d'abord, la menace qu'elle présentait, et ainsi lorsque Paul et sa fille dînaient, fourchette en main, l'un voyait un ustensile et l'autre, une arme. Pourtant, dans cette ville qui n'était plus sûre, persistaient à affluer de nouveaux venus, qui fuyaient quelque chose, au sud, de bien pire, de bien plus tangible et dangereux, troquant la certitude d'une mort innommable pour, découvraient-ils, l'incertitude d'une vie innommable. Le père avait désormais le choix de ne pas le voir, de ne pas le comprendre : la ville s'était divisée pendant qu'il était ailleurs, pendant qu'il poursuivait ses ambitions, pendant qu'il rêvait d'Amélia Dehr. Divisée, d'une part ce qu'elle avait été et semblait s'obstiner à être : une ville-lumière, immobile, une capitale de l'opulence ancienne. Et d'autre part une ville nouvelle, légère et flottante et misérable et endurante, vivace, résolue à survivre. Une ville dans la ville, dans les interstices, les ombres, les failles. Des abris de fortune. Des matelas sous les escaliers, sur les toits. La cité des chats devenue celle des désespérés, pleine d'espoir pourtant, un espoir lui aussi léger et flottant et misérable et endurant, une architecture de rien, pauvre et fragile, et pourtant vivante. Vivace. Un plan chaque jour renouvelé, qui nuit après nuit dessinait la carte des abandons, des violences. Le plan au sol des promesses non tenues. Et ceci d'étrange arrivait que chacune de ces deux villes, de ces deux faces de la ville, craignait l'autre et s'en croyait assiégée. Et ainsi la ville se retournait contre elle-même. Comme si, des doigts de la main droite, elle cassait ceux de la main gauche.

Ainsi Louise grandit dans un état d'urgence, mais il s'agissait d'une urgence molle, indéfinie, permanente. Tout était un danger potentiel, les identités et les allégeances n'étaient pas fixes, un jour on pouvait être un citoyen et le lendemain, un ennemi. L'autorité était volatile, la violence était volatile, les forces de l'ordre apparaissaient et disparaissaient avec facilité et, même, une sorte de grâce ; un jour des hommes armés étaient partout, dans les rues, devant les écoles, et le lendemain ils avaient disparu pour resurgir ailleurs. Les armes étaient nouvelles également, leur légèreté présentée comme un humanisme quand, simplement, elles évoluaient, s'adaptaient, devenaient plus précises et donc plus redoutables ; et ces armes nouvelles, c'est sur la population qu'on les testait, sur la ville dans la ville, sur les citoyens dans la cité, des canons à eau plus souples et plus maniables qui la nuit dispersaient les abris de fortune et le jour les lycéens en colère : des jets puissants, qui puisaient au système souterrain de la ville pour la mater, qui laissaient sur les cuisses et les ventres des bleus qui finissaient par jaunir puis s'effacer ; des armes dites non létales aux noms d'avenir, étranges et poétiques, *foudroyeurs* et autres *impulsifs*, noms que personne n'utilisait en réalité, qui électrocutaient leur cible ; et, tout de même, cette passion des forces armées pour les infrastructures qui faisaient l'âme de la cité, l'eau, l'électricité, et que l'on retournait contre ceux-là mêmes auxquels on était tenu, ou aurait dû être tenu de les fournir – tout le confort moderne au service de la répression. Du moins était-ce l'évangile selon Albers.

Des pionniers, ces adolescents, Louise et son ami David, et l'ensemble des manifestants. Des chercheurs ; expérimentant avec leurs droits, avec leurs devoirs, en quête d'un monde nouveau ; comme des chimistes. Et comme des chimistes lors d'un accident de manipulation, lors d'une rencontre avec la réalité du pouvoir et de l'urgence, c'est la main et l'œil qu'ils perdaient le plus souvent, qu'ils perdaient en premier, avant de perdre tout. Main et œil, c'étaient les blessures les plus fréquentes, celles dont la menace empêchait Paul de trouver le repos. Os tendres, carpes, métacarpes, écrasés sous une botte, brisés d'un coup de matraque télescopique ; rétines décollées sous l'impact de projectiles non métalliques, cornées brûlées aux gaz anti-émeute. Main et œil : cocktails molotov maladroitement lancés, projetés trop tard, à un angle ingrat, certaines blessures à l'image de certaines vies sont un drame du contretemps. Déchiquetés, ensanglantés, les organes premiers de la rencontre avec le monde, les organes premiers de la révolte. Si la pensée résidait dans la tête et l'amour dans le cœur, la soif de justice et de reconnaissance avait, elle, pour sièges jumeaux et complémentaires, la main et l'œil.

Mais eux aussi innovaient ; s'adaptaient ; et leur outil premier, leur première conquête, à ces jeunes gens tristes et rêveurs et peut-être violents, était le camouflage, élevé parfois au rang de science. Comment traverser une ville surveillée en permanence sans se faire remarquer – Louise en parlait volontiers, discourait avec l'éclat de la vie et de la santé, quelle inventivité, se dit Paul. De l'invisibilité considérée comme l'un des beaux-arts ; et quelle naïveté, quels enfantillages, il pensait à la puce dans le bras de sa fille dont il ne lui parlait pas, dont elle ne lui parlait pas, dont elle ignorait l'existence.

Elle grandissait. Il vieillissait. Peu à peu le monde qu'il connaissait se transformait en celui qu'il ne connaissait pas.

*

Si tu vois la caméra, la caméra te voit. C'est le regard qu'elle reconnaît, l'espace entre les sourcils, le nez, la bouche, lui expliqua Louise, alors tu comprends, le plus simple c'est encore de ne pas la regarder dans les yeux. Le plus simple, c'est encore la casquette, dit Louise de sous la sienne, corail, BALLROOM MARFA en petites lettres bleu clair, que Paul lui faisait enlever aux repas, Albers non. Elle n'était jamais allée à Marfa, qui se trouve dans le désert américain, et où il n'y a pas à proprement parler de salle de bal, à moins bien entendu que sautiller entre les scorpions soit une danse à part entière. Il ne faut jamais croiser son regard, il ne faut jamais la regarder de face, jamais dans les yeux. Papou m'avait appris la même chose de certaines bêtes sauvages, dit Louise, et le cœur de Paul se serra involontairement, ce que son père ne lui avait jamais dit lui manquait. Le plus simple, c'est encore les lunettes miroir, déclara Louise, ses solaires d'aviateur sur le nez, qu'Albers lui faisait enlever dans l'appartement, Paul non. Car ainsi la caméra ne te voit pas, elle se voit elle. Elle se regarde, elle se perd, la caméra ne sait pas qu'elle est une caméra et elle tombe amoureuse d'elle-même, expliqua Louise ; pareil pour les drones. Papou m'avait appris la même chose de certains démons, et Paul aurait voulu lui enlever ses lunettes pour voir si elle plaisantait, il lui semblait que oui, mais tout ce qu'il voyait c'était lui-même, curieusement déformé, curieusement distant, comme si sa main, devant lui sur la table, et le couteau qu'elle tenait, étaient dans le présent ; mais tout le reste de sa personne, son torse, son visage (son cœur, sa tête), eux, étaient loin, rétrécis, perdus dans le passé.

En manifestation les masques à gaz sont bien, pour des raisons évidentes d'hygiène et d'anonymat, mais comme ils fouillent les sacs il faut les cacher dans son dos. Dans la vie de tous les jours les capuches sont bien aussi, ajouta Louise deux jours plus tard, en remontant celle de son sweat-shirt molleton ; et Paul fut ravi et amusé et un peu inquiet de constater que, près de l'ourlet, là où pousseraient les cornes si elle était, mettons, un diablotin, elle avait brodé deux ronds bleus dans deux navettes blanches, des spirales de fils, non, des hélices de fils ; azur et nacre ; des formes enchâssées qui pouvaient être cela, des formes, mais qui pouvaient aussi être des yeux, de grands yeux levés, qui se posaient ou paraissaient se poser sur les engins qui désormais se trouvaient partout entre le ciel et eux. Comme certains poissons, pensa Paul. Comme certains oiseaux. De faux yeux qui leurrent les prédateurs, font paraître l'animal plus grand qu'il ne l'est, détournent l'attention, protègent les vraies prunelles. Le camouflage est l'arme des plus petits et des plus vulnérables, son cœur se serra, son cœur n'en finissait pas de se serrer, il finirait par ne plus rien en rester, se dit-il.

Habile, fit-il, faussement léger, et la réponse habituelle lui vint, Pas mal non, c'est Papou qui m'a appris – Combien de vies, se demanda Paul, peut-on vivre en une seule ?

Et puis d'autres choses, des foulards sur lesquels était imprimée la moitié inférieure d'un autre visage, comme dans ces jeux pour enfants où l'on peut combiner, recombiner interminablement toutes les possibilités de l'espèce humaine ; et des faces d'animaux, de renard ou d'oiseau, comme si l'espèce évoluait d'abord ainsi, dans la fantaisie, se préparant pourtant ; s'apprêtant à basculer dans ce qu'elle n'était pas, pas encore. Et ceci aussi était, se disait Paul, un jeu pour enfants, un jeu d'enfants, Louise et Le Délavé et d'autres encore étaient la relève, étaient la réaction, à peine quelques années de moins et ils auraient cherché le plus possible à s'inscrire dans l'espace collectif du nuage, à s'y vaporiser, essaimer leur présence sous forme de photographies et d'autoportraits et de vidéos, s'adonnant en professionnels à la documentation incessante de leurs vies. Mais pas eux. Au début leurs parents s'en félicitèrent.

*

Et puis elle eut seize ans et il fut temps. Les odeurs ténues qui émanaient d'elle se mirent à changer, elle sentait des choses qu'il ne connaissait pas, des mélanges inconnus d'alcools connus, des produits chimiques à l'arôme de propre qui lui donnaient l'air absent, maintenant quand elle tardait et qu'ils vérifiaient sur l'écran, pour se rassurer – juste pour se rassurer – elle n'apparaissait plus dans des boîtes de nuit ni dans des bars mais parfois, ce qui était étrange et peut-être plus inquiétant, dans des jardins publics alors que les jardins publics étaient fermés, ou dans des musées alors que les musées étaient fermés, ou – Je crois que ça ne marche plus très bien, ce truc, dit Albers en secouant son téléphone – dans des zones sans nom qui étaient des terrains vagues, de futurs quartiers résidentiels ou des bâtiments en construction qui, eux, n'avaient jamais été ouverts. Écoutez, laissons-la vivre, disait Paul, parce qu'il se souvenait de ses seize ans, lui aussi traînait, rôdait, lui aussi enjambait des barrières et escaladait des grilles, dans des endroits autrement plus dangereux, et cela lui faisait battre le cœur et il aimait la façon dont son cœur battait, la vérité c'était que seules la transgression et Amélia lui avaient donné le sentiment de vivre vraiment, de vivre enfin. Et Louise avait le cœur de son père. Je ne la reconnais plus, se plaignait Albers ; elle va, elle vient, j'ai l'impression d'être face à une étrangère, et Paul par diplomatie opinait, mais la vérité c'est que lui se retrouvait ou croyait se retrouver en sa fille.

Parfois elle rentrait et elle sentait les embruns, les dunes ; la mer était pourtant si loin. Parfois elle rentrait et Paul la suivait de pièce en pièce à ce qui s'échappait de sa semelle, ces tennis pneumatiques qui avaient sa faveur mais dont les bulles d'air crevaient, s'emplissaient d'un sable dont on ignorait l'origine ; et une fois elle rentra et ses lèvres qui semblaient maquillées étaient à vif, rouges, meurtries, et ses paupières bordées de rouge, et elle sentait l'essence.

Viens voir, Louise, je voudrais te parler. Tout était là – seize ans pour trouver les mots, seize ans pour tout mettre en ordre, pour archiver et distiller sa propre vie, n'en garder que l'essentiel, l'inventer au besoin. Le plus drôle ou le plus étrange ou le plus triste, c'est qu'au bout de seize ans il n'en restait que quelques phrases. Des mots simples, qui franchissaient chaque jour les lèvres de chacun, ou auraient dû franchir chaque jour les lèvres de chacun. Deux phrases, mais elles étaient vraies. Cela il le savait. Comme il savait qu'il était temps.

Plus tard, Papa, dit Louise, et elle referma sa porte.

*

Le lendemain, elle l'appela, il vit son nom s'afficher à l'écran. Elle s'est souvenue que je voulais lui parler, pensa-t-il, son cœur de père battit d'espoir. Il savait que c'était elle, pourtant il n'entendit qu'une sorte de cri ou de gémissement ou de pleur, un simple appel animal, Papa, et lorsqu'il arriva, elle était à genoux devant Albers, couverte de sang, couvertes de sang toutes les deux. Elle avait essayé de sauver ce qui, Paul le vit au premier regard, ne pouvait, n'aurait pas pu être sauvé. Elles avaient commandé à manger, mais ce qui était arrivé c'était l'irruption de l'irréel dans le réel.

À moins que ce ne soit l'inverse, pensa Paul, sous le choc. À moins que ce ne soit ceci, le réel – une vieille femme, un trou dans la poitrine, un trou dans le front, et Louise couverte de sang frais.

Des commotions, des traumatismes, germent d'étranges pensées, et voici ce qui vint à Paul lorsqu'il prit sa fille bien-aimée dans ses bras, comme si un père pouvait vous sauver de l'horreur du monde – Si elle avait davantage ressemblé à sa mère, se dit-il, même ses cils seraient rouges, teints de ce qu'on ne devrait jamais voir. Tout ce sang. Pauvre chère Albers, pauvre chère vieille cervelle, pauvre cher vieux cœur.

Dire qu'elle a passé sa vie à se demander ce qui meurt, dans une ville qui meurt de peur.

*

Peu après il se réveilla en pleine nuit car il lui sembla distinctement entendre une voix de femme demander : Où est-elle, Paul, elle n'est pas rentrée, quelque chose ne va pas. Il se connecta à l'écran sur lequel il surveillait sa fille, le cœur étreint d'un étrange pressentiment, presque certain qu'il ne verrait rien, qu'il n'y avait plus rien à voir. Mais non, le voyant bleu était bien là, Louise était bien là, au début il ne comprit pas ce qui là-dedans sortait de l'ordinaire, ce qui expliquait la précipitation et la panique de cette partie de lui qui était, ou n'était pas, sa meilleure moitié ; ni cette intrusion tardive, Mais regarde ! s'emporta-t-elle, *ouvre les yeux* – oui, il y penserait souvent, à cet ordre, *ouvre les yeux*, et c'est ce qu'il fit, il ouvrit les yeux et regarda. Alors il vit cette chose étrange, sa fille – le voyant bleu qu'était sa fille – se déplacer sur le plan de la ville d'une manière qui défiait l'entendement. Elle traverse les murs ! pensa Paul. Ce fut la première idée qui lui vint et au début la seule. Elle traverse les murs. Le voyant bleu faisait fi des rues, de leurs angles, de leurs directions. Louise coupait au travers du tissu urbain. Au travers des immeubles, au travers, même, des chambres fortes, les murs ne l'arrêtaient plus, la matière ne l'arrêtait plus, elle filait à toute allure, sa fille, sa somptueuse fille qui avait raison de la ville, un émerveillement le saisit. Elle vole, se dit-il.

Louise était partie sans rien mais pas sans manteau, et le signal étrange qui se déplaçait selon des lois surhumaines ou inhumaines, il finit par le trouver – un geai des chênes, un petit oiseau au plumage brun-rose, à la queue noire, mais son aile – le bord de son aile était bleu, d'un bleu plus beau et plus vivant et plus complexe que tout ce qui pourrait jamais apparaître sur un écran de surveillance, ce sont des oiseaux des champs qui, bien que craintifs, ont réussi à s'acclimater à la ville, des oiseaux qui vivent en couple pour la vie mais celui-ci était seul, soit qu'il ait perdu son autre soit qu'il ne l'ait pas encore trouvé, et Paul contempla le volatile dans la cage minuscule posée sur le bureau de l'agence privée de surveillance, Voilà dit son interlocuteur. Et Paul, assommé, était parti, cage à la main, sur laquelle il avait jeté sa veste de peur que l'oiseau ne supporte pas le froid, la lumière blême des lampadaires, C'est idiot, se dit-il en frissonnant, il en vient, de ce froid, de cette lumière. C'est idiot, mais il ne se couvrit pas pour autant.

Il trouva dans son armoire, sous des habits depuis des années trop petits pour elle, une compresse. Sur celle-ci, du sang, déjà séché, des taches couleur rouille dans lesquelles le père éploré tenta de lire quelque chose, un mot d'amour, une promesse ou une carte au trésor, mais de tout cela, il n'y avait rien. Un vague relent d'alcool à désinfecter, déjà évaporé. Elle avait dû s'entailler dans la salle de bain, muettement, en veillant à ne pas crier, elle avait dû chercher du bout de la lame le corps étranger, le parasite en raison duquel elle ne s'appartenait pas, n'était jamais pleinement contenue en elle-même ; et une fois qu'elle l'avait trouvé elle l'avait, de son bras valide, jeté par la fenêtre. Voilà quel était le scénario privilégié. Elle l'avait jeté par la fenêtre ou alors, voici ce que Paul voyait quand il fermait les yeux, elle avait tendu la main dans la nuit et attendu, patiemment, le temps qu'il fallait, qu'une petite créature affamée brave tous ses instincts de survie et de sécurité pour venir manger, dans sa paume, cette graine d'où la ville entière avait germé, la ville et son cœur secret, Louise, et d'où plus rien désormais ne pousserait.

Elle était partie avec les autres. Avec ces colonnes de jeunes gens tristes qui ne se reconnaissaient pas dans le monde tel qu'il était, qui prenaient leur manteau un soir et qui filaient, où on ne sait pas. Si le monde est grand on ne peut pour autant en sortir, et Paul pensait à eux, à sa fille parmi eux, dans les forêts peut-être, ou plus certainement dans les villes, les villes de ce siècle et du dernier, et son cœur était brisé mais il comptait sur elle pour survivre, sur son cœur infatigable, ses longs muscles, le couteau qu'il n'avait jamais retrouvé car, savait-il, elle avait eu la présence d'esprit de l'emporter avec elle, Louise était partie sans rien mais pas sans couteau.

La nuit, dans son sommeil qui ne venait plus, il savait la vérité : Amélia était venue chercher son dû. Son enfant, la fille qu'il avait tenté par tous les moyens de lui soustraire. Il savait que c'était dans l'ordre des choses. Dans l'ordre de la nuit. Qu'il payait pour ses trahisons.

Veille sur elle, pensa-t-il. Je t'en prie, veille sur elle.

3.

Louise se souvient de son enfance comme d'une histoire dont certaines parties, pourtant cruciales, lui auraient été racontées dans une langue étrangère, ou durant son sommeil ; les épisodes se superposent et parfois se contredisent, la chronologie n'est pas respectée, elle n'a jamais connu sa mère mais est sûre d'avoir connu sa mère, et quand elle pense à ces années longues, interminables, qu'elle a vécues avec Paul, il lui paraît parfois penser à un conte. À l'une de ces formes enchanteresses, envoûtantes, dont on n'est pas sûr, pourtant, de savoir dans quelle mesure ou comment elles vous concernent. Il y a là-dedans un danger, qui n'est pas celui qu'on croit ; un message, qui demeure dissimulé ; et cette architecture merveilleuse, celle qui tient les fillettes éveillées dans leur lit et les pères absorbés à leur chevet, celle qui est un espace pour être ensemble en une époque et un temps indéfini (ensemble dans la forêt ! mais aussi dans son lit) – cette architecture est peut-être, en vient à penser Louise, celle d'un immense trompe-l'œil, voire, qui sait, celle d'un piège. Il était une fois un père et sa fille, il était une fois Paul et Louise et leur monde, leur monde merveilleux, était organisé entièrement, entièrement construit sur une menace, autour d'un vide central, et elle ne le savait pas ou le savait sans le savoir. Pourtant elle se souvenait de tout.

Elle a grandi protégée du monde. Elle a grandi en sécurité, dit Paul, *dans la sécurité*, pense Louise, car ce que son père ne sait pas, ne comprend pas, c'est que le mal circule, qu'il s'infiltre partout et touche le cœur de toute chose. Nous n'avons pas besoin des autres – nous n'avons besoin de personne, disait Paul, et durant des années Louise l'a répété, Nous n'avons pas besoin des autres. Maintenant elle n'était plus si sûre. Dans le monde tel qu'il était, tout le reste comptait également, tous les autres, car pour qu'ils puissent être parfaitement ensemble, le père et la fille, il fallait de la justice et il fallait, il aurait fallu, que l'extérieur ne soit pas cet endroit sombre et sauvage qu'il était devenu ou qu'il avait toujours été. Et l'extérieur aussi s'infiltrait, une confusion mortelle entre le dedans et le dehors qui était pour elle, pour Louise, cette chambre forte entre deux murs, cette pièce qui aurait dû résister à tout mais où on n'allait pas, deux mètres carrés soustraits au reste de l'appartement et de leurs vies, entièrement voués à la catastrophe. Du couloir elle était insoupçonnable, mais Louise savait qu'elle était là, et comme dans un conte la pièce secrète hantait ses rêves. Et comme dans un conte il lui fallait tout perdre, son père, sa ville et même son reflet, il lui fallait traverser le globe et s'aventurer dans ses zones les plus indéterminées qui étaient aussi les plus sanglantes, pour parvenir à pousser une porte qui n'était pas une porte mais un mur, auprès duquel elle avait grandi. Qu'elle voyait de son lit. Ainsi n'était-elle pas partie avec les autres, avec ces cohortes de jeunes gens tristes, ceux qui rêvaient d'ailleurs, ceux qu'elle rejoindrait plus tard – plus tard, si elle survivait à son voyage.

*

La ville de demain, disait Albers, que Louise était à la fin la seule à écouter – cette femme à l'intelligence supérieure, cette femme généreuse qui avait passé sa vie, pourrait-on dire, cerveau à l'air jeté en offrande ou en spectacle ou en pâture à des générations d'étudiants – la ville de demain serait une ville déserte, désertée, une ville où personne ne sort passé la tombée de la nuit et où tournent pourtant, en permanence, des caméras de surveillance ; ou alors une ville achevée, entièrement sortie de terre en quelques semaines, un centre marchand, des quartiers résidentiels, mais où personne, jamais, ne viendrait vivre, et qui n'a de vivable que l'apparence – pas d'eau, pas d'électricité, un projet de promoteurs abandonné, surgi au milieu de nulle part et rendu au rien ; ou alors une ville vide, en raison d'un épanchement mortel de gaz ou de poison, tous les habitants en sont morts, ou partis ; ou une ville immergée, entièrement plongée sous les eaux d'un réservoir ou d'un océan qui, à la faveur du réchauffement, de la fonte des glaces, monte, n'en finit plus de monter. Ou une ville qui n'a de ville que le nom car elle est depuis si longtemps pilonnée, bombardée, que rien de vivant n'y subsiste ni n'ose s'y aventurer, si ce n'est peut-être les drones qui se glissent dans les rues en ruine et les immeubles en ruine et les chambres en ruine pour nous montrer ce qu'est un monde sans hommes, qui est pourtant le monde des hommes, entièrement de leur fait et de leurs désirs sombres.

Voici ce qu'ils n'avaient pas compris, pas voulu comprendre. La ville de demain, disait Albers, est une ville fantôme.

Et c'est vers cette ville défaite que Louise allait. Son père avait voulu la protéger de tout mais voici ce qu'il n'avait pas compris, ce qu'il n'avait pas voulu voir : où qu'elle fût, Louise avait grandi parmi des images d'effondrement et d'explosions, ou de ruine et de mort, ou de débris et de fuite. Elle n'était jamais dans une pièce sans écran, et qui disait écran disait décombres. Visages couverts de sang et regards vides, rues refermées comme des pièges, bombardements verticaux ou charges horizontales, si le monde est grand on ne peut pour autant en sortir.

Et aujourd'hui Louise franchissait les mêmes frontières que ces cohortes d'hommes, de femmes et d'enfants fuyant quelque chose qui était au-delà des guerres que l'on avait connues, au-delà de la mort même que l'on croyait connaître et qui se révélait un état plus subtil que cela, des colonnes désespérées de vivants dans le cœur desquels quelque chose était mort, ou de morts dans le cœur desquels quelque chose était vivant, c'était cela, cette ambiguïté, la grande découverte du siècle ou la grande découverte de Louise qui traversait les mêmes lisières, les mêmes lignes qu'eux. Mais seule. Mais en sens inverse.

*

Pour arriver dans ce pays dont les frontières bougeaient alors au jour le jour, se dilataient et se contractaient comme un cœur affolé, il fallut prendre deux avions. De l'un à l'autre Louise lut, du début à la fin, le hors-série d'une revue de vulgarisation scientifique – le genre qu'appréciait Paul. Elle la lut avec application, page à page, comme si elle accomplissait une sorte de rite. Le numéro était consacré à la mémoire. Il en ressortait que les souvenirs ne sont pas uniques. Ils vivent en plusieurs endroits, dans cette zone du cerveau qui est *ici, maintenant,* mais aussi dans celle qui est à la fois le passé et l'avenir, qui est le passé *pour* l'avenir, et ainsi chaque souvenir est double. Au moins double. Bien sûr, cette découverte avait nécessité une certaine violence, qui prit la forme (Louise n'était pas sûre de bien comprendre) d'électricité ou même de lumière, oui, peut-être d'un simple rai de lumière dirigé sur cette matière grise, destinée pourtant à l'obscurité parfaite, à l'abri de l'os épais du crâne. Car il semblait bien que c'était la lumière, une aiguille immatérielle de jour, qui permettait d'activer, de désactiver certains souvenirs ; et l'on pouvait ainsi revivre ou faire revivre, *ici, maintenant,* certains chocs, certaines brutalités, ou les oublier et les faire oublier, sans qu'à long terme la mémoire en fût compromise. En raison de cette double place, de cette double vie, crut-elle ou voulut-elle comprendre, il est possible à la fois de se rappeler et de ne pas se rappeler. Ce qu'elle était sûre en revanche de saisir, c'est que les souvenirs en question, ceux qui avaient permis cette belle, cette élégante percée, étaient des souvenirs de peur. Brièvement elle se demanda ce qu'en pensaient les pionnières, ces souris terrorisées par électrocution et sommées ensuite de revivre cette terreur, réactivée dans leur cerveau par un rai de lumière savamment dirigé.

Pourquoi venir, elle, pourquoi s'infliger cela ? Un exercice de deuil particulièrement élaboré, un rituel barbare qu'elle allait rejouer sans le savoir. Elle ferma la revue. Elle ferma les yeux. Ce ne serait pas vain pour autant, se dit-elle, car au bout de ce genre de rites, s'ils sont menés à bien, il n'est pas rare que l'initié trouve une présence. La paix ou une présence. Peut-être cela revient-il au même. Il n'est pas rare non plus que l'initié meure durant le rite, se dit-elle les yeux toujours fermés, car ces cérémonies sont incompréhensibles et souvent violentes.

Une très jeune femme, dans un pays en guerre. Une très jeune femme dans une ville fantôme, cherchant la mère dont on lui a toujours dit qu'elle était morte.

*

Mon cher Paul,

Pardonne-moi de t'écrire, il me semble que nous en étions convenus autrement, mais à force d'espace et de temps parfois je doute de ce que je sais avoir eu lieu. Parfois, sous ce qui a eu lieu, il me paraît y avoir autre chose. Je crois que c'est cela que l'on appelle un repentir, même cela je l'oublie, les mots m'abandonnent comme les feuilles quittent l'arbre, et je ne te cache pas que c'est un soulagement.

Sache que d'hôtel Elisse en hôtel Elisse on peut faire le tour du monde, sans jamais rien vivre qui ressemble au réel. Sache qu'à l'hôtel Elisse de Tokyo une femme de chambre m'a raconté l'histoire, vraie d'après elle, d'un réceptionniste qui a tué une cliente et l'a fait sortir, pliée dans sa propre valise. Sache qu'à l'hôtel Elisse de Mexico DF j'ai entendu la même histoire, mais cette fois c'était elle qui l'avait tué lui. Tout cela est sans doute également vrai, ou faux. Il faut que ça circule, c'est la seule chose dont je suis sûre. Il y a toutes sortes de transports possibles, d'un point A à un point B. De l'intérieur à l'extérieur, ou de l'extérieur à l'intérieur, ou du cœur à la tête, ou de la tête au cœur, et enfin dans les mains.

Bref – je tourne autour du monde. Ou sur moi-même. Les souvenirs que j'ai tournent eux aussi, tournent, soudain se dérobent. Je ne sais pas s'ils disparaissent ou s'ils vivent autrement. Ailleurs.

Je suis retournée à Sarajevo parce que c'est ma ville, du moins le croyais-je ; en vérité sa guerre était ma ville, cette guerre pour laquelle je suis arrivée trop tard, quand elle a fait de moi ce que je suis. La matrice de ma personne, et aussi, d'une certaine façon, le lieu où s'est élaboré le monde dans lequel nous vivons aujourd'hui et qui est, à plus d'un titre me semble-t-il, une ville assiégée. Je suis retournée à Sarajevo et je n'y ai rien reconnu de mien. Les marchés sont pleins de douilles en laiton. Y sont gravés, parfois avec minutie, parfois avec art, des paysages. L'horizon reconnaissable de la ville où l'on se trouve et qui a été la ville assiégée. Ces paysages sont particuliers, précisément parce qu'ils sont représentés non sur une toile ou sur une page mais sur un métal creux, c'est-à-dire vidé de son mouvement, vidé de sa mort, qui sont une seule et même chose : c'est la vitesse d'un projectile qui rend l'impact mortel. Et où est-elle, cette mort sous forme de poudre ? Une balle tirée est elle aussi un trajet. À la fois, ou presque à la fois, ici et là, et ce presque qui couvre le temps du transport est plus long à dire qu'à vivre. Insignifiant ; à peine un battement de cils, un battement de cœur, à peine la différence entre vivant et mort.

Des douilles brillantes, de toutes les tailles, tous les calibres – mais où est à présent la mort qu'elles contenaient ? La mort volatilisée à l'intérieur remplacée, étrange contrepartie, par une image à l'extérieur. Et le plus étrange, c'est que ces choses sont si nombreuses sur les marchés, qu'elles doivent bien être fabriquées, tous les jours, manufacturées dans les montagnes environnantes ; ou même, qui sait, à l'étranger. Tu vois où je veux en venir. Des survivants ou des touristes. Il n'y a pas d'autre possibilité.

Ce qui m'a plu, ce sont les passereaux. Leurs cours migratoires ont changé, en raison du réchauffement me dit-on, et lorsqu'ils sont là, c'est exceptionnel. Ils se déplacent en nuées, en nuages dotés d'une intelligence mathématique. C'est magnifique à voir. Le monde étant ce qu'il est, il n'y a pas de raison qu'ils ne montent pas jusqu'à Paris bientôt. Tu feras attention, en revanche, car ils chient partout, c'est une pestilence.

Je vais les suivre au sud, je vais aller chercher l'effondrement où il se trouve, je vais aller chercher la guerre où elle se trouve, il n'y a que dans le risque que je ne suis pas, moi, un danger. Pour moi-même. Pour les autres. Quant au reste, sois tranquille : je ne pense pas à toi (sauf lorsque j'oublie de ne pas penser à toi). Quant à la petite, si je la croisais demain je ne la reconnaîtrais pas, ou elle ne me reconnaîtrait pas, et c'est vraiment le plus beau cadeau que tu puisses nous faire, à elle comme à moi.

Je vais essayer de ne plus t'écrire. Tu as sauvé quelque chose de moi qui ne méritait pas d'être sauvé, j'ai détruit quelque chose de toi qui ne méritait pas d'être détruit.

Prends soin de toi,
Amélia.

*

Louise replia la lettre, qu'elle rangea dans son passeport, comme s'il se fut agi d'un passe-droit, d'un sauf-conduit particulier, ce que d'une certaine façon elle était. Dans les cahots de la jeep, elle n'arrivait pas à suivre des yeux les lignes, ce qui importait peu car elle la connaissait, cette lettre, de tout son cœur brisé.

*

La rumeur voulait que l'établissement servît de base locale à la CIA, mais Louise supposa qu'il s'agissait d'une légende. Elle, cheveux courts, grimée en garçon, trouva à l'endroit le charme naïf et suranné des contes. Dans les années 1970 et 1980 son parti pris d'hygiène, de neutralité en avait fait le point de ralliement pour une population émergente d'hommes d'affaires nomades, et cette neutralité désignait, d'après Albers, des architectures insensibles, insensibilisantes, des architectures anesthésiantes où l'on finissait par tout perdre, le sens du bien comme celui du mal, et jusqu'à son identité. Paradoxalement, on y était à la fois plus et moins en sécurité qu'ailleurs. En raison de sa *connivence impérialiste affichée*, la franchise Elisse avait ici, dès les années 1970, été la cible des ressentiments et le lieu d'expression privilégié de ce qu'on appelle encore ici ou là un anti-américanisme primaire. Menaces, alertes à la bombe, attentats suicides et attaques à la voiture bélier avaient été enregistrés sur l'instable pourtour méditerranéen et, bien sûr, au Moyen-Orient, où la chaîne eut tôt fait de déserter cet unique et expérimental bastion, avant-poste abandonné aux milices locales et au sable qui a une façon presque surnaturelle de s'immiscer partout. Le sable, c'est la première chose que voit Louise lorsqu'elle s'aventure à l'intérieur, une vision belle et folle, un hôtel américain au nom effacé, au toit crevé, dans lequel un vent invisible pousse des rigoles pâles, de la couleur de la lumière qui dehors commence à décliner, de petites dunes ici et là sous le mobilier modulable, des trous dans les cloisons et, là-bas, des plantes qui ont commencé de s'approprier les lieux, qui escaladent timidement des murs qui bientôt ne tiendront plus que grâce à elles.

Louise a les cheveux courts, elle fait le garçon, mais ce déguisement n'en est pas un, pas vraiment ; ou plutôt ceci d'étrange se passe que les femmes jusqu'à présent croisées la reconnaissent pour ce qu'elle est, pour l'une des leurs — et se taisent, et la protègent, c'est-à-dire son secret, qui est sa vulnérabilité. Mais les hommes, eux, n'y voient que du feu, et comme c'est de leur regard qu'elle doit se cacher, pour le moment elle est, aussi incroyable que cela puisse paraître, en sécurité. Presque en sécurité. Mais n'est-ce pas à cela qu'ils s'entraînaient depuis longtemps, elle et son ami délavé, elle et sa génération tenue pour moindre ? Ce qu'ils recherchaient, David et elle, c'était la paix, la vision d'un monde construit par les hommes et par eux déserté. Ce qu'ils recherchaient, c'était la nuit, ce que la nuit faisait à la ville, à ses parcs, à ses musées. Tout était plus mystérieux alors, tout semblait plus franc. Ils voulaient être des chats, être des ombres, échapper à ce regard permanent qui pesait sur tout, tout le temps, et semblait les sommer de rendre des comptes, de choisir leur camp dans des luttes qu'ils ne souhaitaient pas vivre.

Plus elle s'enfonce dans le cœur contemporain des ténèbres, plus les hommes lui semblent usés, du sable niché profondément dans les rides du visage, les plis de la peau, des grains à jamais collés à la commissure des lèvres, au coin des yeux, formant des larmes qui ne coulent pas, à jamais captives de la paupière, des pleurs mécaniques mais perpétuels et perpétuellement retenus qui sont, qui pourraient être en ces lieux désolés, un instrument d'optique. Une aide à la survie. Et qu'en adviendra-t-il, s'interroge Louise, de ces larmes qui ne coulent pas ? De ce sable qui colonise le moindre recoin et jusqu'à la seule humidité qu'il trouve et qui est celle des corps : des fossiles ? des perles ? Et tous ces hommes sont las, et tous s'appuient sur des fusils, qui sont parfois la somme de trois armes différentes.

Au début elle choisit ses interlocuteurs en fonction de leur visage, en fonction de quelque chose qui dans leurs traits lui rappelle la vie qu'elle a abandonnée, la bienveillance du père qu'elle a aimé plus qu'aucun être au monde ; ou de la façon dont un rayon de soleil fait resplendir une mèche de cheveux, le cartilage d'une oreille, et qui lui évoque l'ami qu'elle a eu, le témoin de son enfance, l'autre partie d'elle-même pensait-elle autrefois. Puis à force de dérouler son sac de couchage dans le sable, à force de paroles prononcées d'une voix qu'elle voudrait grave et de réponses peu concluantes, elle change. Elle s'adapte, s'endurcit, laisse s'effacer de ses journées le visage du père et celui de l'ami, n'y pense plus, leur fait confiance pour la retrouver de nuit, dans ses rêves. Comme cette femme qu'elle cherche savait retrouver son père, qui geignait dans son sommeil comme geignent parfois ces hommes. Désormais c'est à leurs armes qu'elle choisit ses interlocuteurs. Certains fusils rendent, semblerait-il, plus savant que d'autres. Une main, posée d'une certaine manière sur une crosse, est gage de sérieux. De confiance. Et ainsi, en oubliant tout ce qu'elle savait du monde, elle avance.

La langue de son grand-père remonte de son cœur à sa tête et s'avère être, ici, sa meilleure camarade. Elle pense souvent à lui, qui n'est plus. À cette phrase qu'il lui a dite un jour : Dans la forêt, tu as moins besoin d'un bon ami que d'un bon couteau.

Elle se demande si c'est vrai aussi dans le désert.

Elle se demande si elle pourra survivre à cette vie qu'elle s'est choisie.

4.

Six propulseurs et le monde est à elle. Un monde de montagnes, désertique et déchiqueté, sans âme qui vive – un monde en guerre où même la guerre hésite à s'aventurer, et ainsi demeure abstraite. Le sien néanmoins.

À cette période de sa vie, qui est la dernière, mais le sait-elle ? Amélia ne connaît rien de meilleur que le surplomb et le vol. Elle passe une partie non négligeable de son temps en plein ciel, retirée dans un point de vue d'oiseau. Ici, il n'y a rien et il y a la guerre : cette combinaison, ce rien et cette guerre, est le seul milieu propice à l'épanouissement d'Amélia. Dans le risque, elle aime l'abstraction, et dans l'abstraction elle aime le risque. Elle ne pense pas à la vie qu'elle a abandonnée. Il n'est pas impossible, cependant, que cette vie pense à elle. Elle va mieux, nettement mieux qu'avant, mais ce mieux est une froideur, un retranchement. Un rapport plus géométrique qu'humain au monde.

Elle aime les sensations fortes, mais d'un genre en particulier : elle aime les situations désincarnées. Elle aime tout et ne rien voir, elle aime déléguer, elle aime les prolongements invulnérables de son œil, c'est-à-dire d'elle-même. Si d'aucuns sont guidés par leur cœur, leur appareil génital ou leur estomac, chez elle, l'organe de la conscience, c'est le nerf optique. Depuis qu'elle a quitté les siens et la ville, elle vit dans ces zones informes, des zones grises de conflit, spécifié ou non : ou elle s'aveugle sur son propre goût pour la violence, ou la violence, sous sa forme diffuse, incertaine, presque inavouée, est désormais partout, à différents degrés de latence ou d'intensité. De zone de non-droit en zone de non-droit on peut faire le tour du monde. On peut faire le tour du monde sans jamais rien vivre qui ressemble, de près ou de loin, à la paix.

Cela lui va.

Amélia met son savoir-faire – elle ne parle jamais d'art – au service des corps professionnels qui font appel à elle pour des missions documentaires. L'œil d'Amélia est, lui, autonome, volant, il n'a plus aucun contact ni avec elle – l'appareil a une portée de quatre cents mètres – ni avec aucune vision qu'elle pourrait jamais physiquement atteindre. L'appareil est entièrement affranchi du point de vue humain. Par la vertu du drone, Amélia embrasse le paysage à l'horizontale. Elle n'existe plus que dans des états de division extrême, et cette dislocation, ce contretemps d'elle à elle-même, est à la fois le symptôme de ce qui la ronge et la seule chose qui la maintienne en vie. Pendant que la machine est en vol, elle la guide mais elle-même ne voit rien, pas grand-chose : c'est ensuite, une fois le drone ramené à bon port, qu'elle récupère les photographies à son bord. Si elle passe assez de temps à son ordinateur, à scruter sa moisson céleste, on peut dire qu'elle vit la majeure partie du temps en l'air. Cela lui va aussi.

Elle est ici en marge d'une mission archéologique. Elle a pour rôle de photographier des sites peu ou pas documentés, et menacés par une possible, par une imminente avancée de la guerre. Bien que difficile, impropre en apparence à toute forme de civilisation, la région a régulièrement été peuplée. Y ignorer les traces d'une présence humaine continue, c'est – pour qui a pris la peine de s'aventurer jusqu'ici – ne pas vouloir les voir. Amélia, en parlant de son travail, dit qu'elle œuvre contre deux types de destruction : temporelle et humaine. Ce que son usage pacifique du drone ne dit pas, ce sont les destructions qu'elle contribue à accélérer, en propageant dans les territoires et les esprits l'idée qu'il existe une technologie bénigne, l'idée que son engin peut servir ce qu'on appelle communément et naïvement *le bien*. Une chose est sûre : elle aide à faire progresser la connaissance, c'est-à-dire – cela, c'est la génération nouvelle qui le dira – une archive aussi informe, au potentiel aussi incertain, à l'avenir aussi menaçant, ou menacé, que les zones où son travail la mène. Travail qu'elle n'aura bientôt plus, du reste. Grâce à la progression des photographies par satellite, à la portée toujours croissante des automates, Amélia sera bientôt obsolète. Son savoir-faire démocratisé, dévalué, désormais à la portée de tous. De tous ou d'une machine, et elle pourra rester dans son petit appartement ou dans ses hôtels, à regarder film sur film, comme elle le faisait au sortir de l'enfance, comme elle le fait aujourd'hui entre deux missions, sans bien savoir ce que lui apportent ou n'apportent pas ces fictions insipides, rideaux toujours tirés, toujours, car elle est certaine d'être observée, sans pourtant savoir par qui ni par quoi. Le danger ne viendra pas de là où tu crois, se dit Amélia. En même temps, le danger viendra exactement, *exactement* de là où tu crois.

Les ruines, souvent, sont invisibles à hauteur d'homme, ou de cette femme de moyenne stature qu'est Amélia. À l'œil nu, c'est un désert montagneux, sable et rocaille, sable et poussière, escarpements à perte de vue. C'est étrange comme une ville disparue ressemble à une ville qui va naître – rien, un dessin dans la poussière, des lignes dans le sable tracées du bout du pied. Un jeu. Un désir. Les archéologues pourtant ne s'y trompent pas, Amélia non plus qui pilote son engin, et ce n'est que de haut, du ciel, que les tracés de villes anciennes surgissent en lignes pâles qui semblent monter des profondeurs. Qui parlent d'un autre temps, d'un autre rapport à la paix et à l'eau, qui manquent semble-t-il depuis toujours – mais cela aussi est faux ; une illusion. Amélia vit en lisière des équipes avec lesquelles elle travaille. Elle ne construit pas de relations, rien de significatif, si ce n'est avec les guides dont elle dépend, qui sont ses interprètes et ses chauffeurs, ses employés et ses maîtres, car elle est vis-à-vis de ces hommes dans une dépendance presque totale, et si elle ne peut leur faire une confiance aveugle, autant partir les yeux bandés vers l'horizon et marcher sans savoir pourquoi, jusqu'à l'épuisement. Amélia et les guides, toujours des hommes, souvent moustachus, cohabitent dans une efficacité tranquille, orientée vers la constitution de cet étrange cadastre d'effacement. Parfois ils parlent, parfois pas. Parfois il leur arrive de rire ensemble, mais ensuite l'un ou l'autre se retire dans une pudeur qui, promiscuité oblige, est celle de la lecture ou de la mécanique.

Depuis qu'elle a abandonné sa famille, Amélia se sent légère et absente à elle-même, et tout est plus facile, car elle ne lutte plus, elle a capitulé, elle vit dans un univers singulier qu'elle ne partage avec personne, elle ne résiste plus à l'étrangeté des visions qui s'imposent à elle dans ces paysages lunaires, elle sait qu'elle a perdu. Qu'elle a tout perdu, que le monde dans lequel elle circule est tout entier issu de ce qu'elle n'a pas voulu voir, pas voulu savoir. Elle vit dans les rebuts de son héritage refusé, de la poésie documentaire, de pauvres fragments qui gisent dans la pénombre d'une boîte vieille de plusieurs décennies, des mots et des vers d'une impuissance abjecte, comme seuls peuvent l'être les mots et les vers qui n'existent pas pour la lecture, qui n'existent pas pour l'œil ni la tête ni le cœur d'autrui ; et pourtant tout-puissants, des principes directeurs secrets, porteurs d'une vérité sombre et secrète, et Amélia ayant refusé de la connaître doit désormais la subir. N'ayant pas connu Nadia Dehr, elle est devenue Nadia Dehr, voilà l'ironie de sa fuite. Et quand, dans quelques mois ou quelques années, elle se jettera par une fenêtre, à la rencontre du béton en contrebas, elle saura enfin sans équivoque ce qu'il est advenu de cette mère qui ne l'aimait pas, ou qui l'aimait mal, ou pas assez.

Pour le moment elle vit en suspens entre ciel et terre, elle vit des instants qui semblent tout droit issus d'un rêve ou d'un cauchemar, des instants où le passé le plus lointain entre en collision avec ce qui lui paraît encore être l'avenir mais est le présent, comme si le temps s'effondrait sur lui-même – ainsi aujourd'hui, lorsqu'elle voit sa machine, le drone photographique qu'elle guide, paraître hésiter un instant dans les airs, trembler – mais bien sûr c'est son tremblement à elle, Amélia, si ténu qu'il ne se manifeste que de cette façon – et dans le ciel vide, voilé, un rapace fond sur la machine, des ailes d'une envergure redoutable, serres et bec tout entiers destinés au combat, à la prédation – joyaux de l'évolution, c'est-à-dire de la violence. Elle tente de rapatrier la machine mais n'y parvient pas, c'est comme si elle la sentait emportée par quelque chose de vivant et d'irrésistible, une intelligence sans langage, tout entière à ce rapt, et rapidement l'oiseau a disparu avec, pense Amélia, sa raison d'être et le moyen de sa survie.

Elle raconte la scène à son guide, elle pense qu'on ne la croira pas, elle mime la rencontre aérienne avec les gestes que lui utilise pour la mettre en garde contre les mines et les explosifs – ils disposent de quelques mouvements pour signifier l'ensemble du monde qu'ils partagent, et étrangement ils se comprennent très bien. L'anglais pour les faits, les mains pour ce que l'on tait, les sentiments, les émotions. Le danger, la peur qui serre la gorge. Il va me croire folle, se dit Amélia ; mais non, le guide, qui est aussi l'interprète, le chauffeur, le confident, croise les bras et soupire. Il la croit volontiers, il lui explique que la région est connue pour ses oiseleurs, non loin d'ici les hommes, et les femmes, et les enfants tous parlent la langue des rapaces, pensent les pensées des rapaces, vivent avec eux comme s'ils appartenaient à la même espèce. Quels hommes ? s'insurge Amélia. Quelles femmes ? Quels enfants ? Elle n'a rien vu, elle. Personne, dans l'hostilité alentour. Mais eux, dit le guide, l'ont vue, ils n'ont pas manqué de la voir, cette pauvrette aux cheveux rouges qui croit pouvoir créer, avec une machine, ce rapport qu'eux ont depuis toujours à des êtres vivants, qu'ils voient naître et nourrissent et tiennent contre eux dans leur sommeil, qu'ils comprennent d'un soupir et qui d'un soupir les comprennent. Mais c'est Amélia qui soupire. Leurs oiseaux sont bien mal élevés, dit-elle, quelle idée, de me voler mon drone. Il n'a que la peau sur les os, pense-t-elle de l'engin, et un sourire un peu tordu se dessine sur son visage, que le guide prend pour un sort jeté sur les hommes, et les femmes, et les enfants ; mais il se trompe. Leurs oiseaux sont très bien élevés au contraire, dit-il (ses mains ajoutent : quand donc comprendra-t-elle), il ne s'agit pas d'un accident mais d'une prise d'otage. Amélia est si surprise que ses bras en tombent. Si l'on croit avoir compris quelque chose au monde dans lequel on vit, il y a fort à parier qu'en réalité, on n'en sait pas assez.

Que peut-on faire, demande-t-elle, et la suite est plus surréaliste encore, cela fait longtemps, des années et des années, mais parfois elle aimerait tout de même parler à Paul, lui raconter ces instants, et le guide hausse ses larges épaules, décroise ses bras puissants, dessine dans l'air, quoi ? un cube ? une boîte ? Non, une feuille. On peut faire un avis de recherche. Comme si elle avait perdu son chien, Amélia commence à trouver la situation divertissante. Un avis de recherche et une récompense, qui pour elle, en dollars ou en euros ou en marks convertibles, ne représente rien, ou si peu, et pour eux, ces hommes et ces femmes et ces enfants invisibles qui, à peine une guerre finie, tâchent de se prémunir contre la suivante, constitue une contribution non négligeable à l'effort individuel ou collectif de survie.

L'espace d'un instant elle se voit, là, en anorak taupe, châle rose pâle sur les cheveux dont certains ont blanchi ; pile de feuilles en main, des avis de recherche ; un engin à six propulseurs à la place d'un visage, humain ou même animal. L'espace d'un instant la scène lui semble parfaitement absurde. Comme si elle s'apercevait, elle ou même l'une de ses descendantes, dans l'avenir. Mais c'est le présent. Le guide, avec son savoir-faire habituel, a réalisé ces affiches – mais il n'y a pas de murs où les coller – ou ces tracts – mais à qui, dans cette vaste étendue déserte, les donner ? Et l'ensemble lui paraît d'un futurisme désuet, un peu étrange, presque touchant.

Dans les jours qui suivent il n'y a rien, en dépit de la récompense promise dans un alphabet qu'elle ne lit pas, dédommagement substantiel pour cette population qui doit peiner parfois à manger à sa faim. Amélia ne fait rien. Elle attend. Peu à peu elle sent ou croit sentir la présence de centaines d'yeux dans la montagne. Attendre est une vertu. Pour sa génération, attendre est un art perdu. Enfin un soir, un homme se présente. Il apporte un débris d'engin volant, et le cœur engourdi d'Amélia tressaute – est-il raisonnable de s'attacher ainsi à un objet ? – puis elle s'aperçoit, non sans stupeur, que ce n'est pas le sien.

Dans les jours qui suivent il en arrive d'autres, il en arrive de partout, et le matériel est parfois anonymisé ou méconnaissable, parfois on y distingue quelques lettres, le sigle de la Luftwaffe, d'autres encore, des débris de dix à soixante centimètres de long, qu'Amélia, incrédule, achète tous, laissant le guide négocier âprement en son nom, car c'est une courtoisie élémentaire de faire comme si leur échelle de valeur en était une, de ne pas les écraser de la révélation que toute somme qu'ils réclameraient est pour elle dérisoire. Elle les achète tous, pour les ranger par époque ou par taille ou bloc politique ou continent putatif. Des fragments de machines volantes, qu'elle organise et réorganise en cercles sacrés, autour d'elle : le désert – mais à présent elle se sent au centre du monde, et son abandon apparent n'est précisément que cela : une apparence.

Le désœuvrement ne réussit pas à Amélia. Il allume des feux dans son esprit, et jusque dans ses articulations, dans ses chevilles et ses poignets fins, dans ses doigts rougis. Des feux à combustion lente où le passé revient. Toutes ses erreurs. Lorsqu'elle ne travaille pas, Amélia brûle de tout ce qu'elle n'a pas dit, de tout ce qu'elle n'a pas fait, c'est un état dangereux pour une femme qui a renoncé au monde. Il revient pourtant, il s'infiltre, sous la forme de fragments qu'elle n'a pas lus, de caresses qu'elle n'a pas données. Pour elle, Amélia, il est une inflammation. Brûle-t-il autour d'elle parce qu'il brûle en elle, ou l'inverse ? Elle a du mal à le croire mais elle le sait : certains y vivent sans se poser tant de questions. Elle attend qu'on lui ramène la machine dont elle dépend et tout ce qu'elle reçoit c'est une archive de métal et de circuits, des engins brisés dont certains sont plus vieux qu'elle, provenant de pays ou de blocs entiers qui n'existent plus – une histoire politique de la région par ses guerres oubliées, par l'obsolescence et le rebut. Certains des débris sont usés par le sable, polis, d'autre encore tranchants. Amélia attend. Son guide attend.

Un jour, dans un nuage de sable et de poussière, quelle proportion de l'un, de l'autre, et de vide – de cet air désertique – cela on l'ignore, une jeep arrive jusqu'à la base. Pas de fumée sans feu, pense-t-elle en massant ses phalanges endolories. On ne voit pas le véhicule en raison de sa nimbe sombre et on ne voit pas qui en sort. Pas tout de suite. Qui en sort et se met à gravir, à pied, l'escarpement qui mène au camp. Amélia plisse les yeux. Allons bon, se dit-elle, mais son cœur ravalé bondit sauvagement, car l'espace d'un instant il lui paraît, en contrebas, voir Paul. Paul tel qu'il était à dix-huit, vingt ans, plus étroit cependant, plus frêle, Cela aussi est-ce de ma faute, se demande Amélia. Sa première pensée n'est pas une pensée mais un sentiment, un amour farouche qu'elle replie sur lui-même, comme elle le fait depuis si longtemps – c'est une discipline, un réflexe – jusqu'à ce qu'il reprenne sa juste place, c'est-à-dire la plus petite possible, presque insoupçonnable ; qui pourtant ne passe pas, comme un caillot qui un jour, soupçonne-t-elle, causera sa perte. Sa deuxième pensée est qu'il est mort, et qu'il revient, le jeune homme de dix-huit, vingt ans, pour demander des comptes. Ensuite seulement elle s'aperçoit que sous l'anorak trop grand, sous les courtes boucles noires, sous le burnous grisâtre, c'est une jeune femme qui s'avance vers elle. Pas Paul, donc ; Amélia en est à la fois soulagée et déçue. Quelque chose de lui, cependant. Bien sûr, elle comprend.

5.

Elles ne se ressemblent pas mais pourtant se ressemblent. Ou bien, sans se ressembler, se reconnaissent. Elles parlent longuement, cette mère qui n'est pas une mère et cette fille qui n'a pas d'autre choix que d'être une fille. Amélia ne saurait pas parler à un enfant, mais à Louise elle parle comme à elle-même.

Je ne pensais pas que tu me trouverais. Je ne pensais même pas que tu me chercherais, je te croyais plus maligne que cela, je craignais que tu sois rousse mais c'est pire – tu es aussi bête que moi. J'aurais voulu que tu aies l'intelligence de ton père. Paul a toujours su se protéger du monde. Ou alors, est-ce Albers ? Est-ce elle qui t'a bourré le crâne ? J'ai su qu'elle était morte, dit Amélia, elle a été tuée ? Chez elle ? Et Louise frissonne car elle se souvient, elle se souvient de tout, les détonations pneumatiques, étouffées, et le bruit du corps bien-aimé qui tombe à terre, et le sang, tout ce sang – de sa main droite elle avait pressé le trou à la tête, de la gauche celui sur la poitrine, elle n'osa pas bouger avant que ce fût froid – alors seulement elle appela son père, mais pas avant. Toutefois de cela elle ne dit rien à cette femme. Cela était à elle et à Albers. À Paul aussi, un peu.

Elle a été incinérée ? Je crois que c'est ce qu'elle voulait, tout cela est si loin, poursuit Amélia, mais Louise n'est pas d'accord, tout cela est près, très près au contraire. Tout cela ne passe pas. Enfin voilà, reprend Amélia Dehr, j'espérais que tu finirais autrement. Parfois je pensais à toi, les premières années surtout, je fermais les yeux et il me semblait te voir, les premiers secrets, les premières amies, les premiers garçons. Oui, je croyais que je pouvais te voir à distance. C'est arrivé une ou deux fois, il m'a semblé être de retour dans cet appartement épouvantable dont il a failli ne pas me laisser sortir, dont je me demande en vérité s'il m'a réellement laissée sortir – et Louise pense à ses frayeurs d'enfant – et une ou deux fois je me suis réveillée et je ne savais plus où j'étais, j'avais rêvé que je te regardais dormir et, ne le prends pas mal, je n'ai jamais fait pire cauchemar. Non – de ma vie je n'ai jamais fait pire cauchemar. Une autre fois j'ai rêvé de lui, de lui et moi, mais on n'était pas à la maison, quel soulagement, ou plutôt si, on était à la maison, au tout début, quand je vivais à l'hôtel. Cela il a dû te le raconter. C'était le mieux. Honnêtement tout ce qui a suivi n'a été qu'une sombre erreur, enfin ce qui est fait est fait.

Et Louise se tait et pense à Paul qu'elle entendait parfois geindre dans son sommeil, pieds nus elle se glissait dans sa chambre et essayait de comprendre ce qu'il disait, ou essayait de le réveiller, en vain ; dans cette pièce austère, dans ces draps sobres, parmi les costumes sombres posés sur le valet ou une chaise, son père parlait dans le vide, parlait au vide ; et elle, tout lui semblait la scène d'un crime passé inaperçu.

J'ai trouvé ta photo et des lettres, chuchote Louise. Tu lui écrivais, quand même.

Ah, les lettres. Ces missives qu'elle s'obstinait à écrire à la main, comme au siècle dernier. Je le savais bien, pourtant, qu'il ne fallait pas laisser de trace. Mais j'allais mal. Après j'ai arrêté. Pas tant de les écrire que de les envoyer, c'était inutile, tu sais, je le connais par cœur, Paul, je fermais les yeux et je le voyais drapé dans son élégance, dans ses principes, dans son ambition. Je le connais par cœur, je suis la voix qui parle dans sa tête et lui dit les choses qu'il ne souhaite pas entendre. Je parie qu'il ressemble à mon père à moi aujourd'hui, lâche-t-elle avec un mépris que Louise reçoit comme une gifle, comme on accuse un coup, d'autant plus terrible qu'en elle aussi il y a ce lit de rage et de venin. Elle voudrait dire ce que ce fut, cette absence ; mais Amélia n'entend pas, ne veut pas l'entendre, lui coupe la parole. Tu n'as rien à faire ici, vraiment rien, c'est dangereux et ridicule. Tu n'as pas d'amis ? Tu n'as pas d'amants ? Par douzaines ? Lève les yeux. Tu es belle. Bien sûr, tu lui ressembles. Pardon, mais j'ai du mal à te regarder.

Mais qu'est-ce qu'il a fait de si terrible ? chuchote Louise, et seule sa fierté l'empêche de pleurer comme l'enfant qu'elle n'est plus. Qu'est-ce qu'*on* a fait de si terrible ? Amélia hausse les épaules. Et ce haussement d'épaules est la première rencontre de Louise avec une forme de cruauté dont elle ignorait l'existence, dont son père a cherché à tout prix à la prémunir. Pour dire quelque chose, pour garder la face, elle demande : Mais enfin, qu'est-ce que tu as fait, toi, tout ce temps ? Amélia la regarde et sur son visage sa fille voit qu'elle l'importune. On croirait un cauchemar, pense Louise. On m'a dit que tu aimais l'art, dit-elle d'un pauvre filet de voix.

J'aimais Paul, aussi. Et oui, j'aimais l'art. C'était il y a long-temps. Je suis partie parce que je ne pouvais pas être mère, je t'ai donnée à Paul d'une certaine façon, en échange de mon départ. Ainsi on peut dire que sans toi je n'y serais pas arrivée. Je l'adorais mais qu'est-ce que cela pouvait bien faire ? Nous étions, l'un pour l'autre, un épuisement. Oui, je suis partie. J'ai vécu à droite et à gauche, dit Amélia à cet enfant qu'elle a refusé d'avoir, et j'ai fini par accepter l'argent de mon père. Comme tout le monde. Peu, mais assez pour me compromettre durablement. Tu sais d'où il vient, n'est-ce pas ? Non ? Tu vois que j'ai bien fait, que Paul t'a protégée malgré tout. Tu l'as échappé belle, tu ne sais pas ce qu'est ma famille. Une extorsion. Quoi qu'il en soit – l'argent vient du sable. Du sable pour le béton. Il ne s'en vante pas naturellement, mais c'est un brigand, mon père, ni plus ni moins un voleur. Il per-siste, il ne sait faire que ça. Des tonnes et des tonnes de sable. Trois cents pour une maison, trente mille pour une autoroute. Or le sable manque. Je sais, on ne dirait pas. Surtout ici, on ne dirait pas. Mais les carrières existantes ont été exploitées jusqu'au tarissement, et l'une des solutions trouvées par les principaux concernés, par mon père, ce sont les fonds marins. D'immenses bateaux, des pompes puissantes, des hectolitres aspirés, aveuglément. La flore, la faune, le corail, tout y passe. L'autre solution, comme souvent, c'est le vol. Des camions immenses, à l'aube, se lestent sur les plages, tout autour du globe – en Asie, en Inde, en Afrique, en Amérique, en Europe. En conséquence de quoi, tout autour du globe, les côtes sont fragilisées, reculent ; les estuaires sont menacés d'effondrement. Ils s'effritent. Certaines îles malaises ont presque entièrement disparu. Voilà ce que fait ma famille. Et à présent, la tienne

— cela t'apprendra. Alors l'art… À mes yeux, l'avenir de l'art, c'est l'avenir de ces côtes. Qu'est-ce que ça peut bien faire, que je l'aime ou pas ? Il disparaît. Tout disparaît. Il ne reste que les crimes. Mon père est comme le tien : un homme en réinvention constante. Ces dernières années, il construit des îles artificielles, de formes artificielles, qui vues du ciel dessinent dans les océans morts, mourants, des palmiers ou des étoiles ou des virus, des formes faciles et vulgaires qui satisfont un goût facile et vulgaire. Amoindries, une caricature de ce que la nature elle-même peut offrir ; et pourtant, des exploits d'ingénierie. Des chefs-d'œuvre. Et les eaux montent. Pendant ce temps les eaux montent et parfois je pense qu'il ne restera bientôt plus sur terre que ces îles-là, ces formes bêtes, méchantes, comme les jouets d'un enfant déjà cupide. Je suis mieux ici, dans la guerre, qui elle au moins est franche. Je suis mieux à faire mes photos. J'y mets le moins de moi possible, mais j'ai encore la faiblesse de croire préférable qu'il y ait quelque chose, plutôt que rien. Alors voilà ce que je fais. Des clichés aériens de ce qui a disparu ou de ce qui va disparaître. Au cas improbable où il faille reconstruire des mondes.

Elle est folle, pense Louise. Elle boit une gorgée de thé au lait très chaud, sucré, l'aliment principal d'Amélia dont elle se demande si elle est, si l'on peut dire qu'elle est, malgré tout, sa mère. Elle vient d'arriver, elle a du sable partout, dans le cuir chevelu, sous les ongles, dans le labyrinthe exquis de l'oreille. Mais celui qui la gêne, celui qui enraye la marche de ces retrouvailles, la mécanique subtile de ses rêves, est ce sable abstrait, d'une certaine façon poétique (mais alors, d'une poésie noire et désespérée) qu'évoque Amélia.

Oui, j'ai tout quitté, parce que tout est corrompu. Ton père, moi, tout. L'ironie, c'est que, si le monde est grand, on ne peut pour autant en sortir ; et qu'en essayant de me dégager de cette corruption, je n'ai fait, peut-être, que la propager. Toi, j'ai voulu t'en protéger. Je ne suis pas sûre d'avoir réussi.

Non, dit Louise, elle n'a pas réussi, elle a même foncièrement échoué, parce qu'elle n'est pas vraiment partie. Elle lui raconte son enfance aux côtés d'un spectre. Une présence étrange, non pas continue mais dissociée, alternative, la visitant certaines nuits, et je me demandais comment c'était possible, si je n'étais pas folle. Amélia lève les yeux au ciel, Cette femme est-elle un monstre ? se demande Louise. Ou bien joue-t-elle à l'être ? Pour mon bénéfice, comme on projette, doigts repliés, l'ombre d'un loup sur le mur d'une chambre d'enfant ? Elle ne se laisse pas intimider, elle poursuit. Elle aussi est obstinée. Je sais maintenant que c'est mon père. Qu'il te voulait tant, qu'il pensait tant à toi, qu'il t'a fait apparaître. Ce n'est pas une question de mots ni de choix, c'est une question d'amour. Et de douleur. On peut être contaminé par la douleur d'autrui. Même lorsqu'elle est tue. Le plus drôle c'est que je me suis demandé, longtemps je me suis demandé, s'il ne t'avait pas tuée. Tu imagines ? Paul en assassin. Louise rit, Amélia non, Amélia fronce ses sourcils pâlis par le soleil. Alors que c'est l'inverse. Il t'a gardée en vie. Si tu as survécu tout ce temps, si j'ai cru te connaître alors même qu'on ne parlait pas de toi, jamais de toi, ce n'est qu'à cause de lui.

Elle regarde cette inconnue, une femme qui frôle la vieillesse, qui paraît plus jeune qu'elle n'est, sans doute en raison de l'amour qu'elle a refusé de donner – comme si elle avait fait, ainsi, l'économie d'une ou de plusieurs vies – tout n'est-il qu'une question de crédit ? de débit ? Ai-je entièrement fait fausse route ? se demande Louise, elle qui s'est dépensée sans compter pour parvenir jusqu'ici – mais je ne l'ai pas fait pour elle, ni pour mon père. C'est pour moi, uniquement, pour ne pas vivoter entre les vivants et les morts avec un demi-cœur.

Une amertume monte qui serre la gorge et infiltre les mots, et d'un seul coup Louise est lasse, triste, elle n'a plus rien à dire. Tout cela est si vain, pourquoi n'est-elle pas restée dans le confort de sa propre vie, dans laquelle son père l'a tenue comme dans une cage – pourquoi n'est-elle pas restée là-bas, dans ce monde autoproclamé premier, qui s'embrase de toute part, et dans l'embrasement duquel elle a connu l'amitié. Si sa liberté était illusoire, son amitié en revanche était vraie, cela elle le sait. C'est son ami qu'elle invoque à présent qu'elle est déçue, mortellement peut-être, de ce qu'elle a trouvé. Celui qui n'a jamais menti. Son complice, son confident, Le Délavé, leurs bras emmêlés dans les manifestations où ils allaient presque religieusement, comme si de la friction de leurs épaules et de leurs hanches et de leurs rêves quelque chose allait surgir, une étincelle, un monde meilleur, de la justice ? Quels enfantillages, sait-elle à présent. Et pourtant cela lui manque, les risques inconsidérés qu'elle croyait prendre, alors qu'elle ne savait même pas, encore, ce qu'est le danger. Le danger véritable. C'est là qu'elle s'est construite, pourtant. D'un côté, des jeux d'enfant. De l'autre, une introduction à la lutte. Deux faces de la même histoire, sa tête sur les genoux de David qui dispensait, dans ses yeux rougis par les gaz lacrymogènes, des gouttes fraîches et délicieuses, des larmes artificielles qui lavaient ses iris de tout ce qu'ils avaient vu ; et ils alternaient, ensuite c'était son tour, la tête de statue romaine (mais émoussée, comme oubliée dans le sable et retrouvée bien plus tard, quand on ne se souvient plus ni de son nom, ni de ses pouvoirs, ni même des mythes) posée sur ses genoux, le flacon pharmaceutique entre ses doigts, un rituel de purification et de fraternité. Un autre monde possible.

Dis-moi et je viens avec toi. Il parlait peu mais bien. Il parlait comme il coupait, lui qui n'avait pas tremblé en lui ouvrant le bras pour en extraire cette puce. Comme si j'étais un chat ! s'était insurgée Louise, et David n'avait pas hésité. Dis-moi et je viens avec toi. Et elle, elle avait cru que ce voyage-ci, elle devait le faire seule. Peut-être était-ce vrai. La voilà dans un camp de fortune, aux côtés d'une femme qui est, qui doit être folle. Louise se lève. La nuit tombe, tu devrais rester ici, dit Amélia, mais elle ne le pense pas vraiment, c'est une courtoisie désertique qui parle en elle. La jeune femme refuse, elle va rentrer d'où elle vient, dérouler son sac de couchage contre un mur de l'hôtel en ruine, ce n'est qu'à deux heures de route ; elle ne peut pas imaginer s'attarder, elle en mourrait, lui semble-t-il. Non, autant rentrer là où elle a ses repères, parmi les soldats et les déserteurs et les mercenaires dont certains ont son âge, l'âge du Délavé, ce qui, à bien y penser, est fou.

*

Elle dort mal, dans ce qui fut, ou pas, une chambre ; la tête enveloppée dans un châle fin qui lui fait comme un voile de mariée ou d'apicultrice, pour se protéger dans son sommeil des regards, des piqûres ; du sable ; et ses rêves sont étranges, comme des pensées de corail ou d'oursin, dans cet endroit qui il y a si longtemps fut une mer, tarie depuis des lustres et qui, parfois, revient hanter les dormeurs, ou les bercer.

*

Le lendemain cependant Amélia revient sur terre et vient à elle. L'espace d'un instant, elle s'abstrait de ses ressassements, elle est vraiment là, à deux heures de route, face à cette jeune femme à laquelle elle doit malgré tout quelque chose. Elle a du mal à s'y rendre, du mal à parler, elle tourne d'abord dans l'hôtel abandonné, le hume comme un animal égaré, plus curieux qu'inquiet. Louise ne dit rien, la regarde faire. Elle reste très immobile et c'est l'autre qui finit par s'approcher. S'assoit, entre chien et loup, et dit simplement : Je t'écoute. Et Louise se met à raconter. Elle ne parle pas tant à cette inconnue qu'à elle-même. Elle parle à la nuit qui vient. Elle dit des choses qu'elle n'a jamais réussi à penser auparavant, qui devenues paroles paraissent changer d'état et même d'essence, comme une plante qui ne ressemble en rien à la graine dont elle est issue. Peut-être est-ce cela qu'elle est venue chercher ici. Une voix qui serait la sienne. Et de cette voix, Louise dit l'amour qu'elle a pour Paul. Un amour si violent qu'il lui pèse, qu'il est comme une couverture sous laquelle l'air peu à peu s'épuise, à force d'inspirer et d'expirer, se mue en son contraire, un étouffement. Elle ne l'a jamais admis, pas à haute voix, jusqu'à présent. J'ai peu d'estime pour lui, dit-elle. Je lui en veux. Le monde brûle et il fait comme si de rien n'était. Toute ma vie il m'a menti.

En me bordant il me mentait. En cuisinant. Au restaurant, à la piscine, il me mentait. Dans la rue. Partout. Dans son sommeil il était sincère ; et là seulement.

Amélia réfléchit longuement, on croirait qu'elle ne va rien dire. Rien trouver à dire. Une inspiration brève, sèche. Tu juges durement ton père, et pire encore tu te trompes. Paul m'a donné sa parole quand je suis partie, il m'a juré qu'il ne te parlerait jamais de moi, afin que tu n'aies pas l'enfance que j'ai eue. J'ai souhaité être morte pour toi. Je ne pouvais même pas être une mauvaise mère : je ne pouvais pas être mère du tout. Tu vois comme je suis, n'est-ce pas ? Tu vois que je vois le mal partout. Ce n'est pas ce qu'il faut à une enfant. La vérité c'est que j'avais peur, très peur, de ne pas savoir t'aimer, et peut-être de le voir en toi aussi, ce mal qui me ronge, qui ronge le monde, et si j'en souffre ou si je le propage je l'ignore. Les deux peut-être. Ce que je sais en revanche, sans l'ombre d'un doute, c'est que mon esprit n'est pas sain. Clairvoyant peut-être ; mais pas sain. Et je voulais t'en prémunir. Ainsi Paul n'a-t-il fait que respecter ma volonté. Ma dernière volonté, d'une certaine façon ; ne t'y trompe pas, du reste cela doit sauter aux yeux – mais dans la nuit qui tombe on n'y voit pas grand-chose, on n'y voit presque rien –, je suis un être entièrement en sursis.

Oui, tu te méprends, oublie ce que je t'ai dit hier, ne le prends pas trop à cœur du moins, je fais toujours les mêmes erreurs. En vérité, je pense à Paul depuis des années, je pense à nous. Ici, dans la nuit telle qu'elle est, mes idées sont plus claires, enfin j'y vois. Et ce que je vois, de cette scène qui recule dans le temps mais qui reste pour moi désormais à la même distance, trop loin pour la rejoindre, pour la toucher, la prendre dans mes bras – vous prendre dans mes bras – assez près cependant pour l'embrasser du regard – ce que je vois c'est ceci : Paul m'a vue telle que j'étais, précisément telle que j'étais, et il m'a aimée. Et il m'aime encore. Malgré lui peut-être ; l'acquiescement, au fond, importe peu. Or un homme qui est capable de cela, de connaître un autre être tel qu'il est et de l'aimer, même dans la trahison, même dans l'absence et l'abandon, cet homme-là mérite l'amour, mérite l'estime, car son cœur bat contre l'époque, car il est dans l'époque comme un nageur contre le courant qui le porte. Tu ne pourras rien au monde qui finit ni à celui qui vient si tu ne vois pas, si tu ne sens pas que cet homme, tel qu'il est, est déjà la résistance.

Louise regarde cette femme qui s'efface dans la pénombre, qui s'efface dans les larmes qui lui montent aux yeux, son corps réagissant à quelque chose – la violence, le soulagement ? – car cette inconnue entièrement coupée d'elle, retranchée dans ses choix, dans sa folie peut-être ou tout simplement dans sa nature, profonde, qu'elle n'a pas su ou voulu ou pu ignorer – cette femme vient de lui rendre son père, la seule famille qu'elle ait. Je me demande si elle me ment, pense Louise, je pourrais passer ma vie qui commence à essayer de la comprendre. Mais alors ma vie ne serait pas la mienne et elle, elle en aurait eu deux. Ce n'est pas une bonne chose qu'une fille soit hantée par sa mère. La nuit se glisse dans l'hôtel en ruine, par les trous, par les fenêtres sans vitres, par les fenêtres dont les vitres gisent en éclats autour d'elles comme un trésor, comme un lit, une confusion mortelle entre l'intérieur et l'extérieur. La nuit entre, la nuit touche Louise qui n'a jamais connu une obscurité pareille, un noir parfait, et pourtant même là, au bout d'un moment, on y voit. Oui, on y voit quelque chose. Elles se taisent et les luttes à venir s'esquissent entre elles, se précisent, Louise discerne ou croit discerner des motifs, des tracés, comme dans ces dessins d'enfant où l'on doit relier des points, et qui sont en réalité – ici, dans le désert, dans la guerre qui couve, elle le comprend – une initiation au ciel et à la nuit qui vient.

6.

Le mal de Paul se déclara peu après le départ de sa fille. C'étaient les lumières, dit-il, c'était la lumière qui le gênait. Elle s'infiltrait. Il exila les écrans de la chambre à coucher, jusqu'au réveil qu'il cacha sous le lit ; même ainsi, se plaignit-il, je le sens, je le perçois, ses chiffres bleus, ses LED, je sais qu'il est là, je sais qu'il brille, c'est insupportable. Sylvia lui trouva, au fond d'un sac, l'un de ces masques de nuit que l'on donne dans l'avion, avec lequel il essaya de dormir. Pourtant la lumière trouvait un chemin jusqu'au nerf optique, il s'en agaçait, fit poser des rideaux occultants, des rideaux de photographe, bannissant le vague halo des lampadaires et les pinceaux de lumières colorées qui montaient parfois de la Seine et qu'il avait, jusque-là, aimés. Rien n'y fit : des points pâles, partout, sur la face interne de ses paupières, auxquels il ne réchapperait pas. Je crois que je suis malade, finit-il par dire à Sylvia. Il se retrouva en caleçon sur un lit médical, dans une vague odeur de désinfectant, sous des néons blêmes. Il fit ce qu'on ne devrait jamais faire, il se renseigna par ses propres moyens, en apprit long sur la pollution lumineuse, ses effets sur les mammifères, certains cancers liés au travail de nuit et à la lumière bleue et blême qu'il fuyait depuis l'enfance. Sur les oiseaux qui désorientés se perdent, se jettent sur les ponts, se fracassent sur leurs piles.

Il fit des examens. On lui posa des questions auxquelles il répondit du mieux qu'il put, et lorsqu'on lui demanda son âge et qu'il s'entendit répondre, le chiffre qui sortit de sa bouche lui parut insensé. Une fiction. Des questions de plus en plus étranges, sur son exposition à certaines substances, Comment cela, demanda Paul, pensant au sourire d'Amélia, pensant au sourire de Louise, payait-il pour tout cela aussi ? Certaines substances chimiques, par exemple, avez-vous à votre connaissance été régulièrement exposé à des retardateurs de flamme ? Et cette fois il ne sut que répondre, il haussa les épaules comme son père l'aurait fait. Sur les radios Paul vit une cage thoracique, un bras, une cuisse, dans lesquels il ne se reconnut pas. Cette ombre de corps était envahie de foyers lumineux dont l'instinct lui dit qu'ils n'auraient pas dû se trouver là. Il se souvint d'avoir déjà vu des images semblables, si d'images il était question. Il se souvint d'en avoir conçu l'idée que c'était la lumière, les points lumineux, qui avaient tué sa mère, mais tout cela était très lointain, enfoui dans des souvenirs d'une enfance qu'il n'aimait pas et à laquelle il n'était même plus lié, lui semblait-il, par l'oubli. À dire vrai, avant de tomber malade, il ne se rappelait plus qu'il y avait quelque chose, là, à se rappeler.

Est-ce ainsi que tout finit ? se demanda-t-il. Dans cette lumière perpétuelle, perpétuellement fade, qu'il avait cherché toute sa vie à fuir, à semer, et qui à présent le rongeait de l'intérieur ?

Il hésita à se soigner. Le Délavé l'en implora, finit par le convaincre. Le jeune homme s'était pris pour lui d'une étrange affection, ou bien avait-il reçu des consignes sans équivoque ?

En l'absence de Louise c'est lui qui venait. Il faisait des courses, semblait connaître les goûts de Paul et ses appétits sans jamais avoir eu à s'en enquérir. Reste au moins dîner, disait Paul à chacune de ses visites, et le jeune homme s'excusait avant de s'éclipser. Un soir toutefois il s'attarda. Je peux te poser une question ? demanda Paul, et après une brève hésitation l'autre opina. C'est un être entièrement loyal. Intègre et loyal, pensa Paul, émerveillé et un peu craintif. À quoi jouiez-vous, Louise et toi, la première fois que tu es venu ? Au début l'autre fit mine de ne pas se rappeler mais Paul insista. Avec vos casques vidéo. Tu sais. Le Délavé baissa les yeux, sous ses cils presque blancs il sourit. Vous ne vous moquerez pas ? Je te jure que non.

Nous étions des animaux. Nous étions des bêtes dans une ville en ruine, une ville envahie par les eaux et les arbres, et dans les débris de ce qui était alors notre école et n'était plus qu'un toit crevé, n'était plus qu'un jour qui tombe, nous faisions nos refuges. Quels animaux ? demande Paul. Oh, des animaux sauvages. Des loups, des renards. Parfois des oiseaux. On voyait le monde par leurs yeux, il était très long parfois de comprendre où l'on était. Chez soi, par exemple. Mais les lits étaient envahis d'herbe et des familles entières d'insectes vivaient dans les murs, dans les sols. Dans les livres, même.

Mais pourquoi ? demanda Paul. Qu'est-ce que ça vous faisait ? Qu'appreniez-vous ?

Je ne sais pas, avoue l'autre. Que nous ne sommes pas le centre du monde, peut-être. Peut-être que tout continuera, même sans nous. Mais au fond je ne sais pas. Il se tait un instant et ajoute :

Ce n'était qu'un jeu, vous savez. Il le lui demandait souvent, ce qu'ils tramaient, Louise et lui et les autres, ces jeunes gens effacés qui avaient déserté tout ce qu'il connaissait, lui, du monde. Tout ce qu'il en avait convoité. David ne répondait jamais. David, si je prenais une photographie de toi, apparaîtrais-tu dessus ? demanda Paul un soir. Et David essaya de réprimer un sourire, échoua, rit franchement. Cela fait longtemps que je n'ai pas essayé. Vous le savez, que cela va à l'encontre de nos – Paul crut qu'il allait dire *croyances* – principes.

Je suis fatigué, David, je suis très fatigué, confie Paul. Le Délavé le toisa d'un air impassible. Qu'est-ce qui pourrait aider ? demanda-t-il. Je ne sais pas, dit Paul. Souvent, il dormait dans sa chambre forte, son espèce de tombeau ; et, même là, les lumières le persécutaient. La ville le persécutait. Qu'est-ce qui pourrait vous soulager ? demanda David, et Paul fut touché de la sollicitude de ce jeune homme qui ne lui était rien. Pas grand-chose, j'en ai peur, dit-il, lui, l'entrepreneur, l'homme de pouvoir. Et en même temps l'amant abandonné, le père abandonné. Ou alors il faudrait rendre son obscurité à la nuit, lâcha-t-il, et il ne savait plus de qui était cette phrase, si elle venait de lui ou d'ailleurs ; il en eut un peu honte ; mais Le Délavé opina, gravement, comme s'il n'y avait rien au monde de plus sensé. Et ce fut la dernière phrase dont Paul se souvint, car ensuite la lumière vint ronger entièrement son champ de vision, et il perdit connaissance.

*

Il se réveilla dans ce qui lui parut une chambre d'hôtel. Mit un moment à comprendre qu'il s'agissait d'un hôpital. Par la fenêtre, un rectangle de verre inamovible, il voyait un arbre, un pauvre arbre un peu empêché, un peu malingre ; et, derrière, la ville qui brillait, vénéneuse mais belle. Irrésistible.

Moi, j'ai connu, dit une voix près de sa tête ou à l'intérieur d'elle, un quartier entier dont la lumière rendait fou. Les gens s'en plaignaient. Leurs cheveux tombaient. Leurs dents tombaient. On a changé l'éclairage et tout est rentré dans l'ordre. Paul n'osa pas se retourner – pas tout de suite. Ailleurs c'est l'inverse, tout va bien jusqu'au jour où l'on change les lampadaires, et soudain : des accidents de voiture. Des suicides. Des meurtres.

Tu inventes, dit Paul.

Pas du tout, s'offusque-t-elle.

Elle s'approche, il l'entend. S'assoit sur le lit, s'allonge auprès de lui, que jaillira-t-il de la friction de leurs épaules et de leurs hanches et de leurs rêves ? Une étincelle de plus, dans un monde déjà rongé de lumière, embrasé de toute part ?

Te revoilà, dit Paul.

Me revoilà, dit Amélia.

Il lui prend la main. Il sent les veines, les tendons, les doigts amaigris. Il connaît son âge comme il connaît le sien, mais ces chiffres sont une fiction, ils sont plus jeunes que cela, l'un et l'autre : ils n'ont que l'âge de leur amour. De ce qui fut leur amour et qui est désormais autre chose. Un souvenir, un fantôme, le champ d'une force encore inconnue. Une issue, peut-être. Et ceci d'étrange arrive alors que la ville, dehors, d'un seul coup s'éteint. Non, pas d'un seul coup : en plusieurs fois, bloc à bloc, l'obscurité gagne. La nuit reprend ses droits. Ainsi il n'y a ce soir plus rien à voir que, simplement, un rectangle noir, ténébreux, idéal.

L'image parfaite, dit Amélia.

L'image parfaite, dit Paul.

*

Le lendemain du black-out, il va mieux. Plus que cela – il est, à vrai dire, entièrement guéri, et ses médecins le regardent plus étrangement que lorsqu'il était malade. Sylvia vient le chercher, belle et affolée et vêtue d'une superposition de tissus fins qui déjà glissent de l'épaule, de la clavicule, échouent à couvrir la naissance de la gorge ; et cet échec, selon Paul, est de l'art. Elle porte du rose, du brique, une jupe froissée où luisent quelques fils d'or, dans l'ensemble on dirait la ville de Rome d'où elle rentre. Je n'ai pas pu venir hier, tous les vols ont été annulés, comment cela tu es guéri ? Entièrement guéri ? Qu'est-ce qui s'est passé ? demande-t-elle, d'un ton presque accusateur, à un médecin, lequel s'avoue bien en peine de lui répondre.

7.

Paul était au lit avec Sylvia la nuit où il avait appris le saut, le grand plongeon d'Amélia Dehr. Ils s'étaient vus quelquefois à son retour. Ils étaient allés voir Albers, c'est-à-dire les cendres d'Albers, qu'ensemble ils avaient dispersées sur cette ville qu'elle avait pensée, et aimée, et qui avait fini par la rejeter. Ça leur apprendra, avait dit Amélia, ils ne pouvaient pas la sentir – qu'ils l'inspirent, à présent. Un peu d'Albers dans leurs poumons. Paul, choqué, et séduit de l'être, avait ri. Lui trouvait cela plutôt enviable : davantage d'Albers en lui. Dans le monde.

Ils avaient parlé de Louise et ils avaient parlé du monde et l'avis d'Amélia était que la première allait mieux que le second. Elle parlait de l'une et de l'autre comme d'un concept, d'une idée abstraite ; mais pour Paul, c'est le sourire de sa fille, son parfum, sa voix qui comptaient le plus. Une chose que je ne regrette pas, c'est qu'elle te ressemble, s'étaient-ils dit. En même temps. Presque en même temps. De cela aussi Paul avait ri. À chaque instant ils se tinrent à distance respectueuse l'un de l'autre.

Peut-être qu'ils pourraient être amis, avait pensé Paul, mais il sentait bien qu'il n'était pas question de cela – qu'il n'avait jamais été question de cela entre eux. Et sans doute Amélia le sentait-elle aussi, puisqu'elle sauta peu après, de son petit appartement. Les deux témoins qui la virent parlèrent de son sourire et de la beauté étrange et folle de cette scène, une grande femme pieds nus, debout sur une rambarde. Appuyée nonchalamment de l'épaule contre le mur – dans le cadre de cette fenêtre comme dans celui d'une porte. Et elle souriait, ses cheveux encore roux lumineux dans le soleil. En chemise d'homme. Elle a souri comme si elle attendait d'être vue, dit l'un des témoins, les mains tremblantes, elle a souri comme si elle avait besoin d'un public pour mettre fin à ses jours. Mais ce n'était pas cela, dit l'autre, elle ne nous souriait pas à nous, elle souriait droit devant elle, ou plutôt à quelqu'un qui la dépasserait d'une tête, mais bien sûr en face il n'y a rien, le ciel seulement, le jour qui tombe et sa lumière rasante.

Paul comprit alors que c'était là la seule œuvre d'Amélia, sa forme d'art, qui était une forme de réparation définitive, durable, et incompréhensible de tous sinon de lui. Une œuvre à lui seul destinée. Paul sut que c'est à lui qu'elle avait souri.

À lui, Paul, trente ans plus tôt, lorsqu'il s'était endormi à son poste, à la réception de l'hôtel Elisse, et qu'il ne l'avait pas vue partir.

À lui, Paul, vingt ans plus tôt, lorsqu'il avait acheté cet appartement immense et vide pour la seule joie de la voir le traverser dans un rayon de soleil, pieds nus, l'une de ses chemises sur le dos.

À lui, Paul, lorsqu'elle s'était réveillée à la maternité et qu'elle l'avait vu, Louise dans les bras, et qu'elle les avait contemplés.

Ainsi, elle se souvenait, elle se souvenait de tout.

Alors il sut enfin qu'il était, et avait été, aimé.

sommaire

remerciements

Je remercie toutes celles et tous ceux qui m'ont, chacun à sa façon, aidée à écrire ce roman, ainsi que le Centre national du livre pour la bourse qui m'a été accordée et la Villa Médicis, où ce livre a été commencé et abandonné, avant d'être repris ailleurs, puis fini à la résidence Faber en Catalogne. Merci au photographe Raphaël Dallaporta d'avoir partagé avec moi ses histoires de drones, en marge de sa série *Ruins* (2011). « L'astronaute dans le rosier », attribué dans ces pages à Amélia Dehr, est issu d'un texte initialement publié dans *Le Ciel vu de la terre* (éditions Inculte, 2011). La poésie documentaire doit beaucoup à ma propre mère et à son œuvre, continuée par d'autres moyens. Pour les premiers écrits de Nadia Dehr je me suis en partie inspirée d'un article de l'historienne américaine Jennifer L. Roberts intitulé « Landscapes of indifference: Robert Smithson and John Lloyd Stephens in Yucatán » (2000). Relativement à la guerre en ex-Yougoslavie, les ouvrages de Peter Andreas m'ont été fort utiles au cours de l'élaboration du roman. M'ont surtout été précieux les témoignages directs et indirects qui m'ont été confiés à Sarajevo durant divers séjours.

Quant aux événements que l'on pourrait être tenté de reconnaître dans le récit, on notera qu'ils sont toujours détournés ou amendés, à dessein. Ainsi, toute ressemblance avec des personnages existants ou ayant existé est une coïncidence. Sauf peut-être lorsqu'il s'agit de moi.

La chaîne Elisse n'existe pas.

RÉALISATION : NORD COMPO À VILLENEUVE-D'ASCQ
IMPRESSION : LABALLERY À CLAMECY
DÉPÔT LÉGAL : AOÛT 2017. N° 1187-7 (806125)
IMPRIMÉ EN FRANCE